AF405440

Levin Schücking

Die Rheider Burg
(Historischer Roman)

e-artnow 2018

Julius Wolff
Der Sachsenspiegel (Historischer Roman - Eine Geschichte aus der Hohenstaufenzeit)

Levin Schücking
Der Kampf im Spessart (Historischer Roman)

Eugene Sue
Die Geheimnisse von Paris (Historischer Roman)

Julius Wolff
Das schwarze Weib (Historischer Roman aus dem Bauernkriege)

Julius Wolff
Der Raubgraf (Mittelalter-Roman): Spiel um Macht - Eine Geschichte aus dem Harzgau (Historischer Roman)

Ernst Wichert
Der Bürgermeister von Thorn (Historischer Roman aus dem 15. Jahrhundert)

Ludwig Ganghofer
Der Klosterjäger (Historischer Roman aus dem 14. Jahrhundert)

Ernst Wichert
Heinrich von Plauen (Historischer Roman - Rittergeschichte des 15. Jahrhunderts)

August Sperl
Richiza (Mittelalter-Roman)

Gustav Freytag
Die verlorene Handschrift (Historischer Roman)

Levin Schücking

Die Rheider Burg (Historischer Roman)

e-artnow, 2018
Kontakt: info@e-artnow.org

ISBN 978-80-273-1992-3

Inhaltsverzeichnis

Erster Teil

Erstes Kapitel
Der Rheider Hammer

Diejenigen unserer Leser, welche einen längern Aufenthalt in der alten heiligen dreigekrönten Stadt Köln am Rhein gemacht haben, unterließen sicherlich nicht, einen oder den andern ihrer freien Tage zu Ausflügen auf das Gebiet zu benutzen, welches sich diesseits, auf dem rechten Ufer des schönen deutschen Stromes ausdehnt. Von der Höhe des die weitgedehnte Ebene im Osten umschließenden Hügelzugs herab hat sie Schloß Bensberg gelockt, das man allabendlich in Köln mit seinen purpurn flammenden Fensterreihen weithin über das Land leuchten sieht. Sie haben diese Schöpfung der schönen und anmutigen Kurfürstin Anna von der Pfalz, der Tochter Cosimos des Dritten von Toskana, besucht, die hier sich eine Villa gründete, wo sie beim Anblick des zu ihren Füßen liegenden Landes, des fernabziehenden Stromes und der hochragenden Stadt sich in Erinnerungen an ihr schönes, villenübersätes Arnotal und die Zauberstadt Florenz erging, aus der die Tochter der Medicis so weit entführt war, hierher in den kalten Norden ihres belgischen Herzogtums.

Oder sie haben sich in Höhenzüge hineingewagt, welche den östlichen Horizont Kölns schließen; sie haben die merkwürdige Talschlucht aufgesucht, wo in tiefer Gebirgseinsamkeit, umringt von Wiesenmatten und schattigem Gehölz, die ein schmaler, hastig über Steingeröll daherschießender Bach durchschlängelt, sich plötzlich und überraschend der schöne Dom von Altenberge vor dem Wanderer erhebt – die prächtige gotische Grabeskirche der alten Grafen und Herzoge von Berg, der verkleinerte Maßstab für die große Kölner Kathedrale.

Jedenfalls haben diejenigen unserer Leser, von denen wir reden, ein Stück des bergischen Landes gesehen und stimmen uns, während ihre Augen über diese Zeilen fliegen, mit freundlichem Kopfnicken bei, wenn wir sagen, daß es ein hübsches und sehenswertes Land ist; sie glauben uns auch, wenn wir hinzusetzen, daß es bewohnt wird von einem braven, betriebsamen Volke, welches sich in nationaler Besonderheit scharf von den linksrheinischen Stämmen unterscheidet; daß es reich ist an ererbten Überlieferungen und Gebräuchen und treu an den Sagen und Geschichten hängt, welche sich auch hier zumeist an die alten Schlösser, Klöster und Burgen oder Edelhöfe knüpfen … wie ein letzter Rest von angestammten Privilegien, nachdem die andern Herrenrechte und feudalistischen Auszeichnungen den Weg alles Fleisches gegangen sind.

Namentlich schön, und wie man es nennt, »romantisch« ist im alten Lande der Berge das schmale waldreiche Tal, welches die Wupper durchströmt. Dieser Fluß entspringt in den Gebirgen des Süderlandes oder des Herzogtums Westfalen, wo man ihn Wipper nennt, und durchzieht das dichtbewohnte und wegen seines Gewerbefleißes merkwürdige Tal von Barmen und Elberfeld; und nachdem er hier unzählige Mühlen und Räder getrieben, unter eben so unzählbaren Brücken und Stegen sich durchgedrängt und endlich eine nicht minder unzählbare Anzahl von Bleichen, Färbereien und Fabrikkanälen mit dem nötigen Wasser versehen hat, nimmt er müdegehetzt mit einem Schwunge nach Südwesten Reißaus vor all dem industriellen Lärm. Er sucht die schwere Arbeitsnot und die tausend Hemmnisse, die der listige Fleiß der Menschen ihm bereitete, und die hundertfältigen Plackereien, mit denen man ihn heimsuchte, in der stillen, schattigen Einsamkeit der Gehölze und Bergschluchten zu vergessen, die ihn tröstend empfangen und geleiten, bis er in das offene Rheintal eintritt und sich dann endlich mit dem mächtigen Strome vereint.

In jenen Bergschluchten, deren Wände mit dichtem Buchen-, Eichen- und anderm Laubholz bestanden sind, herrscht nun freilich Ruhe, Kühlung und Frieden. Aber der kleine Fluß hat sich dennoch vergebene Hoffnungen gemacht, wenn er wähnte, er würde hier seinen Verfolgern für immer entronnen sein. Da, wo die Talenge sich erweitert, wo Raum zu grünen, leise anschwellenden Matten zu kleinen Ansiedlungen gegeben ist, da erheben sich die Dächer zerstreuter Gehöfte, die oft den ganzen schmalen Raum zwischen dem das Tal aufwärts ziehenden Fahrwege und dem Flußufer füllen; Gehöfte, deren Eigentümer dann nicht selten heimtückisch genug große Schwungräder in den Fluß hineingestellt haben, in der stillschweigenden Voraussetzung, daß er im Vorübergehen ihnen den Gefallen tun würde, sie umzudrehen. Und in der Tat, so unbescheiden dieses Verlangen sein mag, gestellt an einen unglücklichen Fluß, der unlängst durch Barmen und Elberfeld lief und dort dem einen seine schmutzige Wolle wusch, dem andern seine Garnstränge bleichen half, dem dritten die roten, blauen und grünen Laugen seiner Färbereibottiche wegspülte – unser gefälliges Gewässer täuscht keine dieser egoistischen Voraussetzungen. Aber er tut es mit Zorn und Ingrimm, und indem er sich auf die Räder stürzt, welche man ihm in sein reines kiesiges Bett gebaut hat, erhebt er dabei ein Brausen, Rauschen und Schäumen, das hinreichend andeutet, mit welchen Gefühlen tiefer Entrüstung er abermals die Arbeit auf sich nimmt; und noch eine lange Strecke weit kollert und schäumt er dann zornig weiter, wenn er die schweren Mühlräder hinter sich hat.

Eins dieser Werke oder Gehöfte, das ein sehr sauberes blank angestrichenes und stattliches Vordergebäude und sehr schwarze, rußige, das Ufer entlang gestellte Hintergebäude zeigt, ist der Rheider »Osemund«-Hammer.

Dieses Werk war vor etwa einem halben Jahrhundert das bedeutendste im Tale; es hatte sich die schönste und malerischste Strecke, welche der Fluß durchströmt, ausgesucht, um sie mit seinem Räderrauschen und dem Getöse seiner Hämmer zu erfüllen, und hatte weit über ein Jahrhundert lang bereits mit seinem »Osemund«- oder seinen Rohstahlprodukten die »Drahtrollen« der Nachbarschaft versorgt. Und seit über hundert Jahren hatten damals von Vater auf Sohn die Ritterhausen auf dem Werke wie Erbherren gesessen, und wie feudalistische Erbherren hatten sie über eine Schar wenn nicht reisiger, doch jedenfalls rußiger und auch riesiger Knechte geboten, Menschen von breitschulterigem Wuchs, in deren gewaltigen Fäusten die lange Eisenstange, welche sie schwangen, sicherlich eine nicht minder gefährliche Waffe war, als die Hellebarde in der Hand des ritterlichen Knappen oder Landsknechts. Zur Osemund-Schmiederei nämlich gehörten die allerkräftigsten Leute. Niemand anders war einer Arbeit gewachsen, welche darin bestand, mit der gewaltigen Anlaufstange auf dem Herde zu arbeiten, das Eisen im Feuer vor dem Winde hin und her zu drehen, das geschmolzene Metall an der Stange aufzuwickeln und unter den Hammer zu bringen. Um solche Männer dem Gewerbe zu erhalten, waren deshalb ehemals auch die Osemundschmiede »kantonfrei«, das heißt, sie waren der Militärpflicht nicht unterworfen.

Von solchen Gesellen umgeben hatten also die Ritterhausen mit einer gewissen Erbweisheit fleißig und betriebsam ihr Besitztum ausgebeutet, alle günstigen Verhältnisse wohl benutzt, alle ungünstigen geschickt und wohlvorbereitet bekämpft; und so kam es, daß sie wohlhabende Leute geworden. Man sah das dem Hammer auch schon von fern an. Das Haus, lang, einstöckig, über einem massiven Kellergeschoß von Fachwerk erbaut, zeigte eine glänzende Fensterreihe und an allem Holzwerke frisch blanke Farben. Die lange Vorderseite war dem Wege zugekehrt, der durch das Tal führte, aber durch einen großen Rasenplatz, auf dem einzelne uralte Linden und Buchen sich erhoben, von diesem Wege getrennt. Die Bäume ersetzten dem Hause zugleich die Jalousien, sie gaben ihm hinreichenden Schatten vor den Strahlen der Abendsonne, welche allein diese Hauptfront trafen. Die Nebenfront des Hauses rechts zeigte eine Glastür, welche über fünf oder sechs Stufen hinab in einen großen, reich mit Obstbäumen und Gesträuchen besetzten und am untern Ende in ein schattiges Boskett sich verlaufenden Garten führte. Die Hammergebäude erblickte man nicht von dem Standpunkte, von welchem aus wir das Gehöfte betrachten, das heißt von dem vorüberziehenden Wege her; sie bargen sich mit ihren geschwärzten Dächern und rußigen Essen hinter dem Wohnhause. Aber der Rauch ihrer Kohlenfeuer wirbelte qualmig an der steil ansteigenden, grünen und buschigen Bergseite empor, welche jenseits des Flusses das Tal schloß.

Eine weite Aussicht hatte man von der Nebenseite des Hauses aus, wenn man sich auf die Schwelle der Gartentür über der erwähnten Treppe stellte. Hier blickte man über die Wipfel der Obstbäume fort, den Windungen des Flusses, der sich durch Grasmatten schlängelte, nach, bis ein vorspringender Berg, der dem Gewässer in den Weg trat, das Tal so dicht abschloß, daß es schien, es gäbe gar keinen Ausweg daraus, und wer sich einmal in diesen freundlichen Erdwinkel verloren, der sei für immer gefangen darin, wenn er nicht etwa den Mut habe, die steilen Bergseiten hinan durch das Gestrüpp sich einen Weg zu bahnen und so zu entkommen aus dem stillen Reiche Pans und der Najaden der Wupper.

Jener Berg, welcher mit abschüssiger felsiger Wand in den Fluß vortrat und das Gewässer zwang, sich erst rechts zu schlagen und dann wieder links gewandt einen Durchgang zu suchen, trug, ungefähr anderthalbhundert Fuß hoch über dem Wasserspiegel, ein Bauwerk, welches einen von den Hammergebäuden durchaus verschiedenen Charakter zeigte. Waren diese einstöckig und aus Fachwerk errichtet, so erhob sich der Bau auf der Berghöhe desto stattlicher in zwei oder drei Stockwerken – es war in der Tat schwer zu sagen, in wie vielen, denn die Fenster waren unregelmäßig und symmetrielos angebracht und wie von reiner Willkür in das alte schwere Mauerwerk gebrochen. Ein breiter Erker, der auf schweren Kragsteinen ruhte, trat aus dieser stattlichen Mauerfront hervor, und an den Ecken erhob sich an der einen Seite ein viereckiger Turm, bis zu der Höhe des übrigen Gebäudes von Bruchsteinen und sodann, noch ein Stockwerk höher, von Fachwerk aufgeführt. An der andern Ecke, dem viereckigen Turm zum Seitenstück, stieg ein schlankes rundes Türmlein empor, zu schmal, als daß es für einen andern Zweck als etwa um das Gehäuse einer Wendelstiege zu bilden errichtet sein konnte. So war das Ganze, wie es stolz ans der Bergesstirn erhöht dastand und seine hohen Essen, seine spitzen Dächer und Wetterhähne unten im Flusse spiegelte, ein bedeutsamer, malerischer Punkt, ein Point de Vue, der dem ganzen Tale Leben und Charakter gab und die Blicke jedes Wanderers auf sich zog.

Ob der Edelhof da droben, die Rheider Burg genannt, so anziehend für die Blicke der Bewohner des Hammers sich darstellte wie für die der Fremden, deren Weg durch das Tal führte, ist eine andere Frage. Die laute bürgerliche Industrieanlage mit ihren reichgewordenen Besitzern und der alte stille Herrensitz mit seinen augenscheinlich zerfallenen Mauern lagen sich zu nahe, um nicht in mancherlei Berührungen gekommen zu sein. Diese Berührungen waren in der Tat nicht ausgeblieben, und sie waren nicht immer freundlicher Natur gewesen.

Ein wechselseitiges juristisches Verhältnis, welches die beiden Sitze aneinander knüpfte, war namentlich die Grundlage zu einer erbitterten Stimmung der beiderseitigen Bewohner in den letzten zwanzig Jahren gewesen, welche den Ereignissen vorausgehen, die wir hier mit unserer dem Leser bekannten Wahrheitstreue berichten wollen; und die Reibungen zwischen Hammer und Burg hatten damit geendet, daß der Hammer in der Tat »Hammer« geblieben, die Burg aber »Amboß« geworden und von Schlägen getroffen war, denen zufolge sie heute leer und verödet stand.

Aber bevor wir die Verhältnisse und die Tatsachen ins Auge fassen, sehen wir uns nach den Menschen um, die jetzt den Hammer bewohnen.

Die Glastür an der Nebenseite des Hammergebäudes steht geöffnet und läßt die frische, reine Luft eines Herbsttages, der sonnig glänzend über dem Tale liegt, einströmen in einen Gartensalon von anständiger Größe, in welchem eine gewisse bürgerliche Eleganz herrscht. Die Wände sind bedeckt mit einer grün und lila gestreiften Tapete, unten mit Holzgetäfel überkleidet, und man hat den guten Geschmack gehabt, dieses Holzgetäfel sowie die Türen, die Fensterrahmen und die Blendläden unbesudelt zu lassen mit dem entstellenden Oelanstrich, den die Mode des Tages eingeführt hat; alles zeigt die ursprüngliche reine braune Naturfarbe des Eichenholzes. Ueber dem Kamin hängt ein schön gemaltes Bild in Form eines Medaillons, das zwei Profilköpfe übereinander, einen männlichen und einen weiblichen darstellt. Das männliche Haupt ist das des im Lande der Berge unvergeßlichen Kurfürsten Johann Wilhelm; es zeigt seine geistreichen, markierten Züge, seine klugen großen Augen, die dicke aufgeworfene Unterlippe, über welche die dem guten Herrn eigentümlichen großen Zähne, welche das Volk des Kurfürsten Hauer nannte, hervorschauen. Ein kleiner schwarzer Schnauzbart ziert die Oberlippe, über Scheitel und Nacken aber fließt die mächtige Allongeperücke herab, welche der Maler braun und ungepudert gelassen hat, sicherlich, damit das Profil seiner Gemahlin sich auf diesem Hintergrunde desto besser absetzte. Dieses Profil ist von großer Schönheit; es hat etwas klassisch Edles, und auf den ersten Blick erkennt man darin die Tochter des Südens; die Stirn ist hoch, die Nase fein gebogen und der Mund von einer seltenen Lieblichkeit, wie umspielt von den Genien der

Heiterkeit und der Güte; stark gezeichnet und dunkel aber sind die Brauen und ebenso dunkel die ausdrucksvollen lebhaften Augen der italienischen Fürstin.

Noch andere Bilder hingen in dem Gartensalon, Frauen und Männer verschiedenen Alters und verschiedener Zeiten darstellend. Die Frauen waren meist im Reifrock dargestellt und blickten lächelnd, über eine schöne Rose oder eine Orangenblüte fort, den Beschauer an; die Männer in roten Mänteln oder in bequemen, malerisch drapierten Schlafröcken von feinen Stoffen – es lag darin eine kleine Kriegslist, welche auf eine gewisse erbliche Eitelkeit in der Familie Ritterhausen deutet. Denn wären sie Edelleute gewesen, die würdigen hier im Bildnisse verewigten Herren, so würden sie sich ohne Zweifel haben malen lassen in voller Puderfrisur, im seidenen oder samtenen Bratenrock und darunter mit einem Brustharnisch statt der Weste. Denn wo du, mein geneigter Leser, Bilder von Männern findest, die bei seidenen oder brokatenen Röcken, bei spitzenbesetzten Halsbinden und Manschetten eiserne Westen tragen, so kannst du mit Sicherheit aussprechen, daß derartige Bilder Edelleute darstellen. Da nun aber die alten Ritterhausen, die einst als nachgeborene jüngere Brüder der Hammerbesitzer studiert hatten und in den Staatsdienst getreten waren, es wohl zu Hofräten, Hofkammerräten und Amtskellnern, nicht aber zum Adelsbrief gebracht, so hatten sich diejenigen, welche nicht den roten Doktormantel tragen konnten, in Schlafröcken abkonterfeien lassen – bei einem Mann im Schlafrock ist es nicht zu verwundern, daß er keine eiserne Weste trägt!

Außer der offenstehenden Glastür hat das Gemach noch ein Fenster, ebenfalls mit der Aussicht auf den Garten und darüberhin auf die alte hochthronende Rheider Burg. Vor diesem Fenster sitzt oder besser liegt, in einem bequemen Lehnstuhl ausgestreckt, ein hochgewachsener, breitschulteriger Mann, dessen Gestalt jedoch auffallend mit seinen Zügen kontrastiert; denn diese Züge sind tief gegraben und wie von Schmerzen ausgeprägt. Zwischen den dichten Brauen, welche tiefliegende, dunkle Augen beschatten, ist eine mächtige Falte eingeschnitten, die, wenn sie sich finster zusammenzieht, dem ganzen Gesicht einen drohenden bösen Ausdruck gibt. Die einzelnen borstengleichen Haare, welche ergraut aus den Brauen hervorspringen, die kleinen Finnen in dem braunen, etwas fahlen Gesicht tragen nicht dazu bei, dies Antlitz anziehender zu machen. Denn obwohl Nase, Mund und das breite, energisch vortretende Kinn wohlgestaltet und sehr männlich ausgebildet sind, so wird sich doch niemand finden, der behauptet, daß dieser Mann, Johann Wilderich Ritterhausen, der Besitzer des Hammers, ein anziehendes und gewinnendes Aeußere habe.

Freilich wäre es auch sehr unbillig, milde, heitere und wohlwollende Züge zu verlangen von jemand, der so leidend ist wie er. Er trägt die Füße, trotz des warmen Wetters, dicht umhüllt und läßt sie auf einen vor ihm stehenden Taburett ruhen. Zuweilen gleitet über sein Gesicht ein Zucken, das auf einen plötzlichen grausamen Schmerz deutet. Man braucht kein Arzt zu sein, um wahrzunehmen, daß hier das böseste aller Uebel, die Hyäne Gicht waltet.

Ritterhausen gegenüber sitzt seine Tochter, ein junges Mädchen in einem grün und weiß gestreiften Kleide von einfachem Schnitt, das ihre schöne Gestalt nach der Mode der Zeit – ich habe vergessen, dir zu sagen, lieber Leser, daß wir im Jahre des Heils 1807 stehen – knapp umschließt. Sie beugt das von hängenden braunen Locken umrahmte Gesicht über Papiere und ein dickes Buch, welche vor ihr auf dem runden Tisch liegen.

Nachdem sie eine Zeitlang Notizen in das Buch eingetragen, dabei bald das eine, bald das andere Papier genommen und verglichen hat, wirft sie die Feder weg, und indem sie sich in das Sofa, auf dem sie ruht, zurücklehnt, erhalten wir Gelegenheit, ihre Züge zu betrachten.

Diese Züge sind so auffallend wohlgebildet, wie das Antlitz des Hammerbesitzers auffallend düster und uneinnehmend ist. Sie haben etwas von der südlichen Schönheit des lieblichen Frauenantlitzes über dem Kamin, das wir vorhin schilderten – dieselbe Regelmäßigkeit, dieselbe edle Stirn, dasselbe Feuer der großen dunkeln Augen; nur daß ein gewisser schwärmerischer Glanz in ihnen ist, der sie zu charakteristisch deutschen Frauenaugen macht. Die Farbe des Gesichts ist ein feines gedämpftes Inkarnat, mehr gleichmäßig verbreitet, als daß man hätte sagen können, es sei zu Rosen auf den Wangen aufgeblüht; »Rosenwangen« und »milchweißen Teint« hat das junge Mädchen nicht, aber sie ist nur desto schöner, ihre Erscheinung nur desto ungewöhnlicher darum; ihre Züge bilden kein ausdrucksloses Aquarellgesicht, sie haben Charakter und Geist.

Eine Zeitlang heftet sie jetzt ihre Augen mit großem, festem Blick auf ihren Vater, dem das unbequem zu sein scheint, denn er wendet seine rastlos beweglichen Augen von ihr ab, bald hierhin und dorthin und sagt endlich: »Was siehst du mich an, Sibylle, was hast du?«

Sibylle wacht wie aus Gedanken auf.

»Ich dachte nur, Vater...«

»Wenn du denkst, so jag' mir deine Gedanken nicht so ins Gesicht, du weißt, daß mir das nicht lieb und angenehm ist!«

Sibylle wendet ihre Blicke wieder ihrem Buche zu. Dann sagt sie: »Also das Geld, die dreitausend Taler, die uns zurückbezahlt sind, soll ich dem Solinger auf seine angebotene Hypothek herleihen, Vater?«

»Mach's wie du willst. Der Mann ist in großer Not darum. Woher soll er's sonst nehmen!«

»Freilich, andere Leute denken eben, wie wir auch denken sollten. Es ist nicht klug, sich auf Hypotheken zu verlassen, solange man nicht weiß, welches Gesetz und welches Recht über Hypotheken gelten wird. Die Franzosen werfen alles um, und niemand kann voraussehen, wie gesichert sein Kapital ist, wenn sie einmal unser gutes altes bergisches Recht ganz ausgekehrt haben.«

»Du bist ein weises Huhn,« versetzte Johann Wilderich Ritterhausen mit einem anmutigen Lächeln.

»Sie müssen mir dennoch recht geben, Vater. Es ist sicherer, das Geld zu behalten.«

»Und zu vergraben,« fällt der Hammerbesitzer ein – »vielleicht schlägt es im Keller aus wie überwinterte Kartoffeln und trägt Früchte statt der Zinsen!«

»Der Zinsen bedürfen wir nicht; aber es kann ein Augenblick kommen, wo wir dringend bares Geld und zwar viel bares Geld bedürfen!«

Der Hammerbesitzer zuckte die Achseln.

»Es kann solch ein Augenblick kommen,« sagte er; »unser gnädigster Großherzog, Herr Joachim Murat, der schon daheim in Lahors, in seines Vaters Wirtschaft, nicht guttun wollte, hat hier zu wirtschaften begonnen, daß es nicht ausbleiben kann: es wird der Tag kommen, wo er nach barem Gelde lechzt wie ein dürstender Hirsch nach Wasser!«

»Und wo seine Domänen wohlfeil werden!« sagte, das junge Mädchen halblaut, aber mit einem gewissen bittern Ausdruck.

Johann Wilderich Ritterhausen fuhr sich mit der flachen Hand über das Gesicht; darauf ließ er, wie matt und abgespannt, die Hand wieder auf die Lehne seines Sessels zurücksinken.

»Ja, ja,« fuhr er dann fort, »und darauf hätte ich so ungefähr alles erreicht, was ich gewollt habe auf dieser schönen Welt, und« – ein Zucken des Schmerzes flog eben über seine Züge und unterbrach ihn – »und dann werden wir merkwürdig glücklich sein – ein Paar höchst glückliche Leute. Sibylle! Meinst du nicht auch?«

»Sie sagen das so spöttisch bitter, als ob es nicht Ihr Ernst wäre, Vater,« versetzte Sibylle, nachdem sie eine Weile ihren Vater fixiert hatte. »Ob wir merkwürdig glücklich sein werden, wenn wir die Rheider Burg gekauft haben und ihre Eigentümer sind, das weiß ich nicht. Ich weiß nur, daß das alte Schloß, mit allem, was dazu gehört, unser werden muß; und weshalb es unser werden muß, das wissen auch Sie zu gut, als daß wir davon zu reden brauchten.«

»Ach Gott,« antwortete Johann Wilderich Ritterhausen verdrießlich, »es muß unser werden ... Das sagst du, damit ich in meinem Marterstuhl einen Gedanken habe, mit dem ich mir die langweiligen Tage vertreibe und über dem ich brüte, damit ich nicht verrückt werde vor Pein und Ungeduld; es ist der Knochen, dem man einem Hunde zum Benagen hinwirft, damit er was zu tun habe und nicht belle und beiße. Nun, ich tue dir den Gefallen und arbeite mit allen Zähnen daran. Meinethalb aber mag der Teufel noch heute nacht die ganze Rheider Burg holen, die sämtliche Umgegend dazu, und wenn der Rheider Hammer dann nachbröckelte in das große Loch hinein, das dadurch entstände – wahrhaftig, ich hätte auch nichts dagegen!«

Und damit schloß der Hammerbesitzer die Augen und legte den Kopf, als ob er schlafen wolle, in seinen Armsessel zurück.

Das junge Mädchen ordnete schweigend und ohne sich durch diesen Ausbruch des Unmuts, der ihr nichts Ungewöhnliches haben mochte, stören zu lassen, ihre Papiere, und nachdem sie noch einige Notizen in das große Buch eingetragen, schlug sie es zu. Als sie aufblickte, nahm sie wahr, daß ihr Vater die Augen wieder geöffnet hatte und mit seinen Blicken ihren Bewegungen folgte.

»Unser Lenneper Schuldner,« sagte Sibylle jetzt, »hat seinen Wechsel nicht in Schutz genommen. Er gibt als Grund des Protestes vor, unsere letzte Sendung Rohstahl sei nicht akkordmäßig gewesen.«

»Er ist ein Lügner,« antwortete Ritterhausen mürrisch, »Wenn er nicht zahlen kann, schiebt er's auf unsere Ware und macht sie schlecht.«

»So will ich ihn einklagen lassen und ohne weiteres Personalarrest beantragen,« sagte Sibylle mit einer so kaltblutigen Ruhe, wie es die eines Advokaten oder Gerichtsvollziehers bei solchen Vorkommnissen ist.

Dann erhob sie sich und ging in ein Nebenzimmer. Gleich darauf kehrte sie daraus zurück, einen leichten weißen Schal um die Schultern geschlagen und einen Strohhut mit herabhängenden weißen Bändern auf ihren braunen Locken. Dieser einfache Kopfputz stand ihr außerordentlich gut. Der kranke Vater im Lehnsessel, der gleichgültig und gallig schien gegen die ganze übrige Welt, konnte sich dem Zauber nicht entziehen, den die eigentümliche Schönheit dieser schlanken elastischen Gestalt, diese ernsten und gedankenvollen Züge auf ihn übten. Er folgte mit seinen Blicken allen ihren Bewegungen und sagte dann freundlichem Tons: »Bleib' nicht zu lange, Sibylle!«

Sie brachte eine Schelle und stellte sie neben dem Vater auf die Fensterbank, damit sie ihm zur Hand sei, während er allein war.

»Ich geh' durch den Hammer und mache dann einen kurzen Spaziergang,« sagte sie, »In einer kleinen Stunde bin ich zurück.«

»Laß den Hund von der Kette und nimm ihn mit dir!«

Sibylle nickte ihrem Vater zu, und ohne weitern Abschied trat sie durch die Glastür und stieg die Stufen, die in den Garten führten, hinab.

Zweites Kapitel
Die Rheider Burg

Zehn Minuten später schritt Sibylle Ritterhausen über einen schmalen hölzernen Steg, der über den Fluß führte, dem andern Ufer der Wupper zu. Ein schöner großer Hund, eine dunkelgelbe Dogge mit schwarzem Kreuz über den Schultern und schwarzen Füßen, trabte vor ihr her. Als sie am jenseitigen Ufer angekommen war, folgte sie eine Strecke, weit talabwärts dem Flusse; dann schlug sie einen Fußsteig ein, der zur Linken die Bergseite hinanklomm, durch das Gehölz, das die steile Wand bedeckte. Zuweilen, wenn das Gehölz sich lichtete, an Stellen, wo der Fels nackt zutage trat und auf denen nur das Farnkraut, die Erika oder die Heidelbeere fortkam, oder wo das Holz verkrüppelt sich dicht am Grunde hielt, blieb sie stehen und benutzte den freien Ausblick, der sich ihr bot, um ihr Auge sinnend über den Fluß, das Hammergehöfte und das Tal dahinter schweifen zu lassen, das in all den schönen Farben des Herbstes prangte. Die Dogge legte sich dann eine Weile ruhig zu ihren Füßen hin; und nach einer Pause erhob sie sich wieder und lief, ohne daß ihre Herrin ihr ein Zeichen gegeben, weiter, als ob sie genau die Zeit kenne, wie lange Sibylle zu solchen Rasten und Ausschauen an diesen Punkten zu verweilen pflege. In der Tat folgte Sibylle jedesmal ihrem treuen Begleiter auf dem Fuße.

Sie war auf diese Weise beinahe bis an den Rand der Höhe gekommen, welche sie erreichen wollte, als die Dogge stehen blieb, ihre Rückenhaare sträubte und dann in langen Sätzen knurrend voraussprang. Gleich darauf hörte Sibylle oben den Hund anschlagen und eilte nun, ihn durch ihren Zuruf beschwichtigend, rascher voran.

Sie kam an ein altes, gitterloses Tor, dessen zwei Steinpfeiler, von dem Gebüsch dicht umschattet und in ewiger Feuchtigkeit gehalten, ihrem völligen Ruin nicht mehr fern schienen. Der Kalk, mit dem sie beworfen gewesen, war zum größten Teile abgefallen; Moos, Flechten und Steinbrech wucherten in den entblößten Fugen. Ueber den Pfeilern von einem zum andern schwang sich ein künstlich geschmiedeter eiserner Bogen mit allerlei Arabesken, die ein ovalrundes, in der Mitte prangendes Wappen umgaben. Die Gitter, wie gesagt, waren fort; aber wer sich das alte Eisenwerk zunutze gemacht, hatte dadurch die »Rheider Burg« ihren etwa anrückenden Feinden nicht bedenklicher bloßgestellt, als sie ohnehin schon war; denn die Mauer, die sich hier oben, am Rande des Plateaus, auf welchem der alte Edelhof stand, nach rechts hinzog, war stellenweise ausgebrochen oder eingefallen und also sehr leicht zu übersteigen! an den Torpfeiler zur Linken schloß sich nur eine Wallhecke an, welche sich im dichten Gebüsch verlief.

Auf einem Haufen ausgefallener Bruchsteine zur Seite des Pfeilers rechts saß ein Mann in blauem Kittel, einen weißen Strohhut auf dem Kopfe. Sein blondes, ungekräuseltes Haar war länger gewachsen, als es Sitte unter dem Landvolk der Gegend war; der Mann hatte es hinter die Ohren zurückgestrichen, und während so die Schläfen frei wurden und ein seines blaues Geäder unter der auffallend weißen Haut zeigten, bekam das Gesicht dadurch etwas Absonderliches, das sich in hohem Grade steigerte, wenn man auf des Mannes Augen den Blick wandte. Diese waren vom hellsten blauen Wasser und dennoch glänzend, und, wie sie so in Heller Feuchtigkeit zu schwimmen schienen, demantenartig blitzend. Sonst waren die Züge die eines Bauern, die Nase breit, die Lippen schmal und blau, das Kinn sehr zurückspringend, wie es gewöhnlich bei Menschen gefunden wird, die schwachen Charakters sind, oder deren Mangel an geistiger Energie sie der fortwährenden tyrannischen Herrschaft ihrer sinnlichen Triebe preisgibt.

Neben dem Manne, an den Steinhaufen gelehnt, stand eine von einem schmutzigen Lederfutteral bedeckte Geige.

Als das junge Mädchen ihn erreicht hatte, saß die Dogge fünf Schritte weit von demselben ruhig da. Der Fremde blickte ihr fest ins Auge, und der Hund schien sich zu scheuen vor diesem Blick. Er hatte noch immer das Rückenhaar gesträubt, er stieß auch von Zeit zu Zeit einen knurrenden Ton aus – aber seine Blicke wichen den Blicken des Fremden aus, und als Sibylle herankam, barg er sich hinter seiner Herrin.

»Guten Tag, Berend,« sagte das junge Mädchen, als sie den Mann erreicht hatte, »laßt Ihr Euch einmal wieder in der Gegend sehen?«

Der Mann lüftete seinen Strohhut, ohne sich jedoch zu erheben.

»Ihr seid lange geblieben, Mamsell Ritterhausen,« versetzte er. »Ich wartete auf Euch.«

»Auf mich? Und wie wußtet Ihr, daß ich heute hierher kommen würde, Berend?«

Die wasserblauen Augen des Mannes glänzten heller auf von einem eigentümlichen Lächeln.

»Ich wußte, daß Ihr kommen würdet, nach Eurem Eigen zu schauen!«

»Nach meinem Eigen? Was versteht Ihr darunter, Berend?«

»Darunter versteh' ich die Rheider Burg; es ist kein Winkel und kein Eckchen in dem alten Hause, von dem Ihr nicht mit Euern Gedanken längst Besitz genommen hättet, Mamsell Sibylle. Aus Tür und Tor habt Ihr die drei Späne geschnitten und auf dem Herde habt Ihr Feuer angemacht, alles in Euern Gedanken, heißt das, wie eine rechte neue Herrschaft.«

Sibylle zuckte die Achseln.

»Ihr irrt Euch, Berend,« antwortete sie kaltblütig. »Es ist wahr, daß mein Vater einmal daran gedacht hat, die Rheider Burg anzukaufen. Es war dazumal, als er den Prozeß mit dem seligen Huckarde gehabt hatte und der alte Herr plötzlich ein so schreckliches Ende nahm...«

»Ich weiß es,« sagte Berend, »er wollte sie kaufen dazumal...«

»Er dachte daran,« fiel Sibylle ein, »damit solche Streitigkeiten zwischen Hammer und Burg nie wiederkommen könnten. Da aber die Landesherrschaft die Burg an sich nahm, ist diese jetzt in sichern und festen Händen, und was den Prozeß angeht, so ist der auch tot und kann nie wieder aufleben. Wie sollten wir noch daran denken, die Burg zu kaufen!«

»Nun,« versetzte Berend mit eigentümlich listigem Zwinkern der Augen, »daß Euer Vater dazumal sie nicht bekam, das war desto besser für ihn. Wer weiß, was die Leute gesagt hätten!«

»Und was hätten sie sagen sollen, die Leute?«

»Wir wollen die Toten und geschehene Dinge ruhen lassen, Mamsell Sibylle. Was aber kommen soll, das wird kommen. Ihr habt recht, daß Ihr's nicht jedem ersten besten in die Ohren hängt, was Ihr vorhabt. Es gehören schöne Waldungen zum Hause; unten die langen zweischürigen Wiesen sind auch was wert, und die Ackerländereien bringen ihre fünf Taler Pacht der Scheffel.«

Sibylle Ritterhausen zuckte abermals die Achseln

»Ist das alles, was Ihr mir sagen wolltet – habt Ihr deshalb auf mich gewartet, Berend?« sagte sie, sich zum Weitergehen wendend.

»Nein, Mamsell Sibylle,« antwortete der Mann mit einem pfiffigen Augenblinzeln. »Ich weiß es, daß es Euch nicht um die Pacht und nicht um die Wiesen zu tun ist, wenn Ihr Euer Auge gerichtet haltet auf die Rheider Burg wie ein Falke auf ein Wasserhuhn, das noch im dicken Schilfe steckt, aber einmal doch daraus hervorkommen wird – und dann wird der Falke bei der Hand sein! Ja, ja, Ihr sollt sie auch haben, die Burg – denkt daran, daß Spielberend es Euch gesagt hat; aber es ist eine Leiche im Haus, die muß erst hinaus.«

»Eine Leiche? Ist das nun Euer Ernst, Spielberend, oder wollt Ihr mich ängstigen mit Euern Schauergeschichten?«

»Euch ängstigen? Wie sollte ich Euch ängstigen wollen? Seid Ihr so schreckhafter Natur, daß man Euch mit Lügen angst machen könnte? Es ist auch nichts dabei, weshalb Ihr erschrecken solltet. Die Leiche, die hinausgetragen werden muß, ehe die Rheider Burg Euer Eigen wird, geht Sibylle Ritterhausen nichts an.«

»Ist es der alte Claus?« sagte da« Mädchen, das offenbar stutzig geworden war, flüsternd.

Spielberend schüttelte den Kopf, »Die alte Hauseule, der Claus? der ist es nicht. Es sind große Wappen an dem Sarge.«

Sibylle erblaßte und fuhr mit der Hand zum Herzen.

»Habt Ihr die Wappen gesehen, Berend?« fragte sie, wie in höchster Spannung.

»Ich habe sie gesehen; es waren große Wappen mit einer roten Krone darüber.«

»Mit einer roten Krone?« fragte das junge Mädchen, erleichtert aufatmend. »Rote Kronen tragen nur Fürsten.«

»Das weiß ich nicht. Ihr mögt recht haben oder nicht...Ich weiß nur, was ich gesehen habe.«

Sibylle Ritterhausen schaute den Spielmann eine Zeitlang nachdenklich an.

»Ihr seid ein schlimmer Geselle, Spielberend,« sagte sie dann. »Es ist wahr, daß Ihr...«

»Mehr könnt als Brot essen, wollt Ihr sagen, Mamsell,« fiel der Mann ein, Sibylle mit einem schlauen Seitenblick streifend, und dann wieder, wie gewöhnlich, unsteten Blickes ihr Auge vermeidend.

»Aber,« fuhr Sibylle fort, »es ist auch ebenso wahr, daß Ihr lügen könnt wie der Lügenschuster Matthias, Euer guter Freund, und darum weiß man nie, ob man Euch trauen soll oder nicht. Was Ihr jetzt sagt, lautet nun vollends so wie eine von Euern Aufschneidereien. Auf der Rheider Burg lebt niemand als der alte Hausmeister Claus, und wenn sie einst den hinaustragen, die Füße voran, so werden sie keine Wappen mit Fürstenkronen an seinen Sarg heften!«

Spielberend lächelte wieder.

»Wer weiß es! In Düsseldorf ist auch ein Mann, der ist nicht besserer Leute Kind wie der alte Claus Fettzünsler; ein Schenkwirtssohn, hab' ich mir sagen lassen. Und doch, wenn er begraben wird, so soll einer die roten und goldenen Kronen sehen, die sie an seinen Sarg machen werden!«

»Habt Ihr das etwa auch gesehen, Spielberend?«

»Nein, das habe ich nicht gesehen, Mamsell Sibylle – ich weiß nichts davon! Er hat ein gutes Leben dort, im Schlosse unserer alten Herzoge; und wenn Frau Jakobäa von Baden, die da spuken geht, ihm nicht etwa den Hals umdreht – sie muß es ja an sich selber gelernt haben, wie man's macht – dann wird er ans Sterben noch lange nicht denken!«

»Ihr seid eigentlich ein greulicher Mensch, Spielberend,« sagte das junge Mädchen, sich auf einen Baumstamm niedersetzend, der dem Mauerstück, auf welchem der Spielmann saß, gegenüberlag – »man hat kaum eine Viertelstunde mit Euch geredet und Ihr habt jedesmal schon so viel von Sterben, Leichen und Särgen vorgebracht, daß einem ganz schaurig zumute wird!«

Spielberend antwortete nicht. Er griff nach seiner Geige, riß die Hülle herab und spielte mit großer Gewandtheit ein paar Läufe darauf, ein Stück aus einer lustigen Tanzmelodie; mit einem schreienden, kreischenden, tief disharmonischen Tone hörte er plötzlich auf.

»Nun ist's fort!« sagte er dann. »Darum bin ich ein Spielmann geworden. Wer Augen hat wie ich, der muß sich danach einrichten, daß ihm das Leben ein Spaß wird, und daß, wo er geht und steht, um ihn herum fröhliche Kameraden kommen. Ja, es ist ein gutes, freisames Handwerk, ein wandernder Spielmann sein. Man weiß doch, daß man lebt. Hat nicht Kind noch Kegel. Heute hier und morgen dort. Wo man kommt, da ist Kirmes. Und die Lebsucht ist gut im Land der Berge. Gar manche lange Nacht bringt man flott herum. Habe ich die Geige am Hals und den Fiedelbogen in der Hand und um mich her das lustige Hallo – dann sitze ich fest, und ich bin stärker als die sind, die mich heraus haben wollen vor die Tür, an den Kreuzweg, auf die Heide. Mögen sie locken und rufen wie sie wollen, draußen im Mondschein – Sie bekommen mich nicht! Ich weiß es schon, was da vorgeht draußen; was daherkommt den Dorfweg entlang, mit einem schwarzen Kreuz voran und einer Reihe schwarzer Leute hinterher. Sie wollen mich heraus haben, daß ich's sehen soll. Ich meine, ich habe die Nachtmär auf der Brust liegen, von Unruhe und schwerem Atem. Aber ich tu's nicht. Ich tu's partout nicht. Ich bleibe sitzen wie angeleimt auf der Bühn' und streiche die alte Geige, daß die Gläser klirren; daß die Bauernjungen stampfen und die Dirnen kreischen vor Vergnügen; ich streiche, bis ich umfalle vor Müdigkeit in dem Staub und dem Qualm der Talgkerzen und der Hitze, und dann, dann ist's vorüber. Ja, Mamsell Sibyllchen, so ist's! Und darum: Vivat, es lebe die Geige!«

Sibylle sah mit großen Augen den Menschen an, der wie ein verkörpertes dunkles Rätsel vor ihr dasaß. So nahe es lag, seine Reden als aberwitzige Possen zu betrachten, so war sie doch weit entfernt davon, sie so aufzufassen. Dafür stand Spielberends Ruf als der eines Vorgeschichtensehers im ganzen Lande viel zu fest. Spielberend ist eine populäre Gestalt, deren Andenken noch heute beim bergischen Volke lebt. Er ist der große Prophet der bergischen Lande, von dem noch heute die Großmütter ihren Enkeln erzählen. Freilich war er nebenbei ein Spielmann, ein Dorfmusikant, ein Schnurrant. Man wußte, er erzählte mehr, als er verantworten konnte, und er beutete listig den Glauben an seine Geschichten aus. Aber auf der andern Seite stand es felsenfest, daß er in einem hohen Grade von Ausbildung die Gabe des zweiten Gesichts habe. Er sah Todesfälle, Leichenbegängnisse, Feuersbrünste, Truppenmärsche vorher, und hundert

Beispiele zählte man auf, wo sich buchstäblich erfüllt hatte, was Berend vorhergesagt. Und so kam es, daß sein übriges Wesen, sein Vagabundentum, seine Lügen ihn dem Volke nur desto merkwürdiger und anziehender machten.

Sibylle fuhr mit der Hand über das Gesicht, als ob sie den unheimlichen Eindruck verwischen wolle, den all dies Gerede auf sie gemacht hatte. Dann sagte sie: »Nun hört auf mit Euern tollen Geschichten, die mich grauen machen, hier in dem einsamen Busch. Was wolltet Ihr eigentlich von mir?«

»Ich wollte Euch um etwas gebeten haben. Ich habe einen Gesellen für Euch, einen derben Burschen, der Arbeit auf Euerm Hammer nehmen will.«

»Und wer ist das?«

»Ein armer Teufel, den die Franzosen zum Soldaten gepreßt haben und der ihnen durchgegangen ist!«

»Ein Deserteur?«

Spielberend nickte.

»Den können wir nicht brauchen!«

»Wenn er in Euerm Hammer mit der langen Stange neben dem Frischfeuer steht, nackt bis auf den Gürtel und schwarz wie der König aus dem Mohrenlande – dann kennt ihn keiner mehr, und Ihr braucht, kommt Frage nach ihm, nur zu sagen, das ist der Xaver Meyer oder der Franz Müller, der schon seit Monden im Hammer arbeitet!«

»Nein,« sagte Sibylle streng und entschieden, »daraus wird nichts.«

»Aber wenn sie ihn fangen, schießen sie ihn tot; und ich glaubte, es wäre Euch ein Vergnügen, wie jedem andern guten Patrioten, ihnen einen Streich zu spielen.«

»Es geht nicht, Bebend,« sagte das junge Mädchen. »Die Hammergesellen wissen, was sie uns wert sind und tragen den Kopf hoch. Die dienen nicht zusammen mit einem hergelaufenen Menschen. Und wenn das nicht wäre, wie kann ich so viel aufs Spiel setzen, um eines fremden Deserteurs willen? Die Gesetze sind furchtbar streng dawider. Schlagt es Euch aus dem Kopfe. Wo ist er?«

»Wollt Ihr mit ihm reden? Er ist in der Nähe, – Johannes!« rief Spielberend zurückgewendet.

Sibylle folgte mit den Blicken der Richtung, nach welcher hin Berend bei diesem Rufe das Gesicht gewendet hatte, und sie sah, wie sich etwa dreißig Schritte weit von ihr, hinter der Hecke, die sich in das Gehölz verlief, ein Kopf, der mit einer blauen rotumsäumten Militärmütze bedeckt war, erhob, und wie dann eine Gestalt über diese Hecke kletterte, die rasch auf sie zugeschritten kam.

Sibylle faßte nach dem Halsband ihrer Dogge, um das aufspringende und laut anschlagende Tier zurückzuhalten. Der Fremde war unterdes herangetreten und legte die Hand an seine Mütze.

Der Mann hatte ein auffallendes Aeußere. Er war mittlerer Größe, hatte eine breite, Kraft und Gewandtheit ankündende Gestalt, und einen ungewöhnlich kleinen schmalen Kopf auf den mächtig ausgebildeten Schultern. Das graue Auge zeigte eine eigentümliche reiherartige Schärfe. Die Mütze mit dem roten Rande war das einzige Militärische an seiner Kleidung. Diese bestand aus einer schwarzen Manchesterjacke, langen Tuchbeinkleidern von derselben Farbe und einer dunkelgrünen Weste von Serge oder einem ähnlichen Wollstoff. Um den niedergeschlagenen Hemdkragen trug er ein schwarzes Seidentuch – die ganze Erscheinung war etwa die eines ehrsamen Handwerkers im Sonntagsstaat.

»Ihr seid den Franzosen fortgelaufen?« fragte Sibylle zu dem Fremden aufschauend, der mit einer für einen Unglücklichen und Hilfesuchenden auffallenden Dreistigkeit seine scharfen Augen auf das junge Mädchen heftete.

»Das bin ich.« sagte er.

»Und weshalb?«

»Es war gerade Zeit für mich!«

»Zeit für Euch? Das soll heißen, Ihr habt Euch mit etwas vergangen und nahmt vor der Strafe Reißaus.«

»Wenn Ihr mir helfen wollt, wie der Spielmann dort meint, daß Ihr tun würdet, will ich Euch die Geschichte schon erzählen,« antwortete der Deserteur, »Sonst könnt Ihr's nicht verlangen.«

»Ob ich Euch helfen will? Nun, vielleicht will ich Euch einen guten Rat geben, wenn Ihr's verdient. Um das zu wissen, muß ich Eure Geschichte kennen. Wie heißt Ihr?«

»Johannes.«

»Und dann?«

»Ich denke, ich komme für die nächsten Tage aus mit dem Namen Johannes. Lassen wir's gut sein damit. Wo ich daheim bin, das tut auch nichts zur Sache. Genug, daß Ihr wißt, ich habe da allerlei kleinen Verdruß gehabt, wo ich daheim bin. Es ist da so ein kleiner Fürst, einer von denen, die Anno 1802 ins Land gekommen sind und sich darein geteilt haben. Der Fürst oder Herzog, oder wie er sich schreiben mag, hatte einen nichtsnutzigen Neffen bei sich, der stellte den Weibsleuten nach und so auch einer, die mich näher anging. Es war nicht just meine Schwester, und auch nicht just mein Schatz, aber daß er ihr nachstellte, war mir nun einmal nicht recht, und als wir in einer schönen Nacht zufällig zusammenkamen – es war an einer Fähre, wo man über ein Wasser setzt – da gerieten wir aneinander und ich nahm ihn beim Kragen und warf ihn hinein. Nun, was hängen soll, das versäuft nicht, und es lief für ihn mit einem kalten Bade ab. Mir aber wurde die Gegend zuwider seitdem und da ich gute Freunde jenseits der Grenze im Holländischen hatte, so ging ich zu denen und ließ mich da anwerben unter die Mannschaften, die nach Batavia gehen. Ich bekam ein schönes Handgeld und in Leeuwarden, wo ich eingestellt wurde, waren die Herren Offiziere so zufrieden mit mir, daß sie mich zum Korporal machten, schon nach ein paar Monaten. Ich mußte drillen helfen, und da ich Geschick dazu hatte, hielten sie mich da, im Depot, um die neuen Angeworbenen, die von Zeit zu Zeit ankamen, einzuüben. Endlich sollte die Reise angehen. Das Schiff lag segelfertig im Texel – da kam auf einmal Konterorder. Der Kaiser Napoleon ging, den Preußen zu verruinieren, und wir Holländer mußten mit, bis hier ins Bergische hinein. Wir kamen nach Düsseldorf in Garnison; anfangs hießen wir noch Batavier und dann wurden wir umgetauft in ›Großherzoglich bergische Grenadiere‹. Nun, mir konnt's recht sein, obwohl ich nicht so gewettet hatte. Für Batavia hatte ich kapituliert, aber nicht fürs Bergische. Da sie mich aber zum Sergeanten machten und auch ein gutes Leben ist bei den Franzosen, so ließ ich mir's gefallen.«

»Ihr waret bereits Sergeant und lieft dennoch fort?« unterbrach ihn Sibylle.

»Als Sergeant –« fuhr der Fremde in demselben gelassenen, beinahe spöttelnden Tone fort. »Und das kam so. Neulich habe ich die Wache am Benrather Tor. Da lieg' ich ganz behaglich auf der Pritsche und spiele Karten mit einem guten Kameraden. Da ruft die Wache vorm Gewehr: Aux armes! und als wir nun herauslaufen, kommt mir mein Monsieur Murat, der Herr Großherzog dahergeritten, von Schloß Benrath herein, den hohen weißen Federbusch auf dem Kopfe, Gold auf allen Nähten und rote Samtstiefeln an den durchlauchtigen Beinen. Nun, den Herrn hat unsereins schon öfter zu sehen bekommen, wir nehmen also ruhig die Gewehre auf, ich kommandiere: Präsentiert, und stelle mich in die Reihe – aber ich meine, ich sehe den leibhaften Satan aus der Erde aufsteigen, als ich unter den Herren, die mit dem Großherzog sind, meinen alten Freund von dazumal erblicke, stolz und hoch zu Roß, in einer Guidenunifoim mit den Oberstenepauletten ...«

»Es war der Mann,« fragte Sibylle, »um den Ihr früher Eure Heimat verließet und Euch nach Batavia zu gehen entschlosset?«

»Derselbe, den ich ins Wasser warf. Und wie ich ihn mit großen Augen anstarre, sieht er mich wieder an, sein Gesicht verzieht sich, er wendet es rasch ab, und dann wendet er es mir wieder zu, als ob er seiner Sache gewiß werden wolle. Dabei zuckt etwas um seinen Mund, just wie's der Teufel macht, wenn er wahrnimmt, daß ihm eine arme Seele ins Garn gegangen ist. Und damit ist der Troß an uns vorüber geritten. Ich lasse die Wache die Gewehre absetzen, und da grad' ein Paar Reitknechte, die dem Herren folgen, herangeritten kommen, trete ich an den einen heran und frage ihn nach dem Obersten in der Guidenuniform. Der ist Flügeladjutant beim Herrn Großherzog, sagt der Reitknecht. Nun wußt' ich genug. Auch was ich zu tun und zu lassen hatte. Als wir am andern Tage abgelöst wurden, ging ich in mein Quartier, schnürte mein Bündel und gab's einem Jungen, mir's zur Stadt hinauszutragen. Und dann, als es dunkler Abend geworden war, da ging ich meinem Bündel nach und nun sind wir alle beide da, das Bündel dort hinter der Wallhecke und ich hier.«

»Das ist also Eure Geschichte,« sagte Sibylle nachdenklich. »Es mag so sein, wie Ihr sagt, aber es mag auch noch mancherlei dabei sein, was Ihr nicht sagt!«

»Und weshalb glaubt Ihr das?«

»Weil Ihr doch sonst wohl abgewartet hättet, ob denn der Oberst gegen Euch noch etwas Böses im Schilde führte und die Stellung, die er beim Großherzog einnimmt, dazu mißbrauchen würde.«

Johannes, der Deserteur zeigte ein bitteres Lächeln um seinen Mund mit den festen verkniffenen Lippen und sagte: »Es wäre darüber vielleicht zu spät geworden, meine werte Demoiselle, über dem Abwarten. Ich kenne meine Leute und kenne den Herrn! Nein, nein, es war besser, daß ich nicht wartete und ging. Und das habe ich getan, und in den Bergen drüben habe ich den Spielmann hier getroffen, der hat mir Hoffnung gegeben, Ihr würdet mir helfen, auf die Seite zu kommen. Zum Weiterreisen habe ich kein Geld und keine Papiere, und es wird heutzutage überall scharf aufgepaßt.«

»Der Spielmann,« antwortete Sibylle, »ist sehr kühn, daß er solche Versprechungen macht.«

»Ich habe Euch immer als eine gute bergische Patriotin gekannt, Sibylle Ritterhausen,« fiel Spielberend ein, »es ist ein Landsmann und den Franzosen dreht Ihr eine Nase damit.«

Sibylle betrachtete noch einmal den Deserteur. Es war etwas in dem Menschen, das mit Mißtrauen erfüllen konnte, seine kecke Physiognomie, sein beinahe frecher Blick. Seine bestimmte scharfe Weise sich auszudrücken, gefiel dagegen Sibyllen wieder. Sie sagte: »In unserm Hause, auf unserm Hammer können wir Euch nicht gebrauchen. Ich will auch weiter nichts mit Euch zu schaffen haben. Aber ich will Euch einen Schlupfwinkel zeigen, in welchem Ihr vor allen Nachforschungen sicher seid und bleiben könnt, bis Ihr glaubt, sicher über die Grenze kommen zu können.«

»Nun, wenn Ihr das wolltet, so ist's auch schon des Dankes wert!«

»Den Dank erwart' ich auch … den, daß Ihr später niemand vertatet, wer …«

»Darauf verlaßt Euch … schweigen kann der Johannes!«

»So holt Euer Bündel und folgt mir!«

Der Mann ging, um zu tun, was das junge Mädchen ihm befohlen; Sibylle stand auf und schritt durch die alten Steinpfeiler voran, dem Edelhofe zu, dessen Mauern vor ihr durch das Gebüsch schimmerten. Der Deserteur mit seinem Bündel in der Hand hatte sie bald eingeholt; auch der Spielmann mit seiner Geige im Sack folgte ihr. Die Dogge lief voran.

So schritt die Gruppe über einen auf dem Plateau des Berges liegenden Rasenplatz, auf welchem friedlich eine an einen Pflock gebundene Ziege weidete. Vor ihnen erhob sich dieselbe Seite der Rheider Burg, welche man vom Hammer aus erblickte, die mit den zwei Ecktürmen und dem Erker. Das Gebäude sah in dieser Nähe nicht mehr so imposant aus wie es sich von unten, vom Tale her darstellte, und der große Verfall, der überall daran genagt und verwüstet hatte, wurde jetzt erst recht sichtbar. Dagegen hatte man von dem Platze vor dem Gebäude eine unvergleichliche Aussicht über die Windungen des Flusses durch das enge Bergtal und über die Höhen zu seinen beiden Seiten, die mit schönem Laubholz bestanden und durch einzelne Ansiedlungen mit Aeckern und Wiesen durchsprenkelt waren.

Sibylle wendete ihre Schritte dem viereckigen Turme zur Linken zu, an dessen Fuß eine schmale, spitzbogige Tür ins Innere führte. Die Tür war von Eichenholz, fest und schwer gezimmert, aber die Zeit hatte alle Farben heruntergewaschen und die Sonne und Dürre hatten zahllose Spalten hineingerissen. Sie führte in ein gewölbtes Souterrain, an welches sich eine ganze Reihe ähnlicher hallenartiger, aber dumpfer und feuchtkühler Räume, schloß, in denen es leer und öde aussah. Starke Gittertüren trennten sie voneinander ab, keine derselben jedoch war verschlossen und hemmte den Schritt Sibyllens, die ihre Begleiter bis in den letzten dieser

Räume führte. Hier wurden zwei Treppen sichtbar, eine breite, bequem aus Steinplatten aufgebaute, die links in einen Korridor hinaufleitete, und eine andere schmale, hölzerne Wendelstiege, welche in der äußersten Ecke sich zwischen runden Turmmauern hinaufwand, den kleinern runden Turm füllend, welchen man von außen an der rechten Seite des Gebäudes wahrnahm.

Sibylle blieb hier stehen.

»Spielberend,« sagte sie, »Ihr könnt dort die Treppe hinaufgehen zum alten Claus und ihm sagen, daß ein Gast in die Rheider Burg gekommen wäre, den er verpflegen möge, um der Ehre des Hauses willen.«

»Und gegen richtige Bezahlung,« fiel der Deserteur ein. »Ich verlange nichts umsonst.«

»Das mögt Ihr mit dem Hausmeister abmachen,« versetzte Sibylle. »Also geht, Spielberend, dort links hinauf. Ich steige mit dem Manne unterdes diese Wendeltreppe empor und zeige ihm oben eine Kammer, wo er bleiben kann und sicher ist, nicht gefunden zu werden. Das ist alles, was ich für ihn tun kann. Geht voraus – Ihr, Johannes!«

Der Deserteur folgte ihrem Winke und schritt die Wendelstiege hinan, die unter seinem schweren Tritte heftig erknarrte. Sibylle folgte ihm, ihre Dogge dicht neben sich.

Spielberend blieb eine Weile stehen; dann trat er der Wendelstiege näher und versuchte leise auftretend und ungehört zu folgen. Er war ohne Zweifel neugierig zu erfahren, in welchem Versteck da oben das junge Mädchen den Fremden unterbringen wollte. Aber die alte Holztreppe war ein verräterisches Ding. Trotz aller Behutsamkeit, die Spielberend anwandte, gab sie alle möglichen Töne von sich, sie knirschte, kreischte, ächzte ... Spielberend fand für gut, von dem Versuche abzustehen, und darum ging er zurück und schritt die breite steinerne Stiege hinauf, wohin ihn Sibylle Ritterhausen gewiesen hatte.

Als der Spielmann oben war, stand er in einem mit steinernen Platten belegten Gange; zu seiner Linken führte eine ähnliche Treppe wie die, welche er emporgestiegen, zwischen zwei Mauerwänden in das höhere Stockwerk hinauf; ihm gegenüber zeigte sich die doppelflügelige große Haustür, die auf den vordern Hof hinausführte; rechts und links von derselben ließen große spitzbogige Fenster das Tageslicht ein, während ihnen gegenüber dunkelgebohnte Türen in innere Räume führten. Auf den leeren Wandflächen waren hier und dort mächtige Hirsch- und Elen- oder Damtiergeweihe angebracht. In den Fenstern zeigten sich gebrannte Scheiben mit grellfarbigen, vortrefflich erhaltenen Wappen.

Es war totenstill in dem Korridor und die Wände echoten hohl den einsamen Schritt des Spuksehers nach, als er, nach links gewandt, den Gang hinabschritt, um an der letzten Tür stehen zu bleiben, eine Weile still vor derselben zu horchen und dann leise anzuklopfen.

Ein heiseres »Herein!« antwortete ihm aus dem Innern, und als er eintrat, wurde er sehr lebhaft von zwei guten alten Freunden bewillkommnet, denen er nach kurzer Zeit einen vierten im Bunde vorstellen konnte. Denn sehr bald nachher trat, von Sibylle zurechtgewiesen, auch Johannes über die Schwelle.

Drittes Kapitel
Die Herren von Huckarde

In dem Gemache, in welches der Spielmann eingetreten war, saßen also nach einer kleinen Weile, nicht eine Viertelstunde später, vier seltsame Gesellen zusammen.

Es war ein weiter und hoher Raum, dessen Fenster auf einen verwilderten Garten hinausgingen. Der Boden war mit alten Eichenholzdielen belegt, die sich an vielen Stellen geworfen hatten, wie man es nennt, und klaffende Risse zeigten. Die Wände waren unten bis zu einem Drittel ihrer Höhe hinauf mit glänzenden Fliesen oder mit Estrich bedeckt, darüber aber geweißt oder gelb oder braunrot angestrichen – es ließ sich in der Tat nicht mehr entscheiden, was ursprünglich mit ihnen geschehen war, denn der Rauch vieler Jahre, der aus dem großen Kamin geschlagen, so oft der Wind aus Südwesten dahergekommen, hatte allem, was da war, dieselbe Tünche gegeben, dem Holzwerk, den Wänden, den alten Schränken und dem Angesicht des Bewohners dieser alten Kammer oder Küche, dem ehrlichen Claus Fettzünsler, Hausverwalter der Rheider Burg.

Claus Fettzünsler war ehemals Laienbruder in der Abtei Altenberge gewesen. Er hatte das Kleid des heiligen Robert von Zisterz, das weiße Habit mit dem schwarzen Skapulier und schwarzen Gürtel getragen. Was ihn aus diesem gottseligen Berufe und aus dem stillen Klosterfrieden hinaus in die stürmische Welt getrieben, darüber hatte niemand offizielle Kunde; es war ein Geheimnis geblieben zwischen ihm und dem Herrn Prior, der ihm eines schönen Tages den Laufpaß gegeben. Nachdem Claus auf diese Weise nicht ganz verheißungsvoll und befriedigend die erste Lebensperiode beschlossen, hatte er eine zweite begonnen, über deren Einzelheiten und Wendungen ebenfalls ein gewisses Dunkel lag, welches, da Claus selber es nicht aufzuhellen Veranlassung genommen hat, bis auf diese heutige Stunde unenträtselt geblieben ist; es ist nur gewiß, daß diese zweite Lebensperiode in einer angenehmern Weise als die erste ihr Ende erreichte, dadurch nämlich, daß Claus auf vielfältiges Anhalten und nach mancherlei Gängen um Fürsprache und Empfehlung zum Hausverwalter unsers Edelhofs bestellt wurde, ein Dienst, der, wie die Dinge gegenwärtig in der Rheider Burg standen, eine vollkommene Sinekure darstellte.

Claus Fettzünsler also hatte ein verräuchertes Gesicht mit einem Paar blinzelnder Schelmenaugen darin, eine kleine Gestalt mit einem respektierlichen Bäuchlein und von besondern Kennzeichen ein Bein, das durch irgend ein bedauerliches Ereignis um die volle Beweglichkeit der Muskulatur gekommen war … mit andern Worten, er hinkte.

In dem Augenblicke, in welchem wir die Kammer betreten, war der Hausverwalter damit beschäftigt, ein frugales Abendmahl – wenig aber gut, und das reichlich, wie er sich ausdrückte – für seine Gäste zu bereiten.

Von diesen saßen zwei, nämlich Spielberend und der Deserteur Johannes, an einem runden Klapptisch, der oben im Gemache zwischen zwei Fenstern stand. Johannes war im obern Teile des Schlosses von dem jungen Mädchen, das ihm die Anweisung eines Zufluchtsortes versprochen, zu einem solchen geführt worden, zu einem Versteck, wie er es nicht besser wünschen konnte. Sie hatte sich dann entfernt, nachdem sie ihm die Tür zum Wohngemache des Verwalters gezeigt, wo er, wie sie ihm gesagt, mit Claus Fettzünslers vorauszusetzender Genehmigung sich aufhalten könne, solange nicht außergewöhnliche Ereignisse einträten, die ihn zur Vorsicht und zur Flucht in sein Asyl oben in dem weitläufigen Gebäude mahnten.

Seitwärts unter dem Fenster, an einem mit Schusterwerkzeug bedeckten Tische, saß noch ein vierter Gast. Es war ein Mann von untersetzter Figur, einem breiten Gesicht mit auffallend großem Munde, der, wenn er lachte, sich bis an die Ohren zog, flacher Nase und Augen, die an pfiffiger Schelmhaftigkeit nichts denen nachgaben, die aus Claus Fettzünslers Antlitz leuchteten. Er saß in Hemdärmeln und war mit Nadel und Pechdraht beschäftigt, an einem Paar riesiger Schuhe die Havarien langen Gebrauchs zu beseitigen.

Der Deserteur hatte dieser Gesellschaft eben seine Geschichte erzählen müssen. Er hatte es getan in einzelnen abgebrochenen Sätzen, mit einem gewissen mürrischen Humor.

»Und nun wisset ihr alles, was euch zu wissen not tut,« schloß Johannes seinen Bericht.

»Und das ist just nicht das größte Stück von Eurer Geschichte,« sagte der Schuster lachend. »Wir sind aber nicht neugierig, Herr Sergeant. Für unsereins ist es gut, wenn er nicht zu viel weiß. Seht nur den Spielberend an. Der weiß zu viel, der arme Teufel. Nicht so viel gerade, wie er den Leuten weismacht, aber doch mehr als ihm gut ist. Darüber ist er ganz vom Fleisch gefallen und sieht ordentlich hohlwangig aus.«

»Nun, Lügenschuster,« versetzte der Spielmann, »ich habe mir sagen lassen, du seiest auch nicht immer dumm gewesen. Dazumal, als sie dich aus dem Kloster zu Altenberge fortjagten, da soll's auch nur darum gewesen sein, weil du zu viel wußtest!«

Der Lügenschuster, wie ihn Spielberend nannte, lachte wieder und diesmal hell auf, wie vor innerm Vergnügen.

»Ja, ja,« sagte er augenzwinkernd, »wir wußten allerlei, ich, der bloß Küchenjunge war dazumal, und der Claus, der heilige Mann, der einen ehrwürdigen weißen Rock anhatte und in jeder Tasche desselben ein Stück von unserm lieben Herrgott. Wir hatten dazumal ein kleines Kompaniegeschäft, bei dem sich Klaus aber besser stand als ich. Er stahl die Weinflaschen aus dem Keller und machte andere Streiche, und hernach, wenn's auskam, mußte ich die Ausreden erfinden.«

»Also Ihr wart dazumal schon der Lügenlieferant, Matthis?« warf Spielberend dazwischen.

»Jugend hat keine Tugend,« fiel lächelnd Claus Fettzünsler ein.

»Nun, das Alter auch nicht immer,« sagte hier der Deserteur, »das werdet ihr wohl bei euern Klosterherren gemerkt haben!«

»Ja, wir merkten so allerlei,« versetzte Fettzünsler kopfnickend.

»Weißt du noch, Claus, wie wir die leeren Tonnen über den Hof rollen mußten?« fragte Matthis, der Schuster.

Claus Fettzünslers Lächeln ging in ein stilles Kichern über.

»Und was war mit den leeren Tonnen?« fragte Spielberend.

»Nun, sie waren leer und' es war doch etwas darin...«

»So erzähl' einmal die Geschichte, Matthis, aber lüg' nichts hinzu!«

»Es war einmal ein Abt,« begann der Lügenschuster, »der war ein fröhlicher, lebenslustiger Herr, aber darum nicht minder immer in Span und Händeln mit den Herren vom Konvent, wie das nun einmal für ein rechtschaffenes Kloster ehemals so herkömmlich und gebräuchlich war, wenn es auch nicht immer so scharf herging wie dazumal unter dem Abt Johann von Schlebusch, der von den Mönchen wegen seiner Ueppigkeit abgesetzt und zum Nonnenbeichtvater am Kloster Liebesberg gemacht wurde, wo er sich nachmals durch treue Pflichterfüllung ausgezeichnet haben soll. Unser besagter hochwürdiger Herr Abt hatte nun eines Tags einen Besuch von einem Paar recht hübschen jungen Damen; was sie bei ihm wollten, das weiß ich nicht, wenn Fettzünsler es nicht etwa weiß, der hatte dazumal die Aufwartung im Abteihaus und stand sehr in Gnade bei dem Herrn und mag mehr darüber sagen können. Ich denke, es waren ein Paar reuige Sünderinnen, die gekommen, dem frommen Herrn ihre kleinen unschuldigen Uebeltaten zu beichten. Muß auch wohl so sein, daß sie sich dabei auch ein wenig schämten, und daß sie darum so still und behutsam bei Nacht und Nebel gekommen waren. Denn es wußte niemand, daß sie da waren, bis auf ein paar schlaue Herren im Konvent; die erfuhren es – weiß unser Herrgott, wie sie's ausspioniert hatten. Nun wußte es aber auch bald der ganze Konvent und der Konvent fing alsbald an, den Abteibau mit spähenden Augen zu belagern Tag und Nacht. Sie wollten durchaus die Freude haben, die beiden jungen Damen mit ihren erleichterten Gewissen abziehen zu sehen. Se. Hochwürden, der Herr Abt, bekamen aber auch bald Wind von der Sache, und wer nun nicht erschien, um sich den schadenfrohen Herren Konventualen zu zeigen, das waren die schönen Sünderinnen. Das dauert eine Weile so, bis den zweiten Tag gegen die Abendzeit, wo es zu dämmern beginnt. Da öffnen sich sänftiglich die beiden Klappen über der Kellertreppe an der Abtei, und herauskommen der gute Fettzünsler und meine Wenigkeit, der fromme Matthis, und wir rollen ganz sacht und lässig jeder eine Tonne herauf und dann vor uns her über den Klosterhof, dem Tore zu.

»Eine Weile geht das nun gut, und wir sind schon dicht an der Brücke, die vor dem Klostertore über den Bach führt. Siehe, da kommt der gottselige Mann, der Pater Kellner daher und fragt uns ganz demütiglich: Wohin wollt ihr denn mit den Tonnen, lieben Leute?

»Ehrwürdiger, sag' ich, wir sollen die Tonnen nach dem Vorbau bringen, wohin alsbald der Fuhrmann sie abzuholen kommen wird. Der Herr Abt hat es uns also befohlen

.

»So, sagt der Pater Kellner, sollen sie abgeholt und wieder gebraucht werden? Es ist recht, Matthis, aber sie werden leck geworden sein. Sie müssen erst ins Wasser, damit sie quellen, die trocknen alten Fässer; sonst werden sie lecken. Rollt sie mir einmal da in den Bach hinein, lieber Matthis.

»Um Gottes willen, Ehrwürden, sagte nun Claus Fettzünsler erschrocken, in den Bach dürfen wir sie nicht werfen – dann, dann ...

»Nun, was dann, guter Bruder Nikolaus?

»Dann schwimmen sie weg, sag' ich, da ich sehe, daß Fettzünsler nichts Besseres einfällt.

»Die schwimmen nicht weg, sagt der Pater Kellner, und indem legt er selbst Hand an die eine Tonne und gibt ihr einen derben Stoß, das Bachufer herunter.

»In demselben Augenblick aber läßt sich ein wundersames Gekreische aus dem Innern der Tonne hören und gleich darauf zetert und schreit es auch aus der zweiten Tonne heraus – ganz kläglich und erbärmlich. Ich springe der Tonne nach und halte sie an, noch ehe sie ins Wasser geplumpst ist, und der Pater Kellner sagt ganz stille lächelnd: Ei, ei, es will mich bedünken, als ob *aliquid vivum* in den Tonnen stäke. Unser hochwürdiger Vater und Abt hat vielleicht ein Wunder getan und in seinen leeren Fässern ein Paar Schutzengelchen verspunnt, daß sie sie ihm hüten!

»Und dabei schlägt er mit der Faust den obern Deckel der Tonnen ein, der nur ganz lose eingesetzt war, und heraussteigen mit blutrotem Gesicht und wütenden Mienen die beiden verspunnten Schutzengel des Abts.

»Richtig, so ist es! sagt der Pater Kellner ganz ruhig. Daß aber die andern Konventsherren auch nicht weit waren, könnt ihr euch denken, und wie sie herbeistürzten und welchen Skandal es gab!«

Spielberend lachte, auch der Deserteur ließ ein Lächeln über seine ernsten Züge gleiten.

»War es dazumal, daß ihr beiden aus dem Kloster weggejagt wurdet?« fragte der Spielmann dann.

»O noch lange nicht,« versetzte der Lügenschuster. »Wir sind noch lange dageblieben und haben noch lange in der Klosterschule gelernt, bis wir endlich eben zuviel wußten und um die Ecke gebracht wurden. Nicht wahr, Fettzünsler, wir haben noch mehr erfahren?« setzte er lachend hinzu.

Claus Fettzünsler bestätigte des Lügenschusters Versicherung mit einem wiederholten lebhaften Kopfnicken, und während er an seinen Töpfen tätig blieb, ließ er allerlei einzelne Worte fallen, welche ebensoviele Andeutungen an alte gemeinsam erlebte Geschichten waren und jedesmal den Schuster hell auflachen machten. Weniger anziehend war diese hieroglyphische Art der Unterhaltung für den Spielmann und den Deserteur, welcher letztere namentlich es bedeutend vorgezogen haben würde, wenn das Gespräch eine Wendung genommen hätte, die ihm erlaubte, sich über den Ort, wo er sich befand und über die Verhältnisse der jungen Dame zu unterrichten, welche seine Helferin geworden.

»Und seit Euch um all der Späße wegen, davon Ihr redet, die Mönche weggeschickt haben,« sagte er endlich zu dem Schuster gewendet, »seid Ihr hier in diesem alten Kastell Hofschuster geworden?«

»So etwas,« antwortete Matthis. »Ich komme alle Vierteljahr einmal, um zu sehen, was bei Freund Claus neu zu besohlen ist.«

»Ihr wandert also aufs Handwerk?«

»Nach Landesbrauch.«

»Und wenn das der Matthis nicht könnte, wie hielt er's dann aus,« fiel der Spielmann ein, »wenn er nicht seine Geschichten von Haus zu Haus tragen könnte, so wüßte er ja nicht zu bleiben damit!«

»Weiß er denn, wenn er solch ein Geschichtenerzähler ist, nicht auch eine Geschichte von diesem Hause hier?« fragte Johannes. »Es sieht wohl danach aus, als ob etwas drin vorgefallen sein könnte!«

»Es ist auch schon mancherlei drin vorgefallen,« versetzte der Schuster, »aber das gehört in Spielberends Fach mehr als in meins. Ich habe die lustigen Geschichten lieber, und er die, wobei's einem die Gänsehaut zusammenzieht.«

»Und solche Geschichten sind hier vorgefallen?«

»Er lügt wieder, der Schuster,« versetzte der Spielmann, »er lügt eben alles, was er sagt. Er hat noch von der Pfalzgrafenzeit her ein Privilegium darauf.«

»Wem aber gehört es denn, das alte Kastell hier, und weshalb ist's so verfallen und verlassen?« fuhr der Deserteur fort.

»Ja, wem gehört's! Claus Fettzünsler, weißt du's?«

Claus Fettzünsler schüttelte den Kopf.

»Den Herren Franzosen wird's wohl gehören,« sagte er, »denen gehört ja jetzt alles, was sie gebrauchen können.«

»Soviel ist wenigstens gewiß, wenn's denen nicht gehörte, so würde es dem Herrn Ritterhausen oder der Mamsell Sibylle gehören,« sagte der Schuster, »Sie sollen gewaltig darüber ausgewesen sein, es zu kaufen, als der alte Herr von Huckarde den Hals gebrochen hatte und sein Sohn so plötzlich verschwunden war.«

»Den Hals gebrochen – plötzlich verschwunden,« fiel der Deserteur ein, »könnt Ihr denn nicht erzählen, wie das zugegangen ist? Mir deucht, es ist ebenso unterhaltend, wie Eure alten Klostergeschichten.«

»Wie es zugegangen ist – ja, Kamerad, um das zu erzählen, müßte man's eben wissen,« sagte Fettzünsler.

»Und wißt Ihr's auch nicht?« wandte sich Johannes an den Spielmann.

»Was ich davon weiß, will ich Euch sagen,« antwortete dieser. »Seht, es war ein alter Herr von Huckarde hier im Lande, der hatte hübsche Güter gehabt, und es waren immer angesehene, vornehme Leute gewesen, die Huckarde. Aber sie hatten wohl in alten Zeiten, schon zu Kurfürst Johann Wilhelms Tagen, immer mehr Geld gebraucht, als sie einnahmen, und waren auf diese Art in ihrem Wesen zurückgekommen. Unser Herr von Huckarde hatte dazu auch schlechte Zeiten erlebt, viel Mißwachs und Hagelschlag auf seinen Feldern und eine kränkliche Frau, die sich der Wirtschaft nicht annehmen konnte, und so war er immer tiefer hineingeraten und hatte endlich alle seine andern Güter verkauft, um herauszukommen, und nur die Rheider Burg, wo seine Voreltern seit undenklichen Jahren darauf gesessen, die hatte er behalten. Da wohnte er nun still und ruhig, wie er denn ein in sich gekehrter Mann war, der von Welt und Menschen nicht viel hielt und zufrieden war, wenn man ihn in Frieden ließ. Seine Frau starb hier in der Burg, und er war nun ganz allein mit seinem einzigen Sohne Robert, der ein wilder, kecker Junge war und ihm viel Geld kostete, solange er ihn auf Schulen und auf Reisen draußen hatte. Das ging aber nicht lange so fort! der Robert mußte heimkehren und schlug nun unserm Herrgott die liebe Zeit tot, hier bei dem Alten auf der Burg.

»Nun liegt dort unten am Wasser der Hammer, den Ihr wohl gesehen habt, der Rheider Hammer, der dem Herrn Ritterhausen gehört, und der Hammer ist gebaut auf Grund und Boden der Burg, in alten Zeiten schon. Der Hammer mußte auch alljährlich an den Herrn von Huckarde einen Kanon zahlen oder Grundgeld, wie man auch sagt, zehn Taler bergisch Geld.

»Als nun der Ritterhausen einmal hier oben bei dem alten Herrn ist, um seinen Kanon zu bezahlen, sagt ihm der von Huckarde: Mein lieber Ritterhausen, wie werden wir es nun halten, wenn die Hammerbesitzung, die Sie von uns in Erbpacht haben, mit Ablauf der nächsten Jahre pachtlos wird und an mich zurückfällt?

»Pachtlos wird? Zurückfällt? antwortet Ritterhausen verwundert. Sie irren sich, Herr von Huckarde, der Hammer ist mein und hat seit undenklichen Jahren meiner Familie gehört. Aber weil er in Olims Zeiten auf herrschaftlichem Grund und Boden erbaut ist, so zahlt er ein Grundgeld an die Burg, das ist alles.

»Der alte Herr aber schüttelt den Kopf und sagt: Nicht also, mein lieber Nachbar, ich kann Ihnen aus meinen Papieren beweisen, daß vor nunmehr beinahe hundert Jahren der Hammer den Ritterhausen in Pacht auf hundert Jahre gegeben ist. Ist die Zeit abgelaufen, so trete ich wieder in meine vollen Eigentumsrechte ein. Es versteht sich, daß ich Ihnen nicht die Besitzung zu entziehen gedenke, wir werden uns schon einigen darüber. Nur gedenke ich eine Pacht auf kurze Zeit eintreten zu lassen, und zehn Taler bergisch sind heutzutage kein billiger Satz für eine solche Besitzung mehr; dem werden Sie nicht widersprechen.

»Ueber diese Worte des Herrn aber wird mein Ritterhausen ganz rot vor Zorn im Gesicht und wehrt sich aus Leibeskräften dawider, daß sein Haus und Hof und Hammerwerk nicht sein eigen sein solle; und endlich gehen beide in Zorn auseinander. Ritterhausen geht sogleich zum Advokaten und nun beginnen beide einen Prozeß, einen schweren, langen Prozeß, der Geld und Verdruß vollauf kostet und lange Zeit nicht weiter rückt. Endlich gewinnt der alte Herr auf der Burg den Prozeß. Er bekommt ein Urteil heraus, gegen das Ritterhausen nichts mehr machen kann. Und was nun das Schlimmste ist für Ritterhausen, der alte Herr hat bei all dem Aerger und all den Kosten, die ihm der Mann vom Hammer gemacht, den Koller gekriegt und hat geschworen und gelobt, nun solle der Ritterhausen herunter von dem Hammer, sobald seine Zeit um sei, und solle nicht darauf bleiben, wenn er auch zehnmal mehr Pacht biete als jeder andere; lieber wegschenken wolle er das ganze Anwesen, als den Ritterhausen darauf lassen!«

»Der arme Herr,« fiel hier Claus ein, »der hatte schon damals nicht viel mehr wegzuschenken, aber genug zu tun, um sich die Juden vom Hals zu halten. Der Prozeß hatte ihm arg viel Geld gekostet!«

»So war es,« fuhr der Spielmann fort, »und so standen die Dinge, und die Zeit war nahezu da, daß der Ritterhausen den Hammer hätte räumen müssen. Wer aber keine Anstalt dazu machte, das war der Mann vom Hammer. Er ließ sein Geschäft fortgehen nach wie vor, er hielt die Gebäude in Ordnung, wie er immer getan, reparierte, wo etwas schadhaft war und kaufte Vorräte von Kohlen und Erz und was er sonst brauchte, als ob er nicht daran dächte, den Hammer zu verlassen. Auch soll er wohl manchmal, wenn ein guter und vertrauter Freund bei ihm von der Sache zu reden angefangen – denn ein anderer hätte darüber nicht das Maul aufzutun gewagt, es war niemals gut Kirschenessen mit dem Ritterhausen, auch vorzeiten nicht, wo er noch nicht wie ein verdrießlich Häufchen Unglück, von der Gicht geplagt, vom Morgen bis zum Abend in seinem Sessel lag – also, wenn einer davon angefangen, soll er wohl gesagt haben: Meine Voreltern sind geboren und gestorben auf dem Rheider Hammer und gerade so gedenke auch ich zu tun, zu sterben darauf, wie ich darauf geboren bin!

»Nun wohl, eines Abends – es ist im Novembermonat gewesen und es hat bereits angefangen zu dunkeln, so zwischen drei und vier, wo man an nebligen Tagen schon daran denken muß, daß man heimkommt, wenn man draußen einem Gewerbe nachgegangen ist; da kommt ganz unvermutet der Ritterhausen den Bergweg dahergestiegen, geht in die Burg und fragt nach dem Herrn. Der Herr ist wohl verwundert ob dem Besuch, er läßt erst zusehen, ob der junge Herr, der Robert, daheim ist, und den läßt er zu sich rufen, und dann mag der Ritterhausen zu ihm in seine Wohnstube da oben kommen.

»Was die nun zusammen geredet haben, das weiß der liebe Gott. Lange haben sie gesprochen, oft still und ruhig, oft laut und hitzig – so viel weiß Claus Fettzünsler; denn der hat sicherlich, darauf könnt Ihr Euch verlassen, hinter irgendeiner Ecke gestanden und zugehört. Was sie aber eigentlich gesprochen haben, davon weiß er doch nichts Rechtes…«

Claus verzog hier seinen Mund zu einem bedeutungsvollen Lächeln und nickte ganz eigentümlich mit dem Kopfe.

»Ihr habt doch etwas gehört, Claus?« fragte Spielberend. »Nun so rückt damit heraus, alter Fettzünsler, ehe Ihr damit in die Grube fahrt, was nicht lange dauern kann, wenn Ihr fortfahrt, so schwere fette Pfannkuchen zu essen, wie Ihr da just einen vom Feuer nehmt!«

»Verstört Claus in seiner Bäckerei nicht, der hat einen Klostermagen und davon versteht ein herumstrolchender Spielmann, wie Ihr, nichts,« fiel der Lügenschuster ein. »Aber nun sag', wie es denn war, Claus!«

»Sie sprachen anfangs trutzig von Geld,« versetzte Claus, »und dann kam es mir vor, als hätte der Ritterhausen einen sehr höflichen Ton gegen den alten Herrn angenommen und ihm zu etwas zugeredet; von Verkaufen fielen dabei Worte! aber ob er ihm die ganze Rheider Burg oder nur den Hammer verkaufen sollte, das weiß ich nicht. Endlich sprachen sie wieder hitzig und laut, und nach einer Pause mischte sich Robert hinein und sprach lange und dann endlich ging die Tür auf und der Ritterhausen kam heraus und der junge Herr begleitete ihn höflich bis an die Treppe, und da schieden sie voneinander, als wenn alles in Richtigkeit wäre. Das ist, was ich von der Sache weiß, nicht mehr und nicht minder.«

»Ist der Ritterhausen reich?« fragte Johannes.

»Er hat wenigstens mehr als der alte Herr von Huckarde jemals besessen hat,« antwortete der Spielmann.

»Nun, dann könnte ich mir schon einen Vers darauf machen, was die drei untereinander gesprochen haben,« bemerkte der Deserteur.

»Und was denn?« fragte Claus.

»Der Ritterhausen hat entweder dem Baron vorgeschlagen, er solle ihm den Hammer verkaufen. Oder er solle ihm seine ganze Rheider Burg verkaufen. Oder er ist so schlau gewesen und hat einen hübschen Posten von des Barons Schulden an sich gebracht und ihm eröffnet: Nun nimm dich in acht, daß du mich nicht von dem Hammer treibst, denn alsdann fordere ich Bezahlung meiner Schuldforderung von dir!«

»Es mag wohl so sein, Kamerad, es mag so gewesen sein,« versetzte der Spielmann. »Aber nun hört, wie es weiter gegangen ist. Noch an demselben Abend kommt der Baron in seinen Mantel gewickelt aus seinem Zimmer heraus und geht, mit einer Laterne in der Hand, ganz mutterseelenallein, der alte Mann, hinten zur Burg hinaus und den Burgweg hinab, als wenn er zum Hammer wolle. Der junge Herr ist auf seinem Zimmer gewesen, die Leute sind hier in der Gesindestube, und nur einem Knecht ist er draußen vor der Turmtür begegnet, der hat ihm die Laterne abnehmen und ihm leuchten wollen, aber er hat ihn zurückgeschickt, er finde den Weg schon allein. Der ist aber stehengeblieben, um zu sehen, wohin der alte Herr ginge, und so hat er gesehen, daß er den Bergweg nach dem Hammer eingeschlagen hat. Wohin hätte er auch sonst gehen können! Nun ist er aber auf dem Hammer niemals angekommen. Er hätte auch den Ritterhausen dort gar nicht gefunden; der ist erst viel, viel später heimgekommen, und kein Mensch weiß, was er draußen in der Nacht getrieben hat...« »Der alte Huckarde ist niemals wieder heimgekommen,« fuhr Spielberend fort, »weder die Nacht noch den andern Morgen; und am Nachmittage hat man ihn gefunden zwei Stunden von hier unterhalb in der Wupper, eine große Wunde hinten am Kopf.«

»Kuriose Geschichte,« sagte der Deserteur nach der stummen Pause, die beim Schlusse von des Spielmanns Geschichte entstanden war, »er hatte eine Wunde am Kopf? Und wie sah die aus?«

»Blutig und schrecklich genug,« fiel Claus ein, »Ich habe sie gesehen, als man die Leiche herauf, hier ins Haus brachte. Auf dem großen Saale oben hat sie gestanden.«

»Aber,« fuhr Johannes fort, »konnte man denn nichts daran sehen, an der Wunde, wie sie wohl entstanden war?«

»Die gutmütigen Leute,« versetzte Claus, »sagten, der alte Herr sei ins Wasser gestürzt in der Dunkelheit und dabei sei er mit dem Hinterkopf auf einen Stein oder eine Felskante aufgeschlagen.«

»Und die nicht gutmütigen meinten wohl, er habe sich selber hineingestürzt ins Wasser?«
fragte der Deserteur, indem er Claus und Spielberend, einen nach dem andern, bedeutsam an-
blickte.

»So war es, Kamerad,« sagte der Spielmann.

»Und die bösen – die sagten wohl noch etwas anderes?«

»Kann sein,« erwiderte Claus Fettzünsler, »aber,« fügte er mit seinem schlauen Blinzeln hinzu,
»wer wollte nachsagen, was böse Leute sagen?«

»Und die Gerichte,« fuhr der Deserteur fort, »sagten die nichts?«

»Die Gerichte? Nun, dazumal waren wir noch in der guten bergischen Zeit und die Gerichte
waren nicht wie heute. Man ließ noch Gottes Wasser über Gottes Land laufen. Auch rief sie
keiner herbei. Der Mann ist verunglückt, hieß es eben. Der junge Herr Robert beweinte und
begrub seinen Vater stattlich und mit allen Ehren, und als das geschehen war, ging er zum
Hammer hinunter und dort verlangte er Mamsell Sibylle Ritterhausen zu sprechen. Die beiden
haben dann eine lange Unterredung miteinander, gehabt, zwei, drei Stunden lang, und dann ist
er heimgekehrt mit düsterer Stirn und einem Gesicht, daß niemand gewagt hat, ihn anzureden;
und so hat er sich seine Sachen zusammengepackt und hat sein Pferd satteln lassen und ist
denselbigen Abend noch fortgeritten der Wupper nach und in die Welt hinein, und es hat
niemals jemand wieder etwas von ihm gehört.«

»Was ist denn nun hernach aus der Sache geworden, aus dem Hammer, den Ritterhausen
und der Burg?«

»Was die Burg angeht,« nahm Claus das Wort, »so ist sogleich ein Konkurs ausgebrochen
über des alten Huckarde Nachlaß; und die Rheider Burg hat schon in dem Amtsblatt gestanden, wie daß sie sollte öffentlich meistbietend bei brennendem Licht verkauft werden, und der
Herr Ritterhausen hat sie kaufen wollen und schon sein Geld dazu parat gemacht, als könnte
sie ihm nicht entgehen; da ist auf einmal die kurpfälzische Regierung dazwischen gekommen
und hat gesagt, die Rheider Burg sei ein landesfürstliches Lehn, und weil kein Erbe sie zu
muten gekommen, so werde sie als heimgefallen betrachtet, und so hat die Regierung über die
Schulden, die darauf hafteten, mit den Gläubigern sich in Verhandlungen begeben und ihnen
fürs erste die Einkünfte zugewiesen, aber die Burg ist kurfürstlich geworden. Und den Herrn
Ritterhausen hat der Kurfürst ruhig auf seinem Hammer gelassen gegen den alten Kanon, und
das hat gedauert bis die Franzosen gekommen sind. Da ist die Rheider Burg großherzogliche
Domäne geworden und der Ritterhausen hat nach den neuen Gesetzen das Erbpachtswesen
von seinem Hammer ganz ablösen und abkaufen können und nun ist der Hammer sein und ich
denke, der Teufel selber bringt ihn nicht herunter.«

»Wenn er ihn nicht holt!« fiel hier lachend der Lügenschuster ein, »anders wohl nicht!«

»Nun wißt Ihr die ganze Geschichte, Kamerad,« sagte Spielberend.

»Ich danke Euch für Eure Geschichten,« versetzte Johannes; »um einem die Zeit vom Ein-
rühren des Pfannkuchens bis daß er gar ist, zu vertreiben, sind sie nicht schlecht.«

»Und gar ist er,« sagte Claus Fettzünsler, »und jetzt, Mannen, langt zu und laßt ihn nicht
kalt werden.«

Der würdige Hausvater hatte, während der Erzählung in der Küche hin und her hinkend,
den Tisch, an welchem Spielberend und Johannes der Deserteur saßen, gedeckt, mit zinnernen
Tellern und einer reichlich gefüllten Salatschüssel besetzt, Schwarzbrot und Butter dazugestellt
und nun das Ganze mit seinem duftenden, noch zischenden Eierkuchen gekrönt. Der Deserteur
wartete keine zweite Einladung ab, namentlich da er auch den Schuster Matthis in kriegerischer
Stimmung zum Angriff anrücken sah. Spielberend aß wenig und zwischen Johannes und Matthis schwankte die Palme der umfassendsten und erfolgreichsten Leistung, zu deren Unterstützung Claus Fettzünsler wesentlich durch einen rundbäuchigen Krug voll guten Gerstensaftes,
den er aus einem Wandschrank hervorholte, beitrug.

Viertes Kapitel
Großherzog Murat

Es waren zwei Tage verflossen, und wieder war es um die Nachmittagsstunde, wie das erste Mal, als wir das Gartenzimmer des Rheider Hammers betraten. Von den Schmiedegebäuden her tönte das tosende Rauschen des Wassers, das Klopfen und Hämmern und all der Lärm, der mit einer solchen Werkstatt voll angespannter Tätigkeit verbunden ist. Im Wohnzimmer Ritterhausens dagegen herrschte tiefe Ruhe; der Hammerbesitzer lag zwar mit umwundenen Füßen in seinem Sessel wie gewöhnlich; er hatte jedoch einen guten schmerzensfreien Tag. Sibylle saß ihm auch heute gegenüber; ihre großen Bücher lagen auf dem Tische, aber sie hatte sie nicht aufgeschlagen, sie stützte den Arm darauf und auf den Arm ihr schönes Haupt und blickte mit ihren großen Augen träumerisch durch die offene Gartentür in die sonnige Landschaft hinein.

»Worüber sinnst du so lange in dich versunken nach, Sibylle?« sagte Ritterhausen endlich gähnend, da ihm die Stille lästig zu werden anfing.

»Ich sinne darüber nach,« antwortete sie, »ob es eine prophetische Anlage im Menschen geben könne, eine Sehergabe.«

»Und wie kommst du darauf?«

»Durch eine zufällige Veranlassung, Ich bin neulich dem Spielberend begegnet und der wunderliche, unheimliche Mensch hat mir allerlei Dinge gesagt, die —«

»Die du so töricht bist, zu glauben?«

»Das nicht,« fiel Sibylle ein; »aber jedermann im Lande weiß, daß der Spielmann Ereignisse vorhergesagt hat, welche mit allen Umständen genau so eingetroffen sind. Dies ist eine Tatsache. Aber wenn in einem Menschen eine solche Sehergabe lebt, so muß sie doch, mehr oder minder verhüllt, in allen leben; denn ich kann mir nicht denken, daß in einem Menschen ein Seelenvermögen läge, was nicht auch, wenigstens im Keime, in jedem andern verborgen liegt. Wir sind doch alle nach einem und demselben Vorbild geschaffen.«

»Meinst du? Ich danke meinerseits für diese Voraussetzung,« sagte der Hammerbesitzer. »Wenn du beobachtest, was den meisten Menschen gefällt, was sie schön oder was sie ein Vergnügen nehnen, so merkst du bald, daß du nicht mit ihnen aus demselben Stoffe geknetet bist.«

»Darüber mag man denken, wie man will,« versetzte Sibylle, »es bleibt doch das wahr, daß die menschliche Seele ein gleichartiges Wesen ist, sie mag nun im Körper eines Weibes oder Mannes, eines Bauern oder eines Künstlers stecken. Wenn nun in dem Bauern eine Eigenschaft wie die Prophetie hervortritt, weshalb sollte sie dann nicht auch in der Seele des Künstlers, des Gelehrten liegen, weshalb sich nicht in ihm entwickeln, auferziehen lassen?«

»Möchtest du aus dir eine Vorgeschichtenseherin entwickeln? Oder ist dies ein leiser Vorwurf, daß ich dich nicht dazu auferzogen habe?« fragte Ritterhausen lächelnd.

»Nein; obgleich in alten Zeiten, wie ich neulich gelesen habe, es hier im Lande der Frauen Handwerk gewesen ist, wahrzusagen. Ein alter römischer Schriftsteller erzählt es, und es geht daraus hervor, daß das Vorgeschichtensehen eine uralte Sache bei uns ist. Aber ich möchte wenigstens so viel prophetische Ahnungsgabe besitzen, daß ich die Winke des Schicksals verstände, wenn das Schicksal mir Winke gibt.«

»Und glaubst du, daß das Schicksal von Zeit zu Zeit die Gefälligkeit hat, dir einen Wink zu geben?«

»Das ist es eben: wenn ich klage, daß ich diese Winke nicht verstehe, so heißt das mit andern Worten, ich weiß nicht, ob das Schicksal mir einen Wink gibt.«

Ritterhausen zuckte die Achseln.

»Was ich meine,« fuhr Sibylle fort, »kann ich nur durch ein Beispiel klar machen. Man sucht etwas zu erreichen, man hat sich ein bestimmtes Ziel gesetzt, zu dem man gelangen will. Nun stößt man auf Hindernisse. Man überwältigt sie; aber kaum sind sie besiegt, so erheben sich neue; und sind auch diese aus dem Wege geräumt, so treten abermals andere zwischen uns und unsern Wunsch. Liegt nun darin ein Wink des Schicksals? Will uns eine gütige Macht ablenken von der Verfolgung unsers Plans? Sagt sie uns: lasse ab von deinem Beginnen, denn es führt nicht zu deinem Heile, sondern zu deinem Unglück? Oder sollen wir uns sagen: alle diese Hemmnisse sind ebensoviele Prüfsteine deiner Charakterkraft, deiner Energie? Ueberwältige sie und desto stolzer wirst du auf dich sein können, wenn du zu Ende geführt hast, was du begonnen!«

»Das sind Grillen für einen Frauenkopf,« antwortete Ritterhausen. »In einem Manne, das heißt einem rechten Manne, können sie nicht aufsteigen. Ein Mann übernimmt nicht eher etwas, als bis er wohlüberlegt hat, bis er klar darüber ist, erstens ob die Sache ihm wirklich nützt, und zweitens, ob sie erreichbar ist. Was ihm alsdann in den Weg tritt, das sucht er zu besiegen ohne nach Winken des Schicksals zu fragen, an die ich nicht glaube. Ich glaube nur an ein blindes Fatum, genannt Glück und Unglück. Was aber das Schicksal, unser Menschenschicksal angeht, so habe ich mir in meinem Marterstuhl hier darüber den folgenden Spruch gemacht:

Sei ein Roß, das blind in der Mühle sich dreht.
Sei ein Hund, ins Tretrad gespannt!
So lautet der Spruch, der geschrieben steht
Für uns all von des Schicksals Hand;
Und hast du geplagt voll Angst und Not
Dich lange Jahr' ohne Ruh',
Dann schnürt dir zum Lohne der grimme Tod
Hohnlachend die Gurgel zu! –«

»Das ist gotteslästerlich, Vater!« sagte Sibylle vorwurfsvoll.

Ritterhausen zuckte abermals die Achseln und blickte zum Fenster hinaus.

Auch Sibylle schwieg und träumte stumm weiter. Sie wußte ja, daß sie mit ihrem Vater, den sein Leiden zum Menschenfeind und zum Skeptiker gemacht hatte, sich über Fragen wie die angeregte nicht verständigen würde. Und darum verschloß sie ihre Gedanken vor ihm, wie sie so vieles andere still in ihrer Brust verschloß. Aber doch hatte etwas wie eine Ermutigung für sie in den Worten ihres Vaters gelegen. In dem nämlich, was er gesagt über die männliche Weise, ein Ziel zu verfolgen. Auch sie verfolgte trotz aller Hemmnisse auf solche männliche Weise ein Ziel, einen bestimmten Zweck – und wenn ihr Mut, ihre Zuversicht auf einen endlichen Sieg auch oft sinken, wenn ihr Herz auch in dunkeln Stunden hoffnungslos verzagen wollte – sie ermannte sich immer wieder und rief sich zu, wie sie es in diesem Augenblick tat: beharrlich und treu!

»Du hast schärfere Augen, Sibylle,« sagte nach einer langen Pause der Hammerbesitzer, »blicke doch einmal nach der Rheider Burg hinauf!«

»Und was soll ich da sehen?« fragte Sibylle sich erhebend und hinter den Stuhl ihres Vaters tretend, von wo aus man den freisten Blick auf den hochragenden Edelsitz hatte.

»Es scheint mir da oben ein ungewöhnliches Leben zu herrschen,« versetzte Ritterhausen.

Sibylle schaute eine Weile hin, ihre Hand über die Augen haltend, weil das Sonnenlicht sie blendete. Dann sagte sie: »Es ist wahr, man wirft Fenster auf und es bewegen sich einzelne Gestalten im Innern an den Fenstern vorüber.«

»Was mag das zu bedeuten haben?«

»Gott weiß es,« antwortete sie in auffallender Unruhe, »ich will hinaufgehen, um näher nach-zuforschen.«

»Das halte ich für ebenso überflüssig als auffallend, Sibylle,« bemerkte Ritterhausen.

Aber das junge Mädchen ließ sich nicht irremachen. Sie brachte die Bewegung da oben in der Rheider Burg mit ihrem Deserteur, dem sie aus Mitleid mit seiner Lage dort ein Versteck gezeigt hatte, in Verbindung, und die Unruhe trieb sie, sich selbst von dem, was vorgehe, zu überzeugen.

Darum nahm sie Hut und Umschlagetuch und verließ das Gartenzimmer, um auf ihrem gewöhnlichen Wege, durch den Garten und über den Steg, der den Fluß überbrückte, hinauf-zugehen. Es konnte ja auch niemand befremden, wenn sie heute ein wenig früher als an andern Tagen ihren Spaziergang zur Burg hinauf machte.

Ritterhausen blieb allein, seinen Gedanken überlassen, einer Gesellschaft, welche er viel zu oft und zu lange genossen hatte, als daß sie ihm sehr unterhaltend gewesen wäre. In seinem Egoismus fesselte er deshalb auch seine Tochter, seinen einzigen Umgang, fortwährend an sein Krankenzimmer und erlaubte ihr willig nur dann ihn zu verlassen, wenn die Leitung des Geschäftes, das er ihr ganz übertragen hatte, sie gebieterisch abrief. Sie war jetzt schon seit Jahren nicht für einen einzigen Tag abwesend gewesen von dem väterlichen Hause. Und statt daß Ritterhausen sich gesagt hätte, diese Einsamkeit und dieser Mangel an Zerstreuungen gebe ihrem Geiste ganz natürlich eine schwermütige und dem Leben sich abwendende Richtung, zog er es vor, seinen Egoismus zu beschönigen, indem er sich umgekehrt vorsagte, da ihr Gemüt eine ernste und schwermütige Richtung besitze, so entbehre sie die Zerstreuungen und die Genüsse nicht, welche die Geselligkeit und der Aufenthalt in einer Stadt, im Mittelpunkt bewegter Verhältnisse darbieten.

So viel ist gewiß, Sibylle verlangte nicht nach ihnen. Es kam ihr nie in den Sinn, daran zu denken, ihre Existenz sei ein Opfer, welches sie der kindlichen Liebe bringe. Vielleicht war das auch nicht ganz der Fall. Vielleicht brachte sie dies Opfer eigentlich einem ganz andern sie beherrschenden Gedanken. Genug, sie schien völlig zufrieden mit dieser Existenz, welche sie mit unnachlassender Beharrlichkeit der Pflege ihres Vaters und der sachkundigsten Verwaltung des Hammers widmete. Bei dieser Verwaltung zeigte sie eine bewundernswürdige Umsicht. Allerdings ist diese Art industrieller Betriebsamkeit durch ihre Einfachheit mehr als jede andere geeignet, von einer Frau geleitet zu werden. Fleiß, Ordnung und die regelrechte Ausbeutung gewisser auf den einzelnen Werken geheimgehaltener, gewöhnlich ererbter Kunstgriffe, Manipulationen und Verfahrungsweisen reichten damals noch aus, den Betrieb gewinnbringend zu machen. Sibyllens Ueberwachung erzielte dieses Ergebnis in auffallendem Maße, ja so sehr, daß Ritterhausen auch da willig ihren Anordnungen freien Lauf ließ, wo er selbst anderer Ansicht war.

Sie hat einmal Glück, sagte er sich, und sie versteht Geld zu machen wie ein Wucherer!

Er wollte jetzt eben ein auf der Fensterbank neben ihm liegendes Buch zur Hand nehmen, um damit die Zeit zu töten, als er aufschauend, zu seiner Ueberraschung gewahrte, daß Sibylle, raschen Schrittes zurückkehrend, durch den Garten daherkam, und zwar nicht allein, sondern gefolgt von einem Manne in grüner, auf allen Nähten mit breiten goldenen Tressen bedeckter Jägerlivree.

»Was ist das?« sagte Ritterhausen sich aufrichtend, »ein herrschaftlicher Jäger, der gerade aussieht, als gehöre er unserm französischen Landesherrn, so glänzend ist er ausstaffiert!«

»Seltsame Neuigkeiten, Vater,« rief Sibylle in diesem Augenblick, die Treppe aus dem Garten hinaufeilend und ziemlich außer Atem in das Zimmer tretend. »Denken Sie sich, die Burg hat einen neuen Herrn, einen französischen Grafen, und der ist oben im Schlosse mit dem Großherzog selber und einer ganzen Suite Herren vom Hofe…«

»In der Tat?« rief Ritterhausen aus, »Nun, ins Teufels Namen! Ich sehe nicht ein, weshalb du so aufgeregt darüber bist!«

»Ich bin es deshalb, weil dieser Mann hier uns anzukündigen kommt, daß wir den Besuch der Herren zu gewärtigen haben. Da sie die Burg oben ganz leer gefunden haben und der alte Claus außerstande ist, ihnen Erfrischungen zu bieten, so wollen sie sich herablassen, den Hammer mit ihrer Gegenwart zu beehren und seine Gastlichkeit in Anspruch zu nehmen.«

Ritterhausen machte große Augen.

»Welche Ehre,« sagte er mit einem Lächeln, das doch etwas von geschmeichelter Eitelkeit verriet. »So mußt du eben alles aufbieten, was Küche und Keller vermögen, um die Herrschaften anständig aufzunehmen.«

»Ich denke, sie werden mir so viel Zeit lassen, um für etwas zu sorgen! Hätten sie sich doch früher angemeldet!«

»Eins bitte ich mir aber aus, mein Kind,« fuhr Ritterhausen fort. »Fange damit an, daß du deine Toilette machst, damit du jedenfalls zur Hand bist, wenn sie kommen. Ich kann sie nicht empfangen, und du darfst nicht fehlen, ihnen die Honneurs zu machen.«

»So werde ich mich also wohl ankleiden und zugleich in Küche und Keller umherziehen müssen: denn anders wird es nicht gehen,« versetzte Sibylle.

Das junge Mädchen verschwand jetzt durch eine Seitentür; der Jäger, der bisher in der offenen Gartentür stehen geblieben war, wollte ihr folgen, als Ritterhausen ihm winkte.

»Setzen Sie sich, guter Freund,« sagte er, »Sie werden müde sein – verstehen Sie deutsch?«

Der Jäger verstand deutsch.

»So sagen Sie mir, wer ist denn der neue Herr da oben in der Rheider Burg?«

»Der Herr Graf von Epaville«

»Graf von Epaville – habe nicht die Ehre, das Geschlecht der Grafen von Epaville zu kennen. Woher ist der Mann?«

»Der Herr Graf sind in Belgien daheim.«

»Ein Belgier – so so; und im Dienst?«

»Oberst und Flügeladjutant bei Sr. großherzoglichen Hoheit.«

»Und wie kommt der Herr Oberst und Flügeladjutant zu der Rheider Burg, wenn man fragen darf?«

»Der Herr Oberst sind von der Spielpartie des gnädigsten Herrn.« antwortete lächelnd der Jäger.

»Von der Spielpartie? Das heißt doch nicht, daß er die ganze Burg mit allem Zubehör dem Großherzoge im Spiel abgewonnen hat?«

»Ich bin nicht dabei gewesen,« versetzte der Jäger, »aber in der Antichambre erzählte man sich's.«

»Alle Teufel!« fluchte Ritterhausen zwischen den Zähnen. »Nun werden wir in den nächsten Tagen im bergischen Moniteur lesen, daß die Domäne Rheider Burg als Nationalbelohnung für spezielle treue Dienste zur Dotation des Grafen von Epaville angewiesen sei! – Die Pest hole die Wirtschaft!«

Nachdem Ritterhausen eine Zeitlang seinen patriotischen Verdruß still verarbeitet hatte, hub er wieder an zu fragen: »Und was für eine Art Mensch ist dieser Herr Graf? Ist er alt oder jung, verheiratet oder nicht?«

»Er ist so ungefähr zwei- bis vierunddreißig Jahre alt und, soviel ich weiß, unverheiratet,« versetzte der Jäger. »Er hat früher in der Marine gedient und ist dadurch zuerst mit dem Herrn Großherzog, der Großadmiral von Frankreich ist, wie Sie wissen werden, in Verbindung gekommen.«

»Also ein Marineoffizier?«

»Eine Zeitlang wenigstens,« antwortete der Jäger; »zu uns ist er nicht als Marineoffizier gekommen. Es ist ein vornehmer Herr, ein Vetter oder Neffe des Herzogs von Anglure im Westfälischen drüben...«

»Habe nicht die Ehre,« fiel Ritterhausen spöttisch ein ...»Und dieser Graf Epaville steht also wohl sehr hoch in Gnaden bei unserer Hoheit?«

»Er macht mit dem Grafen Beugnot und dem Grafen Nesselrode immer seine Spielpartie.«

»Nun, wir werden den Herrn ja zu sehen bekommen,« versetzte Ritterhausen und bewegte dann die kleine Schelle, welche neben ihm stand. Als ein Dienstmädchen erschien, dessen gerötetem Gesicht man ansah, wie sehr just eben ihre Tätigkeit in Anspruch genommen wurde, befahl er, dem grünen Herrn eine Flasche Wein in der Küche aufzutragen, und der Jäger entfernte sich.

Nach einer kurzen Zeit kam Sibylle zurück. Sie hatte ein Kleid von schwerer brauner Seide angezogen, und um sich die Minuten, welche eine neue Frisur gekostet hätte, zu sparen, hatte sie ein kleines Spitzenmützchen mit gelbem Bande aufgesetzt, was zu ihren ernsten Zügen außerordentlich gut stand. Sie ordnete nun das Gartenzimmer, beseitigte ihre großen Bücher, überdeckte den runden Tisch mit schneeweißem Damast und dann besetzte sie ihn mit Geschirren, welche damals freilich wenig von dem Werte hatten, den sie in unserer Schätzung heute einnehmen. Es waren Teller von ausgezeichneter Majolika oder japanischem Porzellan, prächtige, geschliffene Humpen und Silbergeräte von schönster Renaissanceform.

»Die Herrschaften,« sagte sie dabei zu ihrem Vater, der ihr ruhig zuschaute, »die Herrschaften werden meinen, sie kommen in einen Trödlerladen, wenn sie all das altfränkische Geschirr sehen. Aber ich kann es ihnen nicht besser vorsetzen.«

»Nun, es hat unserer schönen Kurfürstin Anna und dem guten Johann Wilhelm von dem alten Geschirr recht wohlgeschmeckt, wenn sie zu meines Großvaters Zeit am Rheider Hammer vorüberkamen und bei dem alten Herrn, der in sondern Gnaden bei ihnen stand, einen Imbiß nahmen – ich meine deshalb, unsere jetzige Landesherrschaft wird auch damit zufrieden sein können – sie hat auch nicht immer von Silber und Vermeil gespeist!«

Die Seitentür öffnete sich, und das Dienstmädchen und der Jäger erschienen, beladen mit Schüsseln, die gefüllt waren mit allerlei Gegenständen einer kalten Küche; der Jäger half ordnen, und so stand bald ein Imbiß auf dem Tische, dem man nicht ansah, wie sehr er improvisiert war. Sibylle gab der Magd die nötigen Anweisungen für die Herbeischaffung dessen, was der Keller an gutem Wein enthielt – es waren immer einige versiegelte Flaschen für außergewöhnliche Fälle in Herrn Ritterhausens Keller – und dann ging sie in den Garten hinab, um ein paar Blumensträuße für die Vasen, die auf dem Kaminsims standen, zu pflücken.

In dieser Beschäftigung wurde sie jedoch unterbrochen. Sie hatte geglaubt, daß die erwarteten Gäste von der Burg den längern Fahrweg herab zu Wagen kommen und vor dem Hause vorfahren würden. Statt dessen hatten die Herren sich den freilich viel kürzern Fußweg herunterführen lassen, auf welchem sie jetzt über den Steg in den Garten gekommen waren. Sibylle hörte plötzlich lebhafte Stimmen in französischer Sprache ganz dicht in ihrer Nähe, und ehe sie sich noch zurückziehen konnte, stand eine breite Männergestalt vor dem Eingang der dunkeln Laube, in welcher sie eben ihre Blumen auf einem alten Steintisch in zwei Buketts zu ordnen beschäftigt war.

Wer die breite Männergestalt war, darüber konnte Sibylle sich nicht täuschen. Sie hatte oft genug Porträts dieses Mannes, der jetzt ihr Landesherr war, gesehen. Joachim Murat, Marschall und Großadmiral von Frankreich, war seit einigen Monden souveräner Herzog von Berg.

Sibylle war erschrocken, einmal weil sie so überrascht wurde und dann über das merkwürdige Aussehen der Gestalt, welche vor ihr stand. Das Gesicht Murats streifte sehr nahe an Häßlichkeit. Die dunkeln Augen leuchteten zwar ebenso freundlich wohlwollend wie feurig das junge Mädchen an, aber das Antlitz mit der breiten platten Nase und dem seltsamen fahlen schwärzlichen Teint war weit entfernt, anziehend zu sein; und ganz seltsam war nun vollends der Anzug des Großherzogs. Dieser Anzug hatte einen durchaus militärischen Charakter, aber er stand nicht im geringsten in Übereinstimmung mit irgendeiner reglementmäßigen Uniform irgendeines französischen oder belgischen Korps. Murat trug einen dunkelblauen Rock von Samt, der mit schweren goldenen Schnüren besetzt war; dazu weiße Kaschmirbeinkleider mit breiten goldenen Streifen und feine ungarische Husarenstiefel von rotem Maroquin mit goldnen Sporen. Sein Haupt bedeckte eine rote viereckige Mütze, in der Form einer Ulanentschapka, an der eine kostbare Diamantagraffe glänzte, welche letztere den hohen Reiherbusch, der von zwei großen weißen Straußfedern umwogt war, festhielt.

»Wir kommen als ungeladene Gäste in Ihr Haus, Mademoiselle,« sagte Murat mit großer Freundlichkeit, aber in sehr gebrochenem Deutsch zu dem jungen Mädchen.

»Die Ehre ist also desto größer für uns,« versetzte Sibylle sich tief verbeugend.

»Aber auch die Last, die wir Ihnen verursachen!«

»Wenn Ew. Hoheit fürliebnehmen wollen mit dem, was ein bergisches Bürgerhaus zu bieten vermag, so ist das eine so große Gnade für uns...«

Murat ließ sie nicht ausreden.

»Welche schönen Sträuße machen Sie da,« fuhr er fort, »wenn einer davon für mich bestimmt ist, so geben Sie ihn mir ...Sie sehen, ich brenne, ein solches Geschenk von Ihnen zu erhalten!«

Sibylle nahm eine weiße Rose aus der noch ungeordneten Blumenfülle vor ihr und überreichte sie dem Großherzog.

» *Merci*, mein Kind,« sagte er, »obwohl ich lieber gesehen, daß sich Ihr Cadeau in die Farben eines etwas lebhaftern Gefühls gekleidet hätte. – *Ai-je bien dit cela?*« wandte er sich lachend zu einem Herrn des Gefolges, der hinter ihm stand.

Merveilleusement bien, Altesse, versetzte dieser lächelnd.

»Aber,« fuhr Murat zu dem jungen Mädchen gewandt fort, »Sie bewahren so etwas sicherlich für Ihren neuen Nachbar auf, den ich Ihnen hiermit präsentiere – der Herr Graf Antoine von Epaville!«

Der hinter dem Großherzog stehende Herr verbeugte sich mit einer gewissen nachlässigen und hochmütigen Grazie. Es war ein kaum mehr junger Mann, von schlanken feinen Formen und edlen aristokratischen Zügen, über welchen aber die Abspannung und die Farblosigkeit lag, welche die Folge einer leidenschaftlichen Natur ist, die sich in Lebensgenüssen erschöpft hat. Er war in die Uniform des großherzoglichen Gardelancierregiments gekleidet, welches Murats Lieblingsschöpfung war – in jene auffallende weiße Uniform mit amarantfarbenen Aufschlägen und Rabatten und mit polnischen Tschapkas, eine Ausstattung, welche, als das Regiment später nach Spanien beordert wurde und vor Napoleon in Bayonne die Revue passierte, bei dem Kaiser sehr wenig Beifall errang. Er wandte nämlich dem Regiment den Rücken zu mit den Worten: *Voilà la garde harlequine de Murat* und befahl, sie sofort in grüne Chasseuruniformen zu stecken.

Der Graf Antoine von Epaville, der Flügeladjutant des Großherzogs und eben in seinen neuen Besitz eingeführte Herr der Rheider Burg, heftete seine dunkeln, von langen Wimpern beschatteten Augen in einer Weise auf Sibylle, welche dieser in hohem Grabe mißfiel, und indem sie das junge Mädchen verletzte, ihr damit auch ihre ganze Fassung wiedergab, die sie durch die plötzliche Erscheinung des Herzogs im ersten Augenblick verloren hatte. Der Graf Antoine bewunderte augenscheinlich ihre auffallende Schönheit, sie schien ihn zu überraschen, aber seine Blicke hatten dabei eine Sprache, welche Sibyllen das Blut in die Wangen trieb.

»Nun,« hob Murat wieder an, »werden Sie den neuen Nachbar nicht bewillkommnen, indem Sie ihm auch eine Rose, und zwar eine recht feurige, rote schenken?«

»Ich bitte,« sagte Sibylle ernst, ohne die Frage zu beantworten, »ich bitte Eure Hoheit ins Haus zu treten...«

»Sie wollen ihm keine Blume schenken? Aber das ist nicht freundlich von Ihnen, liebes Kind, für einen fremden Herrn, der mit dem besten Willen kommt, eine gute Nachbarschaft zu halten.«

»O, ich hoffe mir ein solches Geschenk schon später zu verdienen, wenn nicht so viele Zeugen dabei sind!« fiel mit eitelm Lächeln der Graf Antoine ein.

»Schwerlich, Herr Graf,« versetzte Sibylle, durch das Wesen des Grafen von Epaville immer mehr gereizt, mit ruhigem Stolz, »meine Rosen gehören wohl nicht in das Bukett der Blumen, die Ihnen das Leben bietet!«

Murat lachte laut auf.

»Nun, da sind Sie schön abgefahren, Graf,« sagte er, »es lautet wie eine Kriegserklärung – da sehen Sie gleich, wie wahr der alte Spruch ist: *Qui terre a, guerre a!*«

»Hoheit, wollen Sie jetzt nicht geruhen, näher zu treten?« sagte Sibylle, der es unheimlich wurde, durch die Gruppe der den Eingang der Laube belagernden Herren so lange in dieser eingeschlossen gehalten zu werden.

»Weshalb sollen wir denn ins Haus eintreten, mein schönes Kind – ist es hier nicht im Freien besser?« fragte Murat. »Das Wetter ist herrlich. Und die Laube hat Raum für uns alle. Lassen Sie uns hier bleiben.«

»Aber Hoheit,« versetzte das junge Mädchen, »ich hatte gehofft, Sie würden geruhen, einige Erfrischungen anzunehmen, so gut, wie wir sie ohne alle Vorbereitung bieten konnten...«

»Und die haben Sie drinnen arrangiert – nun, was tut es? Lassen Sie alles herausbringen, hierher!«

Sibylle war über diesen Einfall des Großherzogs sehr betroffen. Ihr ganzes Arrangement im Gartenzimmer war umsonst gemacht. Aber was war zu tun? Der Wunsch des gnädigsten Herrn war ein Befehl, dem nicht weiter widersprochen werden durfte. Sie räumte ihre Blumen beiseite und verließ die Laube. Murat, der im Eingang stand, machte ihr dabei so wenig Platz, daß sie sich vollständig an ihm vorüberdrängen mußte, und zugleich sah er mit einem solchen Lächeln auf sie nieder, daß Sibylle wiederum dabei das Blut ins Gesicht schoß und Hals und Wangen bis unter die Haarwurzeln purpurrot färbte. Sie eilte dann durch den Garten und ins Haus, um rasch ihrem Vater Kunde von dem veränderten Arrangement zu geben und zugleich hastig die Hand ans Werk zu legen. Ein Lakai, der mit den Herrschaften gekommen war, und der Jäger leisteten ihr dienstbeflissen Hilfe. So ward ohne Zögerung alles, was im Gartenzimmer serviert stand, auf dem runden Steintisch in der Gartenlaube aufgestellt. Während Sibylle dabei ab und zu ging, unterhielten sich die Herren – es waren außer dem Großherzog und dem Grafen Antoine noch zwei andere Herren da – lebhaft lachend, in französischer Sprache, die Sibylle nicht hinreichend gut verstand, um einer solchen Konversation folgen zu können. Desto peinlicher fiel ihr die Aufgabe, welche ihr geworden war.

Murat sprach den Erfrischungen mit sehr gnädigem Appetit zu. Er leerte in unglaublicher Schnelligkeit eine Flasche uralten Rheinweins aus dem schönsten der geschliffenen Gläser, das Sibylle vor ihm aufgestellt hatte.

»Aber nun,« sagte er endlich zu dem jungen Mädchen, »haben Sie lange genug die unermüdliche Wirtin gemacht und sind hin und her gelaufen. Ich dulde nicht, daß Sie sich länger ermüden, Mademoiselle. Setzen Sie sich zu uns. Ich bestehe darauf, Sie mit dem Nachbar, den ich Ihnen gebracht habe, zu befreunden. Stoßen Sie mit ihm an auf gute Freundschaft. Es hat noch keine Schönheit, sagt man, ihn dauernd fesseln können. Geben Sie sich Mühe, ihn zu erobern! Rächen Sie Ihr Geschlecht! Sie sehen, es verlohnt sich der Mühe. Und wenn er die Segel vor Ihnen gestrichen hat, dann wenden Sie sich an mich. Wir werden Prisengericht über ihn halten und ich werde ihn unbedingt kondemnieren – dafür bin ich Großadmiral von Frankreich, Nun, nehmen Sie dies Glas und trinken wir auf sein Glück in diesem schönen Tale!«

Sibylle konnte sich dieser Aufforderung nicht entziehen, obwohl sie plötzlich tief erschrocken war. Die merkwürdige Prophezeiung des Spielmanns von dem Sarge mit dem großen Wappen war ihr nämlich bei den letzten Worten des Großherzogs – sie wußte nicht, durch welche Gedankenkombination – unwillkürlich durch den Sinn gefahren, und erblassend sagte sie rasch, ohne ihre Worte lange zu überlegen: »Dies Tal, fürchte ich, bringt dem Herrn kein Glück. Er täte wohl, wenn er es heute wieder verließe und es nie mehr besuchte.«

»Und weshalb?« sagte der Graf Antoine, betroffen von dem bittern Ernst, womit Sibylle gesprochen hatte.

»Ich weiß es nicht,« antwortete das junge Mädchen, verwirrt werdend und verlegen über die eigenen Worte.

»Wenn Sie so dunkle und ernste Prophezeiungen aussprechen, so müssen Sie uns auch gestehen, warum Sie es tun, welchen Grund Sie dazu haben, Mademoiselle,« fiel Murat ein, Sibylle verwundert anblickend.

Sibylle, nur noch verwirrter werdend durch alle die Blicke, welche sie fragend auf sich gerichtet sah, wußte anfangs nicht, was antworten. Dann aber faßte sie sich, und mit einer gewissen Befriedigung bei dem Gedanken, daß sie dem Grafen, dessen Persönlichkeit ihr so entschieden mißfiel, einen unbehaglichen Augenblick machen könne, versetzte sie lächelnd: »Verzeihen Sie, Hoheit – ich habe zuweilen Augenblicke, wo ich mich für etwas wie eine Wahrsagerin halte – ich hatte soeben solch einen Anfall – ich glaubte ein Unglück für den Grafen vorauszusehen. Es ist gewiß sehr kindisch von mir, daß ich meine lächerlichen Einfälle nicht für mich behalte! Und jetzt erlauben Sie mir, Hoheit, daß ich gehe, um zu meinem Vater zurückzukehren.«

»Bedarf der Ihrer so sehr?« fragte Murat mit einem nicht ganz gnädigen Stirnrunzeln. »Warum sehen wir den Herrn vom Hause nicht?«

»Mein Vater ist krank – er ist gefesselt durch ein unbarmherziges Gichtleiden, sonst würde er längst Ew. Hoheit seinen Dank für die Ehre zu Füßen gelegt haben, welche –«

»Das ist etwas anderes,« fiel Murat versöhnt ihr ins Wort, »Dann entlassen wir Sie in Gnaden, Mademoiselle, obwohl Sie eine Unglücksprophetin waren – pflegen Sie Ihren Vater und sagen Sie ihm unsern Dank für die Gastfreundschaft, welche sein Haus uns gewährt.«

Und mit einem sehr gnädigen Kopfnicken entließ Großherzog Murat das junge Mädchen, das froh und erleichtert sich entfernte.

Als sie zu ihrem Vater zurückkam, richtete sie ihm die Worte des Großherzogs aus; Ritterhausen äußerte seine Zufriedenheit, daß er also von der persönlichen Gene eines Besuchs des Herrn verschont bleiben werde – im Grunde seines Herzens wurmte es ihn, daß ihm diese Ehre nicht erwiesen wurde.

Murat hatte aus den Worten Sibyllens geschlossen, daß der Hausherr bettlägerig sei und deshalb sich der Pflicht eines Besuchs im Hause überheben zu können geglaubt. Es machte ihn deshalb betroffen, als der Graf von Epaville sagte: »Ich sehe drüben einen Mann am Fenster sitzen, der mir ganz das Ansehen des Hausherrn hat und uns mit merkwürdig gerunzelter Stirn betrachtet. Sehr krank scheint er mir aber nicht zu sein!«

Der Großherzog warf einen Blick in der von seinem Flügeladjutanten angedeuteten Richtung und sah ebenfalls den düsterblickenden Kopf des Hammerbesitzers hinter den Scheiben des Fensters.

»Ist das der Hausherr, Josef?« fragte er den in der Nähe stehenden Jäger.

»Ja, Hoheit!« versetzte dieser.

Ma foi, sagte Murat spöttisch lächelnd, »man scheint hier das Glück unserer Herrschaft nicht sehr lebhaft zu empfinden!«

»Ich glaube,« nahm der zweite Begleiter Murats, der Graf Nesselrode, da« Wort, »Monsieur Ritterhausen steht überhaupt in dem Rufe, etwas wie eine *mauvaise tête* zu sein!«

»Desto besser,« bemerkte der dritte im Gefolge, der Graf Beugnot, »daß Ew. Hoheit unsern Freund Epaville der Familie zum Nachbar gegeben haben. Er ist ganz der Mann dazu, in diesem Kreise Propaganda für die französische Liebenswürdigkeit zu machen.«

»Glauben Sie, Beugnot, daß ihm das hier genügen wird? Die junge Dame hatte nicht viel Ermutigendes für ihn.«

»Nun, der Ermutigung bedarf Graf Epaville auch nicht. Ich glaube, er wagt sich auch ohne sie vor.«

»Das glaube ich Ihnen; es ist nur die Frage, ob es ihm hier etwas anderes einbringt als ein zerkratztes Gesicht und ein blaues Auge,« lachte Murat. »Diese junge Dame sah mir beinahe aus, als ob sie einen Dolch im Strumpfband stecken habe wie eine Spanierin!«

»Das könnte man ja untersuchen,« sagte mit seiner hochmütigen Ruhe der Graf von Epaville.

»Mein teurer Graf,« fiel Nesselrode ein, »wagen Sie sich da nicht zu weit. Nehmen Sie sich vor dem düstern Kopfe da in acht, der hinter dem Fenster her jetzt eben wieder auf uns schaut.«

»Wahrhaftig, er sieht aus wie ein Jettatore,« bemerkte Murat.

»Und hat Ihnen soeben nicht die ländliche Schöne prophezeit, daß Sie Unglück in diesem Tale haben würden?« sagte Beugnot.

Der Graf von Epaville zuckte die Achseln, »Was wäre ein Sieg, der ohne Gefahr und Mühe erlangt werden kann?« sagte er.

»Ich wette, Epaville, Sie erleiden hier eine Niederlage!« rief der Großherzog.

»Die Wette gilt. Wenn ich oben in meinem alten Schlosse erst eingerichtet bin und Hoheit mich dann mit Ihrem Besuche dort beehren, soll die junge Schöne die Honneurs des Hauses machen!«

»Sie wollen sie doch nicht etwa heiraten?« fragte Murat.

»Das nicht, Hoheit!«

»Wie ist mir denn,« fiel Beugnot ein, »ich meine, ich hätte gehört, Sie wären verheiratet, Epaville?«

»Er? Verheiratet?« rief der Großherzog überrascht aus.

»Grenzenlose Verleumdung« entgegnete der Graf Antoine mit einem unmerklichen Erröten. »Sie wissen, Hoheit, Graf Beugnot hat die Leidenschaft, schlechte Späße zu machen.«

»Nun, also, um was wetten wir?« fuhr die Hoheit fort. »Um einen schönen inkrustierten Dolch von Florentiner Arbeit wider Ihren Türkensäbel, Epaville!«

Der Graf von Epaville erklärte sich einverstanden.

»Meine Minister Beugnot und Nesselrode sind Zeugen und kontrasignieren,« sagte Murat.

»Aber nun,« setzte er hinzu, »brechen wir auf, meine Herren! Ich sehe, der Wagen hält am Gartentor.«

Die Herrschaften erhoben sich und schritten dem Gittertor zu, das neben dem Hause auf den freien Platz vor dem Hammer und auf die Landstraße führte. Als sie durch den Garten gingen, kam Sibylle aus dem Gartensaale, um ihnen das Geleit zu geben. Murat nickte ihr einen Abschied zu, mit einer gewissen kalten Gnädigkeit, als ob er von dem Empfang, der ihm auf dem Hammer geworden, nicht übermäßig befriedigt sei. Der Graf von Epaville machte ihr eine tiefe Verbeugung, welche Sibylle ebenso kühl erwiderte wie Murat die ihrige. Und dann stiegen die Herrschaften in den vierspännigen eleganten Hofwagen, der sie auf die Rheider Burg gebracht hatte, und so rollten sie in die Residenz zurück.

Fünftes Kapitel
Der Graf von Epaville

In die leeren Gemächer der Rheider Burg war wenigstens etwas Geräusch und Leben zurückgekehrt, seit Antoine von Epaville aus der nahen Hauptstadt ein paar Handwerker herausgeschickt hatte, welche ihm einige Zimmer in bewohnbaren Stand setzten und mit den mitgebrachten Möbeln einrichteten. Er selbst war die beiden ersten Tage am Morgen herausgekommen, um sein neues Besitztum genau in Augenschein zu nehmen und abends in die Stadt zurückgeritten. Am Nachmittage des dritten Tages hatte ein Diener ein großes Schreiben von der Burg herab dem Hammerbesitzer überbracht, gesiegelt mit einem großen Wappen im Fürstenmantel und mit einer Herzogskrone darüber. Ritterhausen hatte es erbrochen und während Sibylle das Kuvert an sich nahm und das Siegel aufmerksam betrachtete, las der Hammerbesitzer die Depesche mit einem Gesicht, welches sich in immer düstere Falten verzog.

Der Inhalt des Schreibens lautete:

»Mein Herr!

Aus den mit meinem neuen Besitztum mir übergebenen, dazu gehörigen Archivalien und Aktenstücken erhellt in unzweifelhafter Weise:

Daß das in Ihrem Besitz befindliche Hammerwerk nebst allem Zubehör infolge eines Zeitpachtvertrages mit den frühern Eigentümern der Rheider Burg von Ihnen innegehabt wird.

Sie haben diesen Charakter Ihres Besitzrechtes bestritten und für dasselbe die Natur eines Erbpachtverhältnisses in Anspruch genommen.

Jedoch ist der über die letzte Frage mit dem Eigentümer, dem verstorbenen Herrn von Huckarde, geführte Prozeß für Sie in allen Instanzen verloren gegangen.

Die Rechtsnachfolgerin des Herrn von Huckarde, die pfälzische Domänenverwaltung, hat von diesen gegen Sie erstrittenen Urteilen keinen Gebrauch gemacht, sondern Sie im Besitz des Hammers gelassen und von Ihnen nach wie vor den alten Pachtzins entgegengenommen – aus Motiven, über welche die Akten nicht Auskunft geben und über die mir kein Urteil zusteht.

Darauf gestützt haben Sie dann, als die pfälzische Administration aufhörte, bei der ihr nachfolgenden großherzoglich bergischen Verwaltung die Ablösung Ihres Erbpachtverhältnisses beantragt und die letztgenannte Domänenverwaltung ist ohne gründlichere Untersuchung der Sache hierauf eingegangen, hat Ihre Anträge genehmigt und die Ablösungssumme fixiert, die Sie zu zahlen bereits begonnen haben.

Ich habe als Rechtsnachfolger der Domänenadministration jedoch sofort wider dies Ablösungsverfahren Protest erhoben, da es auf durchaus falschen Voraussetzungen beruht.

Indem ich Ihnen dies mitteile, füge ich hinzu, daß ich den lebhaften Wunsch hege, diese Angelegenheit mit Ihnen in friedlicher und summarischer Weise zu ordnen, und wird es mir ein Vergnügen sein, diesen meinen Wunsch Ihnen persönlich zu beweisen, sobald Sie mich besuchen wollen, um über die Erledigung der Sache sich mit mir zu bereden.

Ich bin, mein Herr, mit großer Achtung

der Graf A. von Epaville.«

Sechstes Kapitel
Eine dunkle Tat

Der Graf von Epaville begab sich nach einer Weile in die Burg zurück. Er schlenderte langsam über den Hof, durch das Hauptportal in der Mitte, durch den untern Korridor mit den spitzbogigen Fenstern und den Hirschgeweihen und die Haupttreppe hinauf, welche in den obern Stock führte. Hier lief ein Gang von derselben Größe wie der untere Korridor, gerade über diesem, an der Seite des Gebäudes entlang, die nach dem Hofe zulag; auf der andern Seite, von wo man die Aussicht in das Flußtal und auf den Rheider Hammer hatte, befanden sich die Wohngemächer; weite, leere Räume, mit Decken, welche von stukkaturverzierten Balken getragen wurden, mit Wänden, deren untere Verkleidung aus hohen Lambris von gebohntem Eichenholz bestand, während darüber sich Tapeten mit altmodischen Mustern zeigten, hier und da stückweise von den Mauern gelöst und niederhängend, an andern Orten durch viereckige hellere Stellen den Platz andeutend, den ehemals Bilder oder Spiegel in diesen öden und ausgeräumten Gemächern eingenommen hatten. Es hatte viel Mühe gekostet, den alten Staub und Schmutz, die Spinnengewebe und den Wurmfraß so weit fortzuschaffen und wegzuwaschen, um einige dieser Räume notdürftig bewohnbar machen zu können. Der neue Eigentümer hatte dazu eine Wagenladung neuer Möbel herüberbringen lassen. Das elegante Gerät, alles neu und glänzend von Politur, alles im neuesten Geschmack á la Josefine, das heißt nach dem übelbegriffenen Muster der römischen Antike, nahm sich freilich merkwürdig genug in dieser verblichenen, altergeschwärzten Umgebung aus.

Es waren hauptsächlich zwei Gemächer, welche Graf Antoine sich hatte so mit den nötigen Dingen ausstatten lassen, um, wenn ihn der Dienst nicht in die Nähe des Großherzogs berief, für einige Tage die Burg bewohnen und sich dadurch mit allen Verhältnissen seiner neuen Besitzung, die ihm ein großes Interesse abgewonnen zu haben schien, bekannt machen zu können. Diese Gemächer waren die beiden letzten im rechten Teile des Gebäudes, der an den größern der zwei Türme stieß, von denen wir sagten, daß sie das alte Gebäude flankierten. Sie waren am besten erhalten, obwohl auch sie melancholisch und düster genug aussahen und vielleicht nur noch mehr so jetzt durch den Gegensatz zu den blanken neuen Möbeln.

Es war heute die erste Nacht, welche Graf Antoine in dem Schlosse zubringen wollte, denn an den vorhergehenden Tagen war er abends in die Stadt zurückgeritten. Der Tag war ihm rasch verflossen; er hatte ein Paar Arbeiter in den Zimmern beschäftigt, welche die nötigsten Verbesserungen vornehmen, hier einem nicht mehr schließenden Schlosse nachhelfen, dort ein Stück des Bewurfs flicken, hier ein nicht mehr verschließbares Fenster und dort eine windschief gewordene Tür einrichten mußten. Graf Antoine hatte zugesehen, seine Anweisungen erteilt, war dann lange draußen gewesen und hatte seinen Hausmeister, den hinkenden Claus Fettzünsler, auf den Feldern umhergeschleppt und sich von ihm über die Aecker, Wiesen und Grundstücke, die zum Hause gehörten, berichten lassen, über ihre Fruchtbarkeit, die Art der Benutzung und ihre Pachterträgnisse.

Dann hatte er die Begegnung mit Sibyllen gehabt. Als er darauf seine Gemächer wieder betrat, fand er, daß hier bereits der Abend zu dämmern begann. Nach einer Weile zogen deshalb die Arbeiter ab; darauf kam Franz, der Reitknecht, der Graf Antoine begleitet, um in dem Wohnzimmer Lichter anzuzünden, und stieg dann wieder in den untern Stock hinab. Graf Antoine befand sich allein oben in dem weitläufigen Gebäude, und obwohl er zum Zeitvertreib sich an die Lektüre von allerlei Akten und Papieren machte, die er in dem Winkel einer Kammer auf der Erde liegend gefunden und worin er das Archiv seiner Besitzung entdeckt hatte, so wurde ihm in dieser Oede und Einsamkeit doch, je weiter der Abend vorrückte, desto eigentümlicher und unheimlicher zumute. Um ihn her herrschte eine beängstigende Stille, die nur unterbrochen wurde durch allerlei leise und unerklärliche Geräusche; bald ein kaum vernehmbares Rieseln, als ob hinter den alten Tapeten Kalk sich abbröckele und niedersinke; bald ein Aechzen, als ob das Holzwerk leise aus dem Leim gehe; bald ein Knarren – es war gerade so, als ob die vernichtende Zeit in all den dunkeln Räumen mit hagerm Finger sachte und so unhörbar wie möglich an ihrem zerstörerischen Werke arbeitete. Es schien Graf Antoine beinahe eine Erleichterung, als sich draußen nach und nach ein Wehen des Windes vernehmbar machte, welches die alten Fenster schüttelte, daß die Scheiben in ihren lockern Bleiumfassungen zu klirren begannen. Es war doch ein erklärbares, ein natürliches Geräusch!

Graf Antoine stand auf, nachdem er eine lange Weile über seinen Akten gesessen hatte und begann in dem Raume auf und ab zu schreiten, den die zwei Wachskerzen auf seinem Tische nur sehr unvollständig beleuchteten.

» *Sang de Dieu!* Es ist nicht gut, daß der Mensch allein sei,« sagte er dabei, »besonders wenn er keine erheiterndere Beschäftigung hat, als diese alten Schuldklagen und Gefälleregister durchzulesen. Während des Hockens über den alten vergangenen Geschichten ist mir immer gewesen, als müßte ich an meine eigene vergangene Geschichte denken, und die Beschäftigung damit fehlte mir nur noch, um diesen Abend heiter zu machen!«

Graf Antoine begann eine Weise aus der Oper *»Le maréchal ferrant«* zu pfeifen, die damals in Paris an der Tagesordnung war, und dann sagte er lächelnd vor sich hin: »Es wäre eigentlich, wenn ich einmal stürbe, ein hübscher Witwensitz für meine teuere Henriette, dies alte Kastell – in der Tat für eine trauernde Gattin, die der Welt absterben will, wie geschaffen! Wir könnten es ja durch letztwillige Verfügung dazu erheben, zum Wittum der Douarièren von Epaville! Die gute kleine Henriette! Welchen hübschen Stoff würde sie haben, ihren süßen Gatten zu lästern, wenn ich ihr diesen Streich spielte und sie zwänge, den Rest ihres Lebens in dieser ländlichen Abgeschiedenheit zwischen Eulen und Fledermäusen zuzubringen!«

Malborough s'en va-t-en guerre,
Qui suit quand il reviendra –

pfiff der Graf dann eine Weile, und nachdem er mit diesem schönen Liede sich eine kleine Viertelstunde vertrieben hatte, fuhr er in seinem Selbstgespräche fort: »Der Teufel weiß es, mir ist, als sollte ich heute durchaus melancholisch gemacht werden; es kommen mir lauter unnütze, trübselige Gedanken. Man ist doch nicht just geraden Weges durchs Leben gegangen, einer flachen Heerstraße nach und so geradeaus wie bei einem Jagdrennen auf eine Kirchturmspitze zu. Nein, eine Kirchturmspitze ist wahrhaftig nicht mein Lebensziel gewesen. Ich habe mich durchgeschlagen, wie es eben ging, um manchen Stein des Anstoßes herum, und manche Wendung habe ich machen müssen; bin bald bergauf und bald bergab gestiegen. Und doch ist's mir eben, als ob ich meine ganze Lebenslaufbahn auf einmal übersehen müßte; als ob sie eine schnurgerade Chaussee wäre, daß man zurück bis ans letzte Ende schauen könnte und zahlreich wie die Pappelbäume rechts und links die dummen Streiche, die man gemacht hat. Fort damit! …was soll mir diese höchst überflüssige Gedächtnisschärfe. Wer nicht geraden Weges durchs Leben gehen konnte, weil sein Lebenslauf nun einmal vom Schicksal in die Krümme geführt wurde, der sollte auch nicht weiter rückwärts sehen können als bis an die nächste Ecke, um welche er laviert ist. Es wäre weit behaglicher. Aber – *ma foi* – war denn das nicht gerade so, als ob jemand im andern Zimmer nieste?!«

Der Graf nahm ein Licht, schritt damit in das zweite der eingerichteten Gemächer, das er zu seinem Schlafzimmer bestimmt hatte und kam bald nachher daraus zurück.

»Ich werde hier noch lernen, Gespenster zu sehen,« sagte er dabei. Trotzdem schritt er durch die entgegengesetzte Tür wieder hinaus und begab sich auf den Korridor. Hier rief er an der nach unten führenden Treppe seinem Reitknecht, der gleich darauf erschien und von seinem Herrn den Befehl erhielt, ihm den Wein und die kalten Speisen heraufzubringen, welche das Nachtmahl des Grafen zu bilden bestimmt waren.

Nachdem Franz, der Reitknecht, sich dieses Auftrags entledigt und während er seinen Gebieter bei dessen Souper bediente, fragte ihn dieser: »Wo ist eigentlich dein Nachtquartier? Ich glaube, in einer Kammer, just unter meinem Schlafzimmer?«

»Nicht doch, Herr Graf,« versetzte der Reitknecht, »ich habe mein Bett in einem Entresolkämmerchen über dem Pferdestall im Nebenbau aufschlagen lassen.«

»Davon weiß ich nichts!«

»Ich dachte, es sei nicht gut, wenn niemand in der Nähe der Tiere sei. Man weiß nie, was sie überkommen und ihnen zustoßen kann in der Nacht.«

»Für heute mag's so bleiben,« versetzte Graf Antoine, nicht ganz befriedigt von dieser Antwort; »morgen wünsche ich dich in meiner Nähe zu haben. Im Falle ich dich brauche, werde ich dann auf den Boden klopfen – Klingelzüge gibt es ja hier nicht – du hättest, nebenbei gesagt, daran denken können, daß so etwas mit herausgebracht und eingerichtet worden wäre.«

Der Graf hatte sein Nachtmahl beendigt.

»Du kannst die Speisen und Teller forttragen, den Wein läßt du hier!«

Der Reitknecht tat, wie ihm befohlen und verließ seinen Herrn, welcher jetzt wieder im Zimmer auf und nieder schritt und von Zeit zu Zeit der Flasche zusprach, die auf dem Tische geblieben war. Da der Graf beim Auskleiden keine Bedienung verlangte, so konnte Franz sich jetzt in seine Gemächer zurückziehen. Aber Franz mochte es entweder dazu noch zu früh halten oder den Aufenthalt in dem verfallenen alten Kastell auch unheimlich finden – er zog vor, sich in die Wohnstube des Hausmeisters Claus zu begeben, wo wenigstens ein lustiges Feuer im Kamin brannte und Claus Fettzünsler, bei seinen häuslichen Beschäftigungen auf und ab hinkend, zuweilen durch einen trockenen Witz die Stimmung erheiterte.

Dazu kam, daß ihn in dieses Gelaß ein sehr appetitlicher Geruch von schmorendem Speck lockte. Claus bereitete sich sein Abendmahl, bestehend aus einem großen Pfannkuchen.

Franz schob sich einen Stuhl ans Kamin und betrachtete eine Weile still Fettzünslers Hantieren mit seinem Küchenapparat. Die Flamme auf dem Herd gab dazu die einzige Beleuchtung ab; sie erhellte mit ihrem unsteten hin und her flackernden Scheine die geschwärzten Wände des Raumes höchst unvollständig, und der Hausmeister bildete mit seinem grotesken Kopfe und seiner hinkenden Gestalt in dieser Beleuchtung eine desto abenteuerlichere Figur.

»Es wär' Zeit, daß Ihr einmal Eure Kammer etwas aufputzen ließet, Meister Claus,« sagte Franz nach einer Weile. »Die Wände sehen verdammt schwarz aus!«

»Nun, ich hoffe, Euer Herr wird's schon in Ordnung bringen – er scheint ja den Narren gefressen zu haben an der Rheider Burg, und ich denke, wir werden Wunder erleben, was er alles daraus machen lassen wird. Das Bensberger Schloß wird nichts dagegen sein – wenn man ihn reden hört!«

»Verlaßt Euch darauf nicht zuviel,« antwortete Franz, pfiffig lächelnd.

»Kostet viel Geld, das Bauen und Renovieren,« bemerkte Claus mit einem spähenden Blick in seines Gesellschafters Züge.

»Viel Geld, ja, und wir haben eben noch viele andere Manieren, es los zu werden!«

»Nun, wenn es nur da ist!« warf Claus ein.

»Da ist es wohl – es bleibt aber nicht lange!«

»Also da ist es? Man sollt's kaum meinen,« warf Claus ein. »Die Rheider Burg liegt ihm doch am Herzen, just so, als ob's sein erstes und einziges Stück Grund und Boden wäre, was jemals sein gewesen!«

»Nun, das mag sich auch wohl so verhalten. Er hätte eigentlich Erbe sein sollen von dem Lande, welches seinem Onkel, dem Herzog von Anglure, gehört. Es liegt ein gut Stück Weges von hier, hab' ich mir sagen lassen, weiter ins Westfälische hinein. Was nun aber dazwischen gekommen ist, daraus hab' ich nicht klug werden können; so viel ist gewiß, unser Herr ist mit dem Onkel-Herzog über den Fuß gespannt und mit der Erbschaft ist's nichts. Nun sind da noch Güter im Lüttichschen oder da herum gelegen, die auch der Familie gehören, mit denen ist unser Graf abgefunden worden. Er hat aber bald so viel Schulden darauf gemacht, daß die Gläubiger sie ihm haben unter Sequester legen lassen, und damit ist's denn jetzt auch nichts mehr. Nun war der Graf ehemals im Dienst bei den Schiffssoldaten oder in der Marine, wie man's nennt; wie er nun wieder so blank gewesen ist als wie zuvor, hat er verlangt, wieder in den Dienst einzutreten und bei dem Großadmiral darum petitioniert. Der Großadmiral aber hat groß Gefallen an ihm gefunden und ihn zu seinem Adjutanten gemacht und so sind wir denn hierher gekommen und haben denn auch wieder flott zu leben.«

Claus Fettzünsler schien diese Erzählung in einem feinen Gemüte still zu überlegen, denn er antwortete lange nicht, bis er endlich sagte: »Es ist kurios, wie solche vornehme Herren immer wieder auf die Beine kommen. Unser Herrgott hat offenbar mehr Zeit oder mehr Lust und Liebe, für sie zu sorgen als für geringere Leute! Ist von unsereinem mal ein Mensch zugrunde gerichtet, so bleibt er's sein Leben lang!«

Franz antwortete auf diese ketzerische Bemerkung Claus Fettzünslers nicht; er beobachtete, wie der Hausmeister seinen fertig gewordenen Pfannkuchen in dem hölzernen Deckel, der ihm zum Wenden des schmorenden Gebäcks gedient hatte, auf den Tisch stellte und, nachdem er sich einen Krug mit Bier aus einem Eckschranke geholt, seine Abendmahlzeit begann.

»Meister Claus,« sagte Franz, ihm zuschauend, »wenn Ihr diesen ganzen Pfannkuchen verspeisen wollt, so müßt Ihr einen ausgezeichneten Magen haben!«

»Den ganzen Pfannkuchen? Dazu müßte man ja ein Haifisch sein.«

»Und wozu backt Ihr Euch denn solch ein Ungeheuer?«

»Wozu – nun es ißt schon einer mit!«

»Einer – wer ist das?«

Claus zeigte ein mysteriöses Lächeln in seinen Zügen.

»Wer ist das! Das ist viel gefragt, Herr Franz! Es essen eben auch andere Leute, als die man sieht.«

»Das verstehe ich nicht,« sagte Franz.

»Meint Ihr denn, solch ein altes Kastell wie dieses hätte nicht seinen rechtschaffenen Hausgeist ...«

»Der Pfannkuchen verspeist?«

Claus Fettzünsler lächelte wieder mit seinem ganzen verkniffenen Gesichte.

»Habt Ihr nie von dem Huzelmännchen oder vom Klabautermann gehört?«

»Wahrhaftig, niemals,« entgegnete Franz.

»Ihr Leute von der andern Rheinseite habt doch alle keinen Glauben und keine Religion!«

Franz schüttelte den Kopf, »Es ist eine kuriose Einquartierung,« erwiderte er. »Wie führt sie sich denn auf, wenn sie keine Verköstigung erhält?«

»Dann rumort sie und wirft mir die Töpfe an den Kopf.«

»Das möcht' ich einmal sehen,« sagte Franz lachend.

»Es ist nicht zu sehen!«

»Auch die geworfenen Töpfe nicht?«

Claus antwortete auf diese skeptische Frage nicht, aber er begann Franz Gespenstergeschichten höchst merkwürdiger Art zu erzählen, welche der Reitknecht mit entschiedenem Unglauben und sehr höhnischen Randglossen aufnahm, ohne doch fort und zu Bette kommen zu können, solange des Hausmeisters Vorrat an solchen Erzählungen vorhielt. Und Fettzünsler wußte ihrer gar viele, er war nicht umsonst des Lügenschusters Jugendkamerad und des Spielmanns Freund – so kam es, daß es sehr spät wurde, bis Franz seine Ruhestätte über dem Stalle seiner Pflegebefohlenen aufsuchte, und in direkter Verbindung damit stand der Umstand, daß er am andern Morgen sehr spät erwachte.

Franz erhob sich dafür um desto rascher, und nachdem er einen Blick in den Stall auf seine Pferde geworfen, die ihm ungeduldig entgegen wieherten, eilte er hinauf in die Zimmer seines Herrn zu kommen, da er befürchtete, wegen seiner Versäumnis gescholten zu werden.

Zu seiner Ueberraschung fand er, als er das Wohngemach betrat, sowohl die äußere Tür wie die, welche in das Schlafzimmer des Grafen führte, offenstehend, seinen Herrn aber trotzdem noch schlafend. So wenigstens schien es Franz bei seinem ersten Eintreten und nach einem Blick durch die Schlafkammertür. Der Graf lag jedoch nicht in, sondern auf dem Bette, als ob er aufgestanden wäre und sich dann rücklings wieder auf das Lager geworfen hätte – seine nackten Füße hingen herab und berührten den vor dem Bette ausgebreiteten Teppich.

Franz trat jetzt über die Schwelle des Schlafgemachs und zugleich stieß er einen leisen Schrei der Ueberraschung und des Schreckens aus – er fand alles ringsumher in einer seltsamen Unordnung. Mehrere Kleidungsstücke seines Herrn lagen auf dem Boden umhergestreut; der Stuhl, der vor dem Bette gestanden, war umgeworfen; ein silberner Leuchter lag in eine Ecke des Zimmers gerollt, eine tief niedergebrannte Wachskerze auf dem Teppich vor dem Bett – und während Franz im Nu diese beängstigenden Beobachtungen machte, beharrte sein Gebieter in einer Regungslosigkeit, die etwas Entsetzliches hatte. Der Reitknecht trat einen Schritt näher, er trat dicht an das Bett, er zitterte an allen Gliedern – er rief plötzlich, wie seiner Angst Luft zu machen, laut, ganz überlaut: »Herr Graf – Herr Graf –!«

Aber der Graf von Epaville antwortete und rührte sich nicht, und als der Reitknecht nach seinem rechten Arme griff, fühlte er durch das Hemde hindurch eine starre Eiseskälte.

Der Graf von Epaville war eine Leiche.

Franz gehorchte dem ersten Impulse, welcher ihn bei dieser schaurigen Entdeckung überkam. Er wandte sich und floh. Er stürzte durch das Wohnzimmer, durch die vordern leeren Räume auf den Gang, die Treppe hinunter, in das Zimmer des Hausmeisters.

Claus hatte sich eben erst erhoben und war damit beschäftigt, seine alte Manchesterjacke überzuziehen, als Franz mit dem Rufe über seine Schwelle stürzte: »Um Gottes willen, Hausmeister … der Graf … kommt einmal herauf … der Graf ist tot!«

»Alle vierzehn heiligen Nothelfer stehen uns bei!« stammelte Claus bis ins Mark erschrocken.

»Kommt, kommt mit herauf und seht es selber,« versetzte der Reitknecht, der sich an den Türpfosten hielt, als wenn seine Knie ihn nicht mehr trügen.

Claus eilte trotz seines Hinkens mit einer wunderbaren Schnelligkeit in großen Sätzen hüpfend an ihm vorüber und über den Korridor der Treppe zu. Franz hatte Mühe, neben ihm zu bleiben. So kamen sie in das Schlafzimmer, wo Claus sich keuchend und atemlos über die Leiche beugte und die Hand auf das schwarze Haupthaar des Grafen legend, den abgewandten Kopf desselben zu sich herumdrehte.

»Ganz blauschwarz im Gesicht!« sagte er entsetzt. »Der ist erdrosselt!«

»Aber da ist auch Blut … ach, du lieber Gott, eine ganze Lache Blut,« rief Franz jetzt aus, indem er auf den Teil des Hemdes und des Plumeaus deutete, die unter der Leiche, an deren linker Seite lagen – die Leiche lag auf der Seite des Herzens und hatte eine tiefe Wunde an dieser Seite der Brust.

Die beiden Männer standen eine Weile sprachlos sich anstarrend.

»Wer hat das getan?!« rief Claus nach einer Pause aus.

»Wer hat das getan?!« wiederholte der totenbleiche Reitknecht.

»Das ist eine üble Geschichte,« stammelte Claus, und der kalte Schweiß trat ihm auf die Stirn, »eine üble Geschichte für uns beide!«

»Wir sind ja aber doch so unschuldig…«

»Unschuldig – aber wenn man einen von uns in Verdacht zieht?«

»Das verhüte Gott! Lieber nehm' ich Reißaus!«

»Dann seid Ihr erst recht verloren!«

»Was sollen wir tun?« jammerte Franz.

»Was wir tun müssen. Sattelt Ihr das beste von euern Pferden und zeigt es in Düsseldorf an. Ich laufe derweile hinab ins nächste Dorf zu unserm Maire. – Ist etwas gestohlen?« fuhr Claus fort, sich umschauend.

»Ich glaube nicht,« entgegnete Franz, der Richtung seiner Blicke folgend. »Da hängt die goldene Uhr über dem Kopfkissen. Und hier,« fuhr er fort, ein Kleidungsstück vom Boden aufnehmend und die Taschen desselben untersuchend, »hier ist seine Brieftasche und sein Geldbeutel…«

»Also ein Räuber ist's nicht gewesen!«

»Nein, ein Räuber nicht!«

»Desto besser für uns,« rief Claus aus. »Nun legt den Rock wieder hin, just so, wie er lag – die Herren vom Gericht wollen alles unberührt wissen, wie es liegt und steht – machen wir uns auf den Weg!«

Beide verließen das Schlafzimmer und eilten, unten im Korridor angekommen, auseinander, der Hausmeister in seine Stube, um die Schlüssel zu holen, womit er während seiner Abwesenheit die Haustür absperren wollte, der Reitknecht, um zu den Pferden zu kommen und seinem Gaul den Sattel überzuwerfen.

Wenige Minuten nachher sprengte Franz im gestreckten Galopp den Weg in die Hauptstadt dahin. Er erreichte sie in kaum einer Stunde Zeit. Vor der Residenz Murats, dem Jägerhofe, warf er die Zügel einem Soldaten der Wache zu, eilte ins Innere und stürmte trotz Portier und Lakaien bis in die Vorzimmer des Großherzogs. Hier machte Franz mit seiner Schreckenskunde einen solchen Lärm, daß einer von Murats diensttuenden Adjutanten ihn sofort und ohne Anmeldung in das Kabinett führte, wo der Großherzog eben frühstückte, während Graf Beugnot ihm gegenübersaß, um ihm möglichst kurz und möglichst kurzweilig allerlei an und für sich sehr trockene Geschäftsvorträge zu halten.

Der Adjutant entschuldigte in raschen Worten die Unterbrechung, indem er erzählte, was geschehen. Murat sprang im höchsten Grade überrascht auf, ließ Franz vortreten und überstürzte ihn mit einer solchen Menge Fragen, daß dieser kaum hinreichenden Atem und hinreichende Zungengeläufigkeit fand, auf alles zu antworten.

»Mille tonnerres!« rief der Großherzog dann aus, »ich habe geglaubt, hier in einem Lande von lauter frommen Schafen zu sein, die sich wenig darum kümmern, ob die Hunde, welche sie hüten, deutsch oder französisch bellen. Dies sieht anders aus! Man weiß, wie nahe mir Epaville stand! Man ermordet ihn, sobald er sich außerhalb des schützenden Bereiches des Hofes wagt!«

»Hoheit,« fiel Graf Beugnot kopfschüttelnd ein, »ich ahne unter diesem mysteriösen Verbrechen etwas anderes als politische Beweggründe...«

»Und was ahnen Sie, Beugnot?«

»Es sind, wie ich unlängst vernommen habe, bereits früher unaufgehellt gebliebene Dinge in dieser Rheider Burg oder in ihrer Nachbarschaft vorgefallen. Aber ich glaube, es wäre zweckmäßig, Ew. Hoheit geruhten, zuerst diesen Mann zu entfernen und dann den Grafen Nesselrode herzubescheiden...«

»Sie haben recht,« fiel Murat ein, und sich zu dem Adjutanten wendend, fuhr er fort: »Ich wünsche Nesselrode zu sprechen. Lassen Sie den Reitknecht bewachen.«

Franz mußte auf einen Wink des Adjutanten diesem folgen und wurde von ihm im Vorzimmer einer Ordonnanz übergeben, die den Befehl erhielt, ihn auf die Schloßwache zu führen, wo man ihm erlaubte, die wachthabende Truppenabteilung mit seiner Geschichte zu unterhalten, aber nicht, sich aus dem Bereich der Wachtstube zu entfernen.

Zwei Stunden später jedoch wurde Franz aus seiner Haft bereits wieder erlöst. Er erhielt den Befehl, den Großherzog zu begleiten, der sich eben zu Pferde setzen wollte, um, gefolgt von Beugnot und einem vertrauten Beamten der Polizei, sich selbst an den Ort des Verbrechens zu begeben.

Siebentes Kapitel
Der Hammer erhält einen neuen Gast.

Die Nachricht von dem, was auf der Rheider Burg vorgefallen, konnte nicht anders als sich mit größter Schnelligkeit in der Gegend verbreiten, und nach dem Hammer war sie bereits vor Mittag gelangt. Welchen Eindruck sie hier machte, brauchen wir nicht zu schildern. Ritterhausen sprach sofort einen Verdacht gegen den unschuldigen Franz, den Reitknecht aus, als den, der allein die Nacht mit seinem unglücklichen Gebieter in der Burg zugebracht. Denn auf den alten hinkenden Claus konnte kein Verdacht fallen. – Völlig wie niedergeschmettert zeigte sich jedoch Sibylle; ihr erster Gedanke war natürlich der an den Deserteur, dem sie in der Rheider Burg ein Versteck angewiesen hatte … und so empfand sie gleich im ersten Augenblick etwas wie einen Aufschrei des sich schuldig fühlenden Gewissens in sich. Sie war totenbleich geworden bei der Nachricht, sie hatte nur mühsam sich so weit beherrscht, um mit anscheinender Gemütsruhe an dem Hin- und Herreden, was darauf folgte, teilzunehmen – dann hatte sie sich entfernt und, unfähig, ihre Unruhe zu bezähmen, war sie, ohne jemand davon zu sagen, fortgeeilt, über den Fluß, die Bergwand zum Schlosse hinan. Sie wollte versuchen, den Hausmeister zu finden, von ihm zu erfahren, ob der Deserteur sich in der Tat noch während der letzten Nacht im Schlosse aufgehalten habe und ob Claus auch glaubte, was dann allerdings das Wahrscheinlichste, daß er der Täter sei.

Aber als Sibylle oben angekommen war, fand sie auf dem Raume vor der Rückseite des Gebäudes mehrere Neugierige versammelt, Menschen aus der nächsten Umgegend, die, auf den benachbarten Feldern arbeitend, bei der Nachricht von dem, was sich in der Rheider Burg ereignet, herbeigekommen waren. Der Eingang in das Gebäude durch den Turm auf der rechten Seite des Hauses, derselbe, durch den Sibylle unlängst den Deserteur hineingeführt hatte, war von innen verriegelt. Von den Leuten vernahm Sibylle, daß im Innern des Schlosses bereits Gerichtspersonen, der Friedensrichter des Kantons, der Maire eingetroffen seien und daß sie den Hausmeister im Verhöre hätten.

Sibylle beschloß deshalb unverrichteter Sache heimzukehren. In ihrem Schuldbewußtsein war es ihr, als ob es auffallen müsse, wenn sie von den untersuchenden Herren heute hier erblickt würde; und so ging sie denn so eilenden Schrittes wie sie gekommen zurück, mit dem Vorsatz, einen ihrer Hammerarbeiter, einen gewandten und zuverlässigen Menschen, in ihr Geheimnis zu ziehen und ihm den Auftrag zu geben, sich unter die neugierigen Gaffer vor der Burg zu mischen und zu harren, bis er eine Gelegenheit wahrnehme, den Hausmeister zu sprechen und ihn nach dem Deserteur zu fragen.

Als sie auf dem Hammer angekommen war, ließ sie den Menschen herausrufen.

Der rußige Kyklope, ein breitschulteriger Mann von riesiger Gestalt, hörte Sibyllens Mitteilung mit großer Spannung an und versprach ihr sodann, sein Bestes zu tun, um ihren Wunsch zu erfüllen.

Im Wohnzimmer Ritterhausens war eben das Mittagsmahl, von dem Sibylle sehr wenig berührt hatte, abgetragen, als die Kunde kam, daß der Großherzog selber auf der Rheider Burg eingetroffen sei, und ein paar Stunden später kamen zwei Fremde auf den Hammer, von denen der eine den Besitzer zu sprechen verlangte, während der andere in der Küche zurückblieb. Der, welcher bei Ritterhausen eingeführt wurde, war ein kleiner schmächtiger Mann, mit einem fahlen farblosen Gesicht, das von einem ergrauten Backenbart umrahmt war, während eine braune Atzel den Rest seines Haupthaares bedeckte. Er trug einen blauen Frack mit goldenen Knöpfen und eine goldene Brille – die ganze Erscheinung kündigte den Beamten an, der den größten Teil seines Lebens über Akten versessen. Seine Bewegungen hatten im Gegensatz zu seiner Gestalt nichts Rühriges, sondern etwas eigentümlich Phlegmatisches, Ruhiges, sein ganzes Wesen etwas Apathisches, das sich auch in feiner Art zu reden ausdrückte.

»Herr Ritterhausen,« sagte er in einem Dialekt, der den Elsässer verriet, »ich komme, Sie mit einer unbescheidenen Bitte zu belästigen. Allein der Dienst zwingt mich dazu. Was soll man da machen! Ich habe das Unglück, ein Polizeibeamter zu sein – nebenbei gesagt die miserabelste und geschorenste Art, sein Brot zu verdienen, welche es geben kann.«

»Ich bitte Sie, Platz zu nehmen, mein Herr,« unterbrach ihn Ritterhausen, »holen Sie sich einen Stuhl herbei, denn ich selbst kann es leider nicht, wie Sie sehen – dann wollen wir davon reden, wie ich der Polizei zu Diensten sein kann.«

Der Fremde setzte sich, wie es schien sehr ermüdet und sich lange ausstreckend, Ritterhausen gegenüber und fuhr, die Blicke matt im Zimmer umherirren lassend, als ob er dem, was er sagte, nur einen Teil seiner Aufmerksamkeit zuwende, zu reden fort: »Der Großherzog hat mich heute zu sich rufen lassen, um ihn zu begleiten, und oben auf der alten Burg dort hat er die Gnade gehabt, mich mit der genauen Untersuchung des Ereignisses zu beauftragen, welches daselbst in der verflossenen Nacht vorgefallen ist. Ein sehr angenehmes Kommissorium! Aber was soll man da machen! Nebenbei gesagt, ich glaube gar nicht an einen Mord. Die ganze Geschichte macht mir den Eindruck, als wenn der gute Mann, der Graf von Epaville, sich selber in die andere Welt befördert hätte ...«

»Sich selber?« fragte Ritterhausen, »Aber weshalb, um Gottes willen ...«

»Nun, wir von der Polizei erfahren so mancherlei, und was den Grafen angeht, so würde sich meine Ansicht aus unsern Kartons vielleicht gründlicher rechtfertigen lassen, als man gerade ahnt und voraussetzt!«

»Ja, dann freilich,« rief der Hammerbesitzer sehr lebhaft aus. »Es ist auch in aller Welt nicht zu erklären, wer den Mord begangen haben sollte, bei dem es doch offenbar nicht auf einen Raub abgesehen war. Feinde hat sich doch der Graf in den wenigen Tagen seines Hierseins noch nicht gemacht, und wenn auf den Reitknecht, der bei ihm war, nicht vielleicht ein Verdacht fällt ...«

»Der Reitknecht,« fiel der Polizeibeamte, wie müde das eine Bein über das andere schlagend, ein, »ist eine harmlose treue Seele!«

»Nun, dann bin ich ebenfalls sehr versucht, an einen Selbstmord zu glauben,« rief Ritterhausen laut aus.

»Nicht wahr?« sagte der Beamte mit einem langsamen, etwas lauernden Blick über seine goldene Brille fort, den aber der Hammerbesitzer bei der Aufregung, in welche ihn der Gegenstand der Gespräche versetzte, gar nicht bemerkte.

»Gewiß,« fuhr der letztere fort, »es käme nur darauf an, festzustellen, ob die Wunde, welche man an der Leiche gefunden hat, eine solche ist, wie man sie sich selbst beibringen kann. Ein Messer- oder Dolchstich in die Brust – davon redet man ja – scheint mir ganz der Art zu sein.«

»Freilich – aber nebenbei deuten auch Spuren auf eine Erdrosselung hin, die zu dem allein schon tödlichen Messerstich hinzugekommen.«

»Ein blaues Gesicht ...«

»Und geschwollen ...«

»Kann dies nicht auch natürliche Folge des Todeskampfes sein?« fuhr Ritterhausen in derselben Lebhaftigkeit wie bisher fort.

»Nun,« antwortete der Beamte langsam und kühl, »wir werden ja den ausführlichen Bericht der Aerzte erhalten.«

»Unterdes,« bemerkte Ritterhausen, »bitte ich um Ihre nähere Erklärung, worin oder womit ich Ihnen zu Diensten sein kann.«

»Ja, sehen Sie, mein Herr Ritterhausen,« versetzte der Beamte lächelnd, »es ist wohl ein wenig unverschämt, aber ich bin gezwungen, Ihnen so lästig zu fallen. Ich habe den Befehl, zur tätigsten Untersuchung der Angelegenheit an Ort und Stelle zu bleiben. An Ort und Stelle, das ist leicht gesagt! Aber wo soll ich essen, trinken und schlafen? Auf der Burg etwa? Soll ich mich diese Nacht in das Bett des Ermordeten legen? Gott stehe mir bei! Was ist da nun zu machen? Ihr Haus ist das nächste. Sie sehen, ich bin gezwungen, Ihre Gastlichkeit in Anspruch zu nehmen. Es ist gewiß sehr dreist von mir. Ich fühle es sehr wohl, wie unbescheiden meine Bitte ist. Eine Einquartierung, die nicht einmal ein Billett vorzuweisen hat!«

»O,« fiel Ritterhausen mit einer Zuvorkommenheit, die ihm nur eine so ungewöhnliche Veranlassung eingeben konnte, ein, »machen Sie nicht so viel Entschuldigungen, mein Herr. Betrachten Sie mein Haus ganz als das Ihrige. Bei einem solchen Vorkommnis hat jedermann die Pflicht, das Seinige zu tun, damit...«

»Hoffentlich nur auf ein paar Nächte werde ich beschwerlich fallen,« unterbrach ihn der Beamte. »Ich bin ein sehr anspruchsloser Mensch, und für eine kleine Stube, nebst irgendeinem Dachkämmerchen für meinen Schreiber, der draußen in der Küche sitzt, werde ich Ihnen zeitlebens verpflichtet sein! Es sind eben, wie Sie ganz richtig bemerkten, die außerordentlichen Vorkommnisse, welche eine so außerordentliche Zumutung entschuldigen müssen...«

Ritterhausen klingelte, und als eine Dienerin eintrat, gab er dieser den Befehl, sofort das Fremdenzimmer herzurichten und Erfrischungen zu bringen.

»Ich bitte nur ja, daß Sie sich, ohne sich zu genieren, hier einrichten,« sagte er dann zu dem Beamten; »wie Sie sehen, bin ich ein kranker, von der Welt verlassener und einsamer Mann; was kann mir erwünschter sein als ein Gast und dazu,« fügte er lächelnd bei, »einer von den Herren aus der Stadt, vom Hofe, die am meisten zur Unterhaltung eines von der Welt abgeschnittenen Menschen beitragen können.«

»Nun, ich bin nicht gerade vom Hofe,« antwortete der Beamte, »ich heiße Ermanns und bin nichts als ein einfacher Employé – und ich hoffe, wie gesagt, daß ich nur sehr kurze Zeit werde lästig zu fallen brauchen! Denn was diese Untersuchung angeht, so muß ich Ihnen offen gestehen, daß ich eigentlich gar nicht weiß, was da viel zu untersuchen ist. Wir haben den Hausmeister vernommen – man braucht diesen Menschen nur einmal zu sehen und zu hören, um überzeugt zu sein, daß auf ihn kein Verdacht fallen kann. Dasselbe ist mit dem Reitknecht der Fall. Es ist ein Mensch, der schon seit zwei oder drei Jahren im Dienste des Grafen war. Er hat einen guten Lohn bekommen, ist vom Grafen gut behandelt worden, ja, hat dessen besondere Gunst genossen, wie schon daraus hervorgeht, daß der Graf ihn ausgewählt hat, seinen Begleiter hierher zu machen und seine einzige Bedienung zu bilden. Er hat nur Nachteil vom Tode seines Herrn. Auch liest man die deutlichsten Spuren des Schreckens und aufrichtigsten Bedauerns im ganzen Wesen und der ganzen Haltung des Menschen. Nun ist aber dieser Reitknecht der einzige, der diese Tat verübt haben könnte. Die Haustüren der Rheider Burg wurden, so hat der Hausmeister eidlich ausgesagt, von letzterm selber am gestrigen Abende verschlossen; der Reitknecht war der einzige, welcher wieder in die Burg konnte; denn bevor er hinausgegangen, um sich im Nebengebäude, in einer Kammer über dem Pferdestall, zur Ruhe zu begeben, hat er sich einen Schlüssel zur vordern Haustür geben lassen, um am Morgen in der Frühe zu seinem Herrn kommen zu können und nicht von des Hausmeisters längerm oder kürzerm Schlaf abhängig zu sein. Den Reitknecht aber, sahen wir, trifft kein Verdacht; irgendeine Spur, daß ein dritter durch Fenster oder Türen eingedrungen, ist nicht aufzufinden. Geraubt ist nicht das mindeste. Wer also, ums Himmels willen, sollte der Täter sein, wenn nicht der Graf selber? Was ist da nun zu machen? Ich weiß in der Tat nicht, was ich noch lange untersuchen soll! Die nötigsten Vernehmungen sind bereits geschehen; ich denke, um zu zeigen, daß man nicht gleichgültig gegen die Sache ist, läßt man eine Belohnung von tausend Frank für jeden, der etwas Erhebliches und die Untersuchung Förderndes beibringen kann, ausschreiben. Vielleicht fällt aber auch der Bericht der Aerzte so aus, daß nicht einmal dies nötig ist.«

Während der Beamte so sprach und dabei es sich jetzt sehr gemütlich auf dem Kanapee bequem machte, um den Erfrischungen zuzusprechen, die eben von der Dienerin auf den runden davorstehenden Tisch aufgetragen wurden, hatte Ritterhausen mit etwas wie einem spöttischen Lächeln zugehört. Dies verschwand jedoch, als Monsieur Ermanns die Bemerkung machte: »Das alte Schloß dort oben – nebenbei gesagt, es macht sich recht stattlich und malerisch, hier von Ihren Fenstern aus betrachtet – ist ein unheimliches altes Kastell. Der frühere Besitzer, hat man mir mitgeteilt, ist ja ebenfalls auf eine rätselhafte Weise ums Leben gekommen. Ist dem so? Erzählen Sie mir doch davon. Ich bin ein großer Liebhaber von dergleichen alten Geschichten, Ich finde sie viel unterhaltender als die empfindsamen Rittergeschichten und Sagen, die man bei uns im Elsaß – ich bin aus dem Elsaß gebürtig – von jedem alten Schutt- und Steinhaufen auf den Bergen sich erzählt; es ist das albernes Spinnstubengewäsche; Märchen von Heiligen, Legenden und Wunder, welche die faulen Bäuche, die Mönche, in ihren Klöstern erfunden haben, weil sie nichts anderes zu tun hatten. Kein Mensch kann sich daran ergötzen, wenn er nicht einen Köhlerglauben hat. Aber Geschichten aus der neuern Zeit, wo man weiß, die Sache ist wahr, wo man es mit richtigen Leuten zu tun hat, nicht mit Feen oder verrückten Kobolden, die höre ich gern. Besonders Mordgeschichten. Sie nicht auch?«

»Sie haben recht,« erwiderte Ritterhausen ein wenig gedehnt; »ich bitte, unterlassen Sie jedoch nicht, sich von dem Weine einzuschenken, der vor Ihnen steht. Sie werden ihn gut finden.«

»Ganz vortrefflich,« sagte der Beamte, sich einschenkend und ein Glas auf einen Zug leerend und dann wieder sich einschenkend; »darf ich Ihnen nicht auch dorthin zu Ihrem Sorgenstuhl ein Glas bringen?«

»Ich danke, der Wein ist mir untersagt!« versetzte der Hammerbesitzer.

»Da sind Sie zu bedauern,« meinte Monsieur Ermanns. »Wenn ich mich den Morgen mit meinen Akten herumgeschlagen habe und endlich die Stunde da ist, wo wir schließen, so daß man ›gottlob!‹ ausruft und die ekelhaften Schmieralien unter den Tisch werfen kann, dann habe ich das dringende Bedürfnis, mich mit einem Glase Wein zu erfrischen. Aber ich trinke nie viel. Höchstens zwei Flaschen täglich. Leider habe ich solchen, wie den Ihrigen, nicht in meinem Keller. Dazu reicht unser jämmerliches Gehalt nicht. Sie glauben nicht, wie erbärmlich schlecht wir armen Employés gestellt sind! Wenn man uns zweitausend Frank gibt, so glaubt man wunder, was man für uns getan hat und stellt Anforderungen an unsere Arbeitskraft, welche wahrhaft lächerlich sind! Man verschwendet das Geld an das Militär und für uns bleibt nichts übrig; die Zivilverwaltung kann hungern.«

»Das ist nun einmal überall die Klage,« fiel Ritterhausen eifrig zustimmend ein, »Ich fürchte auch, daß unsere Staaten samt und sonders an dieser unverständigen Politik zugrunde gehen. Was ist unsere ganze Kultur, unsere christliche Zivilisation wert, wenn die Enderrungenschaft derselben nicht ein friedliches Zusammenleben der Völker ist? Unsere Regierungen aber richten den Staat ein, als wäre der Kriegszustand das Bleibende, die Regel in der Welt und der Frieden die Ausnahme. Sie verwenden alle Kräfte der Länder auf Kanonen, Musketen, Pferde und Kriegsknechte. Nun wahrhaftig, dann sind wir ja weiter nichts als Türken, die nach dem Koran nie Frieden, sondern nur Waffenstillstand schließen dürfen – wozu ist dann das Christentum und die Bildung da!«

»Ganz meine Meinung,« sagte Monsieur Ermanns; »aber nun bitte ich, erzählen Sie mir doch die Geschichte von dem alten Herrn, der in der Rheider Burg umgekommen ist!«

»Nun,« begann Ritterhausen, auf dessen Gesicht man deutliche Spuren wahrnahm, wie wenig bereitwillig er eigentlich war, auf diese Angelegenheit einzugehen, in gedehntem Tone, »der alte Herr von Huckarde war in sehr übeln Verhältnissen.«

»Schulden?«

»Er hatte sehr viele Schulden.«

»Da sind Sie auch wohl mit einigen Pöstchen zu kurz gekommen?« fragte mit dem harmlosesten Tone von der Welt und gleich als ob er den Hammerbesitzer damit aufziehen wolle, Monsieur Ermanns.

»Ich – o nicht bedeutend! Ich hatte allerdings eine Forderung. Doch habe ich auch später aus dem Nachlaß eine Zahlung erhalten.«

»Es würde mich auch wundernehmen,« fiel der Employé ein, »wenn Sie nicht hätten einiges Blut lassen müssen. Diese Herren Cidevants in der guten alten Zeit waren im Geldborgen bei ihren wohlhabenden Nachbarn nicht blöde. Sie waren dann höchst herablassend gegen den ersten besten Noturier, wenn er nur Mosen hatte und die Propheten.«

»Ich stand nicht auf gutem Fuße mit dem alten Herrn. Wir führten einen Prozeß miteinander.«

»Den er verlor – oder gewann?«

»Gewann!« sagte Ritterhausen.

»Und doch verloren Sie einen Posten an ihn?« fragte Monsieur Ermanns in seiner unbefangenen Harmlosigkeit und sein Glas zum Munde führend weiter.

»Es war eine Summe, die er ursprünglich einem andern schuldete und welche mir übertragen worden war.«

»Ach, ich verstehe,« lachte der Employé. »Sie hatten sie sich übertragen lassen, um ihm damit ein Paroli zu bieten, wenn er über seinen gewonnenen Prozeß zu laut triumphieren würde!«

»Nicht doch,« erwiderte Ritterhausen, sein Gesicht abwendend, »ich hatte mir die Forderung von einem Freunde, der auf der Stelle Geld bedurfte, aufschwätzen lassen.«

»Nun und dann?«

»Dann starb der alte Huckarde und ich habe für meine Forderung erst lange nachher von der bergischen Domänenkammer eine teilweise Zahlung erhalten.«

»Forderten Sie denn die Summe nicht schon von dem alten Schuldenmacher selber ein?«

»Das wohl, er konnte aber eben nicht zahlen.«

»Und gewiß war er ganz unverschämt ruhig und gleichgültig dabei, als er Ihnen erklärte, Sie würden nicht das mindeste von ihm erhalten? Diese alten Junker von ehemals hatten einen neidenswerten Gleichmut, wenn sie die Leute prellten!«

Ritterhausens Gesicht hatte sich immer mehr verdüstert bei den Erinnerungen, in welche die Fragen des Employés ihn versetzten. Doch waren die Ansichten, welche dieser Mann äußerte, im ganzen so übereinstimmend mit den seinigen, daß er keinen Grund fand, sich nicht auszusprechen; im Gegenteil, er fand nach und nach eine gewisse Genugtuung und Befriedigung darin, mit einem Fremden, der im allgemeinen dachte wie er selbst, einmal über Dinge zu sprechen, welche auf seiner Seele lasteten und von denen er mit Bekannten niemals redete.

»So unverschämt ruhig war der alte Huckarde nun doch nicht,« versetzte Ritterhausen darum offen auf des Employés letzte Frage, »Im Gegenteil, er war sehr betroffen. Infolge seines gewonnenen Prozesses glaubte er das Recht zu haben, mir die Pachtung dieses Hammers zu nehmen. Ich ging zu ihm, um ihm begreiflich zu machen, daß es nicht politisch von ihm gehandelt sein würde, nach der ganzen Strenge des Rechts gegen mich zu verfahren, weil ich alsdann auch mein Recht gegen ihn würde zu verfolgen wissen.«

»Sie hätten ihn wegen Ihrer Forderung eingeklagt und exekutieren lassen,« fiel Monsieur Ermanns spöttisch lachend ein. »Sehr gut das – die Geschichte gefällt mir; ich hätte es gerade so gemacht – wahrhaftig! Er hütete sich doch jetzt, mit Ihnen weiter anzubinden?«

»Jeder andere Mann hätte zurückgehalten – aber dieser Huckarde war ein Mensch voll all der Vorurteile seines Standes. Er erklärte mir, er müsse mir die Pachtung des Hammers dennoch nehmen, denn daß er es tun werde, das habe er seit langem schon auf seine Ehre versichert, jedem, der es hören wollte; seine – Ehre dulde es nun nicht anders!«

»Sieh, sieh, sieh! Kann man auf verrücktere Weise sich betragen! Es war ein unverbesserliches Geschlecht, diese Menschen! Er wollte also darauf bestehen, Sie von Ihrer Hammerpachtung zu vertreiben? Welche abscheuliche Rücksichtslosigkeit! Sie hatten gewiß ganz außerordentlich viel in die Besitzung gesteckt, sie verbessert, vergrößert – und trotzdem wollte der unsinnige Tyrann sie Ihnen nehmen?«

»Meine Voreltern haben den Hammer seit undenklichen Zeiten innegehabt. Wir haben ihn nicht allein verbessert und vergrößert, sondern wir haben ihn, darf ich sagen, eigentlich erst geschaffen und gebaut. Vor hundert Jahren mag es ein winziges Ding, eine jämmerliche Anlage gewesen sein!«

»Aber was geschah dann?« fragte Ermanns.

»Der Alte starb eben.«

»Der Teufel holte ihn! Nun, das war das Beste für Sie, denn nun hielten Sie den Hammer!«

»Ich hielt ihn!« antwortete Ritterhausen trocken.

Der Polizeibeamte warf abermals einen eigentümlich forschenden Seitenblick auf den Hammerbesitzer. Dann sagte er gähnend: »Jetzt will ich Sie aber nicht länger belästigen. Da Sie so freundlich waren, mir ein kleines Zimmer einräumen zu lassen, erlauben Sie mir, daß ich mich dorthin zurückziehe. Ich weiß nicht, tut es die außergewöhnliche Anstrengung, die ich mir habe heute zumuten müssen oder ist es Ihr Wein – ich fühle das Bedürfnis, ein wenig zu ruhen.«

»Ganz wie es Ihnen beliebt,« versetzte Ritterhausen, indem er die Klingel rührte und der eintretenden Dienerin befahl, den Herrn auf sein Zimmer zu führen.

Als Sibylle nach einer Weile in die Wohnstube trat und den Vater nach dem neuen Gaste fragte, antwortete dieser: »Es ist ein Monsieur Ermanns, Angestellter bei der Polizei, der sich hier einquartiert, um von hier aus Untersuchungen über die Mordtat vorzunehmen; aber was der ans Tageslicht bringt, wird wahrhaftig blutwenig sein! Ein gemütlicherer Polizeimensch ist mir nie vorgekommen. Trinken und Schwatzen scheinen ihm viel angenehmere Beschäftigungen, als sich mit Morduntersuchungen zu plagen. Er ist überzeugt, daß der Graf Epaville sich selbst ums Leben gebracht hat – diese Annahme hat auch viel für sich; aber es machte mir doch einen beinahe komischen Eindruck, ihn seine Ansicht verteidigen zu hören, denn er war sicherlich nur deshalb dafür, weil ihm die Sache auf diese Weise die wenigste Schererei macht. Er ist nach oben gegangen und hat sich aufs Ohr gelegt, um zu schlafen. Du liebe Zeit! Welche Menschen drängen sich heutzutage in Stellen und Aemter, zehren von unsern sauer aufgebrachten Steuern und stehlen dem lieben Herrgott den Tag ab!«

»Wird er den Abend mit uns speisen?« fragte Sibylle.

»Ganz ohne Zweifel, Er wird sicher mit uns speisen und auch trinken! Du kannst deine Anstalten danach treffen!«

Sibylle hatte von dem Hammerschmied, den sie auf die Burg gesendet, noch immer keine Nachricht erhalten. Sie ging bald wieder hinaus und in den Garten, wohin ihr Bote kommen wollte, um ihr Bericht abzustatten, sobald er von der Rheider Burg zurück sei. Nachdem sie eine Weile im Garten auf und ab gegangen, sah sie den sehnlich Erwarteten denn auch auf dem Fußwege jenseits des Flusses endlich daherkommen und dann über den Steg schreiten, der über dem Gewässer lag. Unruhig bewegt eilte sie ihm durch das kleine Gartentür entgegen und begegnete ihm auf dem Grasrain, der zwischen dem Garten und dem Flußufer lag.

»Hast du Claus sprechen können?« fragte sie in beinahe atemloser Hast.

»Ja, Mamsell Ritterhausen.«

»Und was sagte er?«

»Er sah mich verstört und ängstlich an; der ganze Mensch ist verstört und spricht unsinniges Zeug durcheinander. Als ich von einem Deserteur anfing, rief er, er wisse nichts von einem Deserteur, und ob ich ihn auch ausfragen und ins Verhör nehmen wolle, er sei heute schon genug kujoniert; ich hatte Mühe, ihm verständlich zu machen, daß ich von Ihnen komme und nicht daran denke, ihn zu verraten. Da sagte er endlich, der Deserteur sei ein wunderlicher Gast gewesen, bald sei er im Schloß versteckt, bald fort, draußen im Wald oder der Himmel wisse wo, gewesen und nicht zu Mittag noch zu Abend erschienen. Gestern und heute habe er nichts von ihm gesehen, aber am vorgestrigen Tage habe er ihn gesehen und ihm Abendessen gegeben.«

»Also doch!« sagte Sibylle schwer aufatmend, denn diese Mitteilung war nicht geeignet, die Last zu erleichtern, welche auf ihrem Herzen lag. Ich danke dir, Heinrich, und hier hast du etwas zu einem frischen Trunke. Daß du schweigst, brauche ich dir nicht zu empfehlen!«

Damit wandte sie sich und schlüpfte wieder durch das Gittertörchen in den Garten zurück, wurde aber nicht wenig betroffen, als ihr hier, ganz nahe der Umfassungshecke, der Polizeibeamte, Monsieur Ermanns, begegnete. Er begrüßte sie äußerst höflich und sagte: »Mademoiselle Ritterhausen, wenn ich nicht irre ...«

»Die bin ich,« antwortete Sibylle mit einer kurzen Verbeugung.

»Ich nehme mir die Freiheit, Ihre reizende Besitzung zu besichtigen,« sagte der Employé, »ich finde die Lage ganz ausgezeichnet. Wie schön ist dies kleine Flußtal! Wie malerisch! Und wie romantisch blickt das alte Kastell dort von seiner Höhe herab! Wirklich ein beneidenswerter Aufenthalt hier. Wer hier ruhig seine Tage verleben könnte, frei von all den vermaledeiten Amtsplackereien und Dienstscherereien ...«

»Sie würden es den Winter doch nicht aushalten in solcher Einsamkeit,« versetzte Sibylle, um auf des höflichen Mannes Reden etwas zu antworten.

»Es käme dann freilich ein wenig auf die Gesellschaft an,« erwiderte Monsieur Ermanns lächelnd, »in so guter, wie ich sie hier finde, würde ich einen isländischen Winter hindurch vergnügt sein. Ich liebe das Landleben über alles. Sie erlauben mir ja, daß ich mich ein wenig hier umsehe? Und das Hammerwerk darf ich ja auch wohl betreten? Sie können ganz sicher sein, daß ich keine indiskreten Blicke in Ihre Fabrikationsgeheimnisse werfen werde – ich verstehe nichts davon – aber es interessiert mich, ich habe niemals ein solches Eisenwerk gesehen – und dieser Mann da,« fuhr der Fremde auf den Arbeiter deutend fort, der noch immer im Hintergrunde stand, weil er sich scheute, an den Redenden in dem schmalen Gartenpfade vorüberzugehen, »dieser Mann hat wohl die Gefälligkeit mich zu führen!«

»Geh mit dem Herrn, Heinrich,« wandte sich Sibylle an diesen, »und zeige ihm den Hammer! und dann machte sie dem Employé abermals eine Verbeugung und ging an ihm vorüber dem Hause zu.

»Liebe Leute – die Ritterhausen,« wandte sich der Polizeibeamte nun an den Arbeiter mit einem äußerst freundlichen Gesicht, »man freut sich ordentlich, eine so biedere, solide, wohlhabende Familie zu sehen. Es gibt ihrer wenig solche, mein guter Freund, das kann ich Ihm versichern; unsereins hat Gelegenheit, das zu erfahren. Es ist gar viel Schwindel in der Welt, namentlich in Eurer Hauptstadt Düsseldorf, das ist ein gewaltiges Schwindlervölkchen.«

»Ja,« antwortete der große Hammerschmied gutmütig lachend, indem er neben dem gesprächigen Beamten weiter ging und an der Hecke des Gartens hin den Schmiedegebäuden zuschritt, »das rührt noch aus der Pfälzer Zeit her – die Leute in der Pfalz sind ein lustig Volk und die haben's mit herübergebracht!. Und nun die Franzosen drin sind …«

»Wird es nicht besser werden, meint Er, ehrlicher Mann? – Nun, Er kann wohl recht haben!« versetzte Monsieur Ermanns. – »Ah, da ist ja wohl der Hammer, lauter solide, tüchtig in stand gehaltene Gebäulichkeiten – das macht einen andern Eindruck, alles was man hier sieht, als das verkommene alte Haus, die Burg wie man hier sagt, da droben!«

»Ja, gottlob!« erwiderte Heinrich.

»Ihr waret wohl schon oben, auch im Innern des alten Kastells?«

»Schon manchmal!«

»Wenn ich recht sah, kamt Ihr eben von da herunter. Mamsell Sibylle hatte Euch einen Auftrag gegeben?«

»O das nicht gerade,« versetzte der Arbeiter ein wenig verlegen.

»So hatte sie Euch eine Botschaft aufgetragen,« fuhr Ermanns fort, »Ihr habt wohl einmal zuhören sollen, welche Wendung die Untersuchung nehme und was die Herren, die heute oben waren, zu dem Fall gesagt haben? Man weiß ja, die Damen sind ein wenig neugierig.«

»Es ist aber doch nicht so,« sagte der Arbeiter, »ich war bloß oben, um dem Hausmeister Claus etwas zu sagen.«

»So, dem Hausmeister Claus – von der Mamsell Ritterhausen? Und was solltet Ihr ihm sagen?« fragte Monsieur Ermanns plötzlich mit einem außerordentlich scharfen Tone.

»Was Mamsell Sibylle mir aufgetragen hat.«

»Was sie Euch aufgetragen hat! Etwa eine Erkundigung, wie Claus geschlafen habe?«

»Das nicht gerade!«

»Kennt Mamsell Sibylle den Claus?«

»Ja, Herr, sicherlich.«

»Kennt sie das Innere der Burg?«

»Gewiß; früher, als Mamsell Sibylle noch ein Kind war und die Huckarde noch auf der Burg wohnten, da ist sie fast alle Tage droben gewesen und hat mit dem jungen Herrn Richard gespielt – dazumal war der Prozeß noch nicht im Gange, und von da her kennt sie die Burg und den Claus gar wohl.«

»Und weil sie so gut und schön ist, geht der alte Claus durch Feuer und Wasser für Mamsell Sibylle?« fragte der Polizeibeamte.

»So wird es wohl sein!« versetzte lächelnd Heinrich. »Besonders, wenn er ein ordentliches Trinkgeld dabei verdient.«

»Also,« fuhr Monsieur Ermanns fort, indem er sich auf dem Platze, wo sie sich befanden, einem zwischen der hintern Seite des Wohngebäudes und den Hammerwerkstätten versteckt liegenden Winkel gemütlich auf einen Haufen Bauholz setzte, welches hier aufgeschichtet lag, »also, nun brauchten wir bloß noch zu hören, was Ihr im Auftrage der Demoiselle dem Hausmeister habt ausrichten müssen, und dann könnten wir weiter gehen, um uns die Hammerschmiede anzuschauen. Ich muß das aber vorher wissen, mein guter Freund, denn dies zu erfahren, bin ich so begierig, daß ich gar kein Vergnügen an dem Beschauen Eurer famosen Eisenfabrik haben würde, ehe ich es nicht gehört!«

»Aber, mein Gott, was geht es Euch denn an?« platzte der Hammerschmied heraus.

»Ja, was geht es mich an! Eigentlich nichts, gar nichts. Da habt Ihr völlig recht. Aber seht, Heinrich – Heinrich heißt Ihr, nicht wahr? – seht, Heinrich, ich bin nun einmal von unserm Herrgott so neugierig geschaffen...«

»Kann Euch aber doch nicht helfen,« brummte der rußige Mensch, dem des Ausfragens zuviel wurde, »Geht und fragt Mamsell Sibylle selbst, und wenn Ihr's gehört habt, so könnt Ihr nachkommen und in der Schmiede nur nach dem Heinrich fragen, ich will dann schon zur Hand sein und Euch alles zeigen.«

Und damit wendete der Arbeiter dem Employé den Rücken und machte Miene, ihn auf seinem Bauholz sitzen zu lassen, solange er Lust habe.

»Halt, mein Freund,« rief aber jetzt der Beamte in einem sehr schneidenden Tone, »ich muß Euch darauf aufmerksam machen, daß Ihr in einem kleinen Irrtum befangen seid, wenn Ihr nämlich glaubt, ich plaudere mit Euch, um die Zeit gemütlich totzuschlagen. Ihr müßt wissen, daß Ihr vor einer obrigkeitlichen Person steht, welche alle Vollmachten hat, zu tun und zu verfügen, was ihr irgend notwendig scheint, um dem in der Rheider Burg begangenen Verbrechen auf die Spur zu kommen. Wir haben uns bis jetzt ganz freundschaftlich über den Fall unterhalten, und wenn Ihr es wünscht, Meister Heinrich, so fahren wir in dem Tone fort und Ihr erzählt mir nun ganz aufrichtig, zu welchem Ende die Demoiselle Euch soeben da hinaufgesandt hat. Wenn Ihr aber noch länger den Verstockten spielt, dann arretiere ich Euch, lasse Euch geschlossen nach Düsseldorf transportieren, allwo man Euch in ein finsteres Loch wirft, und dort lasse ich Euch einen Tag hungern und den andern mit Wasser und Brot regalieren und den dritten Tag wieder hungern – Ihr habt dann eine kleine Abwechselung, damit Euch das ewige Wasser und Brot nicht gar zu langweilig wird. Das geht so fort bis Ihr schwarz werdet oder bekennt. Ueberlegt Euch deshalb die Sache! Was meint Ihr, wie lange hält ein Mensch, der Eure Leibesgestalt, Eure Knochen und Euern Magen hat, es mit Wasser und Brot in einem dunkeln Loche aus? Acht Tage? Vielleicht. Aber rechnen wir zehn. Länger gewiß nicht. Oder meint Ihr vierzehn? Gut, lassen wir's vierzehn sein. Dann aber seid Ihr mürbe, Freund, das schwöre ich Euch, und kriecht zu Kreuz und küßt dem Teufel den Schwanz, wenn man's von Euch verlangt. Nun, also – wie soll es sein? Wollt Ihr gleich sprechen oder erst solch eine kleine Kur durchmachen?«

Der große Mensch war blaß geworden unter dem Rußüberzug, der sein Gesicht bedeckte, und seine ungelenken Glieder schlotterten vor Schrecken vor dem kleinen schmächtigen Employé, der vor ihm saß und in so freundlich gemütlichem Tone von so haarsträubenden Dingen sprechen konnte.

»Um Gottes willen, wer seid Ihr denn?« stammelte er.

»Ich bin Beamter der großherzoglich bergischen Polizeiverwaltung, mein Freund. Als solcher befehle ich Euch nun zu reden. Und zwar die Wahrheit. Denn das merkt Euch wohl, Ihr werdet das, was Ihr sagt, später beschwören müssen. Darum lügt nicht.«

»Aber, Herrgott im Himmel, was soll ich denn aussagen?« versetzte der Arbeiter und warf die Blicke um sich, wie wenn er sehen wolle, ob er nicht vor dem fürchterlichen Menschen Reißaus nehmen und in irgendein nahes Versteck schlüpfen könne.

»Ihr wollt entspringen? Das würde Euch nichts helfen, Heinrich,« sagte der Polizeibeamte, »wir würden Euch schon fangen; der Hammer ist bewacht von allen Seiten. Nun aber heraus mit der Sprache,« fuhr er, wieder in seinen gebieterischen und drohenden Ton fallend, fort, »meine Geduld ist zu Ende und ich will eine Antwort. Was habt Ihr auf der Burg ausrichten sollen?«

»Ich habe,« stammelte der Arbeiter so gedrängt und eingeschüchtert, »den Claus aufsuchen sollen, um ihn zu fragen…«

»Nun, was?«

»Ob … ob der Fremde noch in der Burg sei!«

»Der Fremde? Welcher Fremde?«

»Ja, das weiß ich nicht! – der Fremde,«

»Also der Fremde – ob der noch in der Burg sei?«

»So ist es.«

»Und was hat der Hausmeister – Ihr habt ihn aufgefunden und mit ihm gesprochen?«

»Ja.«

»Was hat er geantwortet?«

»Er hat gesagt, er wüßte es nicht. Vorgestern habe er ihn zum letztenmal gesehen, jetzt werde er sich wohl aus dem Staube gemacht haben.«

»So, das sagte er? Der Fremde werde sich wohl aus dem Staube gemacht haben?«

»Das waren seine Worte.«

»Nun brauche ich von Euch nur noch etwas Näheres zu hören, was das denn eigentlich für ein Fremder ist, und dann könnt Ihr frei Eures Weges gehen, Meister Heinrich. Ihr werdet mir nicht aufbinden wollen, Ihr hättet Euch bei der Demoiselle Ritterhausen oder bei dem Hausmeister Claus nicht ein wenig danach erkundigt, nach dem Fremden!«

»Ich weiß aber doch nichts von ihm!«

»So? – Da oben in der Burg ist in verflossener Nacht ein Mord vorgefallen. Bei solchen Vorkommnissen pflegt der Mensch sich zu fragen: Wer hat das getan, wer kann das Verbrechen begangen haben? Und wenn man alsdann von einem Fremden hört, der in dem Hause gesteckt hat, wo so etwas vorgegangen ist, so werden alle Geister der Neugierde wach und rufen: Wer ist der Fremde? Wolltet Ihr mir aufbinden, Ihr hättet nicht so gefragt? Nein, Ihr seid nicht so dumm! Also heraus mit der Sprache!«

»Herr, ich kann bei meiner Seligkeit schwören, daß ich nichts davon weiß – ich habe den Auftrag bekommen, nach dem Deserteur zu fragen und Claus hat mir darauf geantwortet, wie ich gesagt habe; keine Silbe mehr, denn er war verdrießlich und wollte mir kaum Rede stehen.«

»Nach dem Deserteur – also nach einem Deserteur solltet Ihr fragen? Der Fremde war also ein Deserteur?«

»So nannte ihn Claus.«

»Nun, Meister Heinrich, werdet Ihr beschwören können, daß dies alles ist, was Ihr oben getan habt und was Ihr wißt?«

»Ja, Herr, jeden Augenblick.«

Der Polizeibeamte fixierte den Menschen mit seinen schärfsten Blicken und dann sagte er: »Es freut mich, daß Ihr so vernünftig gewesen seid, endlich mit der Sprache herauszurücken. Ich verlange jetzt nichts weiter von Euch, als daß Ihr mit keiner Silbe und keiner Miene irgend jemand verratet, worüber wir uns eben freundschaftlich unterhalten haben. Wenn Ihr das Maul nicht hieltet, so würde ich das sehr bald merken, und wenn Ihr mir dadurch das Spiel verderbt, so lasse ich Euch krumm schließen und lasse Euch auf Lebenszeit nach Cayenne schicken, wißt Ihr, wo der Pfeffer wächst. Adieu, Meister Heinrich – Ihr könnt jetzt schmieden gehen! Bis auf Wiedersehen!«

Der Arbeiter machte eilig von dieser Erlaubnis Gebrauch; mit langen Schritten hub er sich von dannen, wie in der Furcht, daß der entsetzliche Polizeimensch, solange er noch von diesem gesehen werde, ihn noch einmal zurückrufen und in den Schraubstock seiner verzweifelten Fragen nehmen könne.

Als er in den Hammergebäuden verschwunden war, blieb Monsieur Ermanns noch eine Weile nachdenklich auf seinem Bauholz sitzen.

Dann stand er auf, schlenderte lässig in das Wohngebäude zurück und nachdem er hier seinen Schreiber aufgesucht und ihm einige Befehle gegeben, ließ er Demoiselle Ritterhausen um die Gunst einer Unterredung unter vier Augen bitten.

Achtes Kapitel
Ein Verhör

Sibylle empfing den Polizeibeamten in dem kleinen Zimmer, welches wir kennen; während sie sich in den leichten Rohrsessel setzte, der vor ihrem Schreibpult stand, bat sie den Beamten, auf dem kleinen Diwan Platz zu nehmen – an der Wand ihr gegenüber, unter den Bildern aus Klopstocks Messias. Monsieur Ermanns placierte sich just unter der bekannten Abbildung des zürnenden Höllengotts, der, auf Flammenwolken stehend, voller Grimm Blitze zu schleudern scheint. Der kleine Mann darunter nahm sich im Vergleich mit dieser poetischen Gestalt sehr schmächtig und äußerst zahm aus. Der Anspruch auf Männlichkeit, der dies farblose Gesicht in Gestalt eines Backenbartes umrahmte, war vom grau machenden Alter allbereits stark überpudert; seine Mienen drückten weder Strenge noch etwas anderes aus, wenn nicht eine gewisse Apathie und Teilnahmlosigkeit an jedem Ding, das andere weniger ruhige Menschen auf ihrer irdischen Lebenslaufbahn in Aufregung zu versetzen vermag.

Und doch hatte das Wesen dieses Mannes etwas Bedrückendes, Aengstigendes für das junge Mädchen; sie fand in seinen Blicken etwas, das seiner übrigen Haltung und seiner Art zu sein und sich zu geben schnurstracks widersprach. Es lag in seinen Augen etwas Scharfes, Hartes, Falsches – etwas, das Sibyllens Mißtrauen erregte. Vielleicht aber war dieser Eindruck mehr zu erklären durch Sibyllens natürliche Beängstigung, womit sie das Begehren einer Unterredung von seiten des Beamten erfüllt hatte, als durch die Wirklichkeit und Richtigkeit ihrer Beobachtung.

»Welch allerliebstes Boudoir haben Sie sich hier angelegt, Mademoiselle,« begann der Polizeibeamte die Unterhaltung, nachdem er sich gesetzt hatte: »sehr hübsch und freundlich in der Tat – die Aussicht von den Fenstern ist hier noch hübscher als aus dem Wohnzimmer des Herrn Ritterhausen – ich kann mir denken,« setzte er mit einem Lächeln hinzu, das für Sibyllen etwas Hämisches hatte, »ich kann mir denken, daß Herr Ritterhausen sich lieber dem Teufel verschreibt, als diese schöne Besitzung verläßt.«

»Mein Vater hat Gott sei Dank nicht nötig, sich dem Teufel zu verschreiben um deswillen,« antwortete Sibylle halb überrascht und erschrocken, halb beleidigt durch diese Aeußerung.

»Sie meinen, er braucht den Teufel nicht, er hilft sich selber,« fuhr mit demselben bedeutsamen und hämischen Lächeln Monsieur Ermanns fort.

»Ich meine, Sie reden in seltsamen Ausdrücken, mein Herr, die ich nicht verstehe. Sie wurden mich verbinden, wenn Sie mir sagen wollten, womit ich Ihnen dienen kann!«

»Sie zu verbinden bin ich eben gekommen, Mademoiselle,« antwortete der Polizeibeamte. »In der Tat, in der reinsten und wohlwollendsten Absicht. Ich bitte Sie, bei unserer fernem Unterredung dies nicht außer acht lassen zu wollen. Wir werden dann am raschesten zum Ziele kommen. Betrachten Sie jedes meiner Worte als das eines aufrichtigen Freundes; sehen Sie in mir nicht zuerst den Beamten, sondern vor allem den weichen teilnehmenden Menschen, dem das, was er als Beamter tun muß, oft das Herz bluten macht. In der Tat, Demoiselle Ritterhausen, ich bin von Natur eine gute harmlose Seele. Wenn Sie mich kennten, würden Sie sagen: den hat Gott in seinem Zorn zum Polizeimenschen gemacht. Aber wenn man nun eben nichts Rechtes gelernt hat! Was kann man da machen? Es muß doch gelebt sein. Ich habe Frau und Kinder. Aus dem Militärdienst, worin ich früher stand, mußte ich ausscheiden – ich hatte meine Gesundheit darin ruiniert – meine ganze Konstitution ist dabei zerrüttet worden. – Sie sehen es mir nicht an, aber ich bin oft recht elend. Als Entschädigung für eine geopferte Gesundheit und ein geopfertes Leben hat man mir diesen jämmerlichen Polizeidienst gegeben, den ich so oft verwünsche. – Doch was langweile ich Sie mit meinen Klagen, ich wollte ja weiter nichts, als Ihnen zeigen, daß Sie mir vertrauen könnten, daß ich gekommen bin, mich mit Ihnen ganz ohne Rückhalt freundschaftlich über eine Angelegenheit auszusprechen, welche Sie so nahe berührt, und worin Sie durchaus des Beirats eines Freundes bedürfen, um nicht von der Schwere Ihres Kummers zu Boden gedrückt zu werden.«

Sibylle sah den Polizeibeamten während dieser ganzen Rede mit großen Augen an.

»Ich muß Ihnen bekennen,« sagte sie, weit mehr erschrocken, als durch seine Freundschafts- und Teilnahmeversicherungen beruhigt, »daß ich nicht begreife, worauf Sie eigentlich zielen, mein Herr!«

»So erlauben Sie mir zuerst einige Fragen, Mademoiselle. Wissen Sie um ein Schreiben, welches der ermordete Graf von Epaville an Ihren Vater erlassen hat?«

»Ja – ich habe es gelesen.«

»Nach einem Entwurf, welchen wir in dem Wohnzimmer des Unglücklichen auf der Burg oben gefunden haben, droht er darin Ihrem Vater mit der Verfolgung seiner Rechte auf diese Hammerbesitzung. Er hat entdeckt, daß der Hammer Eigentum der Burg ist, und er deutet an, daß, wenn Ihr Vater denselben wie sein Eigentum bis jetzt behandelt habe, dies auch nur durch Nachlässigkeit der frühern Behörden möglich geworden sei, deren Pflichtverletzung Ihr Vater vielleicht durch Bestechung erlangt habe.«

»Diese beleidigende Voraussetzung ist in dem Schreiben des Grafen, wie es uns zugekommen, nicht enthalten; mein Vater würde sich dergleichen auch nicht haben gefallen lassen,« erwiderte Sibylle stolz.

»Nun, der Entwurf lautet doch ungefähr so,« fuhr der Polizeibeamte fort. »Und Sie haben den Brief bekommen, sagen Sie, Ihr Vater ist erschrocken, als er diese Fehdeerklärung seines neuen Nachbars erhalten hat; und Sie, Mademoiselle, sind in hochherziger Entschlossenheit zum Grafen von Epaville gegangen und haben versucht ihn von weitern Schritten in dieser Angelegenheit abzuhalten oder einen Vergleich mit demselben zu schließen.«

»Woher wissen, woraus schließen Sie das?« fiel ihm Sibylle entrüstet ins Wort.

»Der Hausmeister auf der Rheider Burg hat in seiner eidlichen Vernehmung so ausgesagt; er hat vom Fenster seiner Kammer aus gestern eine lange Unterredung zwischen Ihnen und dem Grafen bemerkt, die in dem Garten des alten Gebäudes stattfand.«

»Das ist richtig, ich bin dort oben dem Grafen zufällig begegnet, aber sicherlich nicht, um diese Zusammenkunft zu finden, hinaufgegangen. Der Graf hat mir bei seiner ersten Erscheinung hier nicht den Eindruck eines Mannes gemacht, mit dem ich gesucht hätte, in weitere Berührung zu kommen.«

»Sie hatten also nicht die Absicht, den Grafen in der Angelegenheit Ihres Hammers umzustimmen, ihn zu einer andern Ansicht der Sache oder etwa zu einem Vergleich zu bereden.«

»Nicht im entferntesten!«

»Seltsam!« sagte der Polizeibeamte, »Es wäre doch so natürlich gewesen. Sie mußten wissen, daß Ihre Angelegenheit einen sehr mißlichen Charakter für Sie hatte. Soweit ich die Sache bis jetzt kenne und zu beurteilen vermag, Mademoiselle, gehört der Hammer in der Tat als Pertinenzstück zur Rheider Burg, das heißt, er gehörte dem Grafen. Und dieser brauchte Geld, viel Geld, denn er war ein wenig Lebemann, der arme Graf. Er kündigte Ihnen an, daß er gesonnen sei, sein Recht gegen Sie auszubeuten. Sie, die Sie gewohnt sind, Ihren kranken Vater in dessen Geschäften zu vertreten, begeben sich zu der Burg hinauf, Sie haben eine längere Unterredung mit Epaville – und dennoch versichern Sie mich, daß Sie nicht von der Angelegenheit, die Ihnen doch sehr dringend am Herzen liegen mußte, mit ihm reden wollten...«

»Zweifeln Sie an meinen Worten?«

»Nicht im geringsten, Mademoiselle Ritterhausen, ich erstaune nur. Aber ich lasse auf Ihr bloßes Wort hin sogleich meine ganze Ueberzeugung fallen.«

»Und diese Überzeugung war?«

»Daß der Graf Ihre Vergleichsvorschläge zurückgewiesen, daß er Ihnen seinen festen Willen erklärt hat, sein Recht zu verfolgen.«

»O nein, mein Herr – es war durchaus umgekehrt,« versetzte Sibylle mit einem bittern und verächtlichen Lächeln, »der Graf war voll zuvorkommender Anträge zu jedem möglichen Vergleich; er machte aus seiner Freundschaft eine sehr wohlfeile Ware...«

Der Polizeibeamte warf einen seiner scharfen Blicke auf Sibylle.

»Sie haben also doch von Ihrer Angelegenheit mit ihm geredet,« sagte er. »Soeben verneinten Sie es,«

»Ich verneinte, daß ich ihn aufgesucht; nicht daß, als der Zufall mich ihm in den Weg geführt, er nicht sofort von der Sache begonnen und der Unterredung eine Wendung gegeben, die mich veranlassen mußte, sie so bald abzubrechen, wie es immer möglich war.«

»Aha, ich verstehe alles,« erwiderte Monsieur Ermanns mit boshaftem Lächeln, »Nun haben wir denn doch ganz dasselbe, was ich vorhin als Tatsache feststellen wollte: Sie haben eine Kriegserklärung von dem Grafen erhalten und als Sie darauf eine zufällige Unterredung mit demselben hatten, begriffen Sie, daß ein Friedensschluß mit ihm nur auf Bedingungen hin zustande kommen könne, welche Sie unter keinen Umständen, nie und nimmer, eingehen würden!«

»Darf ich Sie bitten, mein Herr, mir zu sagen, wozu Sie mich über diese Angelegenheit verhören, denn die freundschaftliche Unterredung, um welche Sie mich baten, hat gar sehr den Charakter eines Verhörs angenommen.«

»Hat sie das in der Tat, Mademoiselle? Nun, es mag sein. Aber ich würde untröstlich darüber sein, wenn etwas in meinem Tone und in meinen Fragen läge, das Sie persönlich verletzen könnte. Niemals in meinem Leben möchte ich weniger als Beamter und mehr als ein teilnehmender, wirklich ergebener Freund erscheinen!«

»Dann würde ich es als einen Freundesdienst betrachten, wenn Sie mir ohne weitere Einleitung sagen wollten, wozu –«

»Ohne Einleitung bringe ich das nun eben nicht übers Herz, Mademoiselle Ritterhausen, und deshalb bitte ich Sie, spannen Sie mein herzliches Mitleiden mit Ihrer Lage nicht dermaßen auf die Folter …«

»Herzliches Mitleiden … ich bin Ihnen sehr dankbar dafür, mein Herr, aber ich muß Ihnen gestehen, daß ich es überaus überflüssig finde,« fiel Sibylle erbleichend ein.

»Mademoiselle, ich will die Tatsachen vor Ihnen reden lassen – Sie sollen dann selber die Schlüsse ziehen. Nachher erst werden wir auf diesen Punkt zurückkommen. Sehen Sie, was sich ereignet hat, ist dieses: Im Jahre 1799 gewinnt der Baron Huckarde einen Prozeß wider den Hammerbesitzer Ritterhausen, dahin, daß der Rheider Hammer, welchen der letztere längst als sein Eigentum betrachtete, den er geschaffen, verbessert, vergrößert hat, der ihn reich oder doch wohlhabend machte, der seine kleine Welt, sein ein und sein alles ist, auf dem er geboren und auf welchem er zu sterben gehofft hat, daß dieser Hammer nicht ihm, sondern dem Baron Huckarde gehöre.

»Der Baron hat beschlossen, ihn von dem Hammer zu entfernen.

»Um dem zuvorzukommen, kauft Ritterhausen Förderungen, welche dritte Personen an Huckarde haben, Schuldverschreibungen des Barons an sich. Er eröffnet dem gestrengen Herrn dies. Er droht ihm: brauchst du dein Recht, so gebrauche ich das meine. Treibst du mich von dem Hammer fort, so treibe ich unerbittlich meine Forderungen ein, lasse deine Burg, oder wenn das nicht möglich, da sie Lehngut, alle deine fahrende Habe mit Beschlag belegen und versteigern.«

»Wie wissen Sie das, mein Herr?« fragte Sibylle in hohem Grade verwundert.

»Von dem Herrn Ritterhausen selbst. Er war vorhin in einer vertraulichen Unterredung so freundlich, es mir mitzuteilen.«

»Mein Vater selbst sagte Ihnen …?«

»Gehen wir weiter,« versetzte Monsieur Ermanns; »also der Hammerbesitzer bedroht den Burgherrn; der Burgherr aber entgegnet, daß er diese Bedrohung nicht beachten werde, daß er sein Wort gegeben, seine Ehre verpfändet, den Herrn Ritterhausen von seinem Grund und Boden auszutreiben, und daß er ihn deshalb austreiben werde.

»Herr Ritterhausen sieht ein, daß er mit dem alten vorurteilsvollen Manne nicht werde zu einer Verständigung kommen können. Er muß sich sagen, daß der Tag naht, wo er zur Schadenfreude seiner Neider und Feinde den Hammer werde räumen und in die Welt hinausziehen müssen. Sie trennen sich im Zorn, die beiden Männer. Der alte Huckarde geht spät abends noch aus, zu einer Stunde, in welcher auch Ritterhausen ganz gegen seine Gewohnheit außer seiner Wohnung ist – am andern Morgen findet man plötzlich den alten eigensinnigen Baron mit einer Wunde am Hinterkopf tot in der Wupper!

»Erste Tatsache. Gehen wir über zur zweiten.«

»Der Hammerbesitzer Ritterhausen bleibt nun unangefochten auf seinem Hofe. Jahre vergehen. Wir schreiben 1807. Die Rheider Burg wird Eigentum eines neuen Herrn, eines Mannes, dessen Privatverhältnisse ihn zwingen, die Zitronen, welche man ihm schenkt, nicht unausgepreßt zu lassen. Dieser Herr erklärt denn auch sofort dem Hammerbesitzer: du sitzest auf meinem Eigentum; ich fordere es zurück von dir, du sollst mein Pächter werden, mein Heuerling, oder sofort den Herd, an dem du dich unrechtmäßigerweise breit gemacht hast, verlassen.«

»Der Hammerbesitzer sendet seine Tochter zu dem neuen, so schlimm auftretenden Herrn, um mit ihm zu verhandeln. Aber diese Botschaft bleibt fruchtlos. Sie hat nur ein noch mehr erbitterndes Ergebnis, denn der neue Burgherr führt der Tochter des Hammerbesitzers gegenüber eine Sprache, welche ihre jungfräulichen Gefühle verletzt und ihren Zorn erregt. Herr Ritterhausen also muß sich einmal wieder sagen: es gibt hier keine Rettung für dich, du wirst deinen alten Besitz mit dem Rucken ansehen müssen. Da, in der nächsten Nacht, findet man den neuen Burgherrn mit einer tiefen Wunde in der Brust tot auf seinem Bette.«

»Habe ich die Tatsachen einfach, wie sie sind, richtig und wahrheitsgetreu vorgetragen?«

»In Ihrer eigenen Färbung! Aber, um Jesus und aller Heiligen willen, was folgern Sie daraus,« rief Sibylle, die bis dahin mit immer größer werdenden Augen, immer bleicher werdenden Zügen der Rede des Polizeibeamten zugehört hatte.

»Was ich daraus folgere? Brauche ich das zu sagen? Folgern Sie selber: die Moral der Geschichte scheint mir nicht schwer zu finden!«

»Sie werden doch nicht andeuten wollen,« rief Sibylle, plötzlich über und über dunkelerrötend und mit vor Zorn bebender Lippe, »Sie werden doch nicht die Verwegenheit haben, anzudeuten, daß mein Vater mit diesen Mordtaten oder was es sein mag, irgendeine Verbindung habe!«

»Beruhigen Sie sich, Demoiselle Ritterhausen; nehmen wir die Dinge wie sie sind; ich habe Sie meiner Ergebenheit und Dienstbeflissenheit hinreichend versichert; ich will nichts andeuten, nichts behaupten, ich will nur mit Ihnen überlegen, auf welche Weise...«

»Mein Herr,« fuhr Sibylle entrüstet dazwischen, indem sie aufstand, »ich danke Ihnen für eine Freundschaft und Ergebenheit, welche sich darin zeigt, daß Sie mir Unverschämtheiten sagen. Haben Sie die Güte, mich zu verlassen, oder ich...«

»Sacht, sacht, meine teure Demoiselle,« fiel hier Monsieur Ermanns ein, »stoßen Sie meine wohlwollende Teilnahme nicht von sich, denn Sie würden dann sehr unglücklich werden. Ich bin in der Tat nicht so unverschämt und verwegen, wie Sie sagen. Wenn ich aus der Lage der Dinge den Schluß gezogen habe, daß Herr Ritterhausen der intellektuelle Urheber, wie die Juristen sich ausdrücken, dieses Mordes an dem Grafen von Epaville ist, so habe ich noch eine ganz bestimmte Tatsache, welche die Folgerungen meiner Vernunft unterstützt.«

»Ich glaube, ich habe schon mehr, als es sich für eine Tochter ziemt, von Ihren Folgerungen angehört, und deshalb...«

»Nur noch einen Augenblick,« fiel der Polizeibeamte, immer in seinem ruhigen, freundlichen, halb demütigen, halb ironischen Tone bleibend, fort. »Sagen Sie mir, was hat der Deserteur zu bedeuten, welchen man seit den letzten Tagen in der Rheider Burg versteckt gehalten hat und nach dessen Befinden Sie vor kurzer Zeit sich so teilnehmend erkundigt haben – Sie, Mademoiselle Ritterhausen!«

»O, mein Gott!« rief Sibylle aufs neue totenbleich werdend aus und fiel halb ohnmächtig auf ihren Stuhl zurück.

Monsieur Ermanns schien der furchtbaren Erschütterung des jungen Mädchens, ihrem ohnmachtähnlichen Zustande durchaus keine Bedeutung beizulegen. Er fuhr zu reden fort, nur daß jetzt seine Stimme einen strengen Ernst annahm und seine Blicke stechend über seine Brille fortschossen.

»Ich muß hiernach annehmen,« sagte er, »daß Sie in das, was geschehen ist, vollständig eingeweiht sind. Der Deserteur, der Ihre Teilnahme in Anspruch genommen hat, ist das Werkzeug gewesen, dessen Ihr Vater sich bedient hat, und Sie, Demoiselle Ritterhausen, kennen dieses Werkzeug und sind in Sorge darum, ob der Mörder sich früh genug vom Schauplatz seines

Verbrechens gerettet hat, ob er nicht in die Hände der Gerechtigkeit gefallen ist! Sie gestehen mir das ein, Mademoiselle?«

Sibylle bedeckte ihr Gesicht mit beiden Händen, durch deren Finger sich jetzt die hellen Tränen drängten.

»Nicht wahr, Sie gestehen das ein?«

Sibylle antwortete nicht. Aber für sich sagte sie: »O diese Strafe ist fürchterlich – aber sie ist gerecht, gerecht!«

»Die Strafen der Verbrechen sind immer gerecht,« fiel der Polizeibeamte, dessen scharfes Ohr ihre geflüsterten Worte vernommen hatte, ein; »und doch treffen sie den einen weit härter als den andern, je nach seinem Charakter, seiner Erziehung, der Stellung, welche er im Leben einnimmt. Für den Ehrgeizigen, den Gebildeten, einst angesehenen Mann, den die Leidenschaft zum Verbrechen verführt, ist die öffentliche Bestrafung, zum Beispiel die Ausstellung, etwas, worin für ihn eine Hölle liegt, während der in Ruchlosigkeit aufgewachsene, verkommene Mensch sich gar wenig daraus macht. Dennoch ereilt diese Strafe beide für dasselbe Verbrechen. Freilich ist der eine strafbarer als es der andere ist: ob aber in dem Maße, wie ihn die Strafe grausamer trifft – wer kann das bestimmen! Wir sind alle Sklaven unserer Leidenschaften und moralische Blindheit läßt uns in Verbrechen fallen, wie physische Blindheit in Abgründe. Der Mensch ist eben wie er von der Natur gebildet worden, und wenn er seinem Nachbar das Haus anzündet, wer weiß, wo da der erste Funke zu dem verderblichen Feuer eigentlich steckte und aufglomm – ob nicht vielleicht in einem ungesunden Blut, das in seinen Adern stockte und mit andern Säften in feindliche Reibung geriet und gor, und ihn in einen Zustand versetzte, worin er der bedauernswürdige Sklave eines Triebes und Dranges wurde, der ihn zu dem führte, was wir dann Verbrechen nennen und das wir dann unnachsichtlich bestrafen. Das letztere ist freilich auch nicht zu umgehen. Was soll man da machen! Aber aus dieser meiner Ansicht von den Dingen sehen Sie, Mademoiselle, daß ich nicht der Mann bin, über solche Tatsachen, wie sie hier in Frage sind, in eine unerbittliche moralische Entrüstung zu geraten. Die aufrichtige Teilnahme, von der ich Ihnen vorhin sprach, bleibt Ihnen dennoch in ungeschmälertem Maße, und ich will jetzt dazu übergehen, sie Ihnen durch die Tat zu beweisen. Sagen Sie mir, kennen Sie unser französisches öffentliches Gerichtsverfahren, unsere Assisenhöfe, Demoiselle Ritterhausen?«

Sibylle antwortete nicht. Wie versunken in einen tiefsten Gram, der sie für alles, was außer ihr vorging, unempfindlich machte, saß sie auf ihrem Stuhle da, das Gesicht noch immer in ihren Händen bergend.

»Ich bitte um Antwort, Mademoiselle,« sagte der Polizeibeamte scharf, »kennen Sie unsere Geschworenengerichte?«

Sibylle blickte auf und wandte ihm ihre totenbleichen, mit Tränen benetzten Züge zu.

»Glauben Sie denn wirklich, können Sie wirklich glauben,« antwortete sie mit stammelnder Lippe, »daß mein Vater...«

»Was kann Ihnen daran so viel liegen, Mademoiselle, ob ich glaube oder nicht glaube? Es hat für Sie gar keinen praktischen Wert, was ich persönlich glaube,« versetzte Monsieur Ermanns mit bitterem Lächeln; »lassen wir es also getrost aus dem Spiele und hören Sie mich jetzt ruhig an. Sehen Sie, das Geschworenengericht ist eine Einrichtung, die das Merkwürdige hat, daß sie – wenigstens wenn es sich um gebildete Leute handelt – für den Unschuldigen, der vor dasselbe gezogen wird, eine gerade so harte Strafe enthält wie für den Schuldigen. Man führt nämlich den Angeklagten in einen großen Saal. Ihm gegenüber setzt man zwölf ehrsame Bürger, Gevatter Schneider und Handschuhmacher hin, und dann läßt man herein, wer immer von Krethi und Plethi kommen will, sich die Geschichte anzugaffen. Dann gibt man sich einer ganz rückhaltlosen, durch keine Rücksicht eingeschränkten Erörterung seines Charakters, seiner Vergangenheit, seiner Verhältnisse hin – das alles vor der Menge des zusammengeströmten Volks, vor dem Pöbel, dem dieser öffentliche obrigkeitliche Skandal ein wahres Fest ist. Der öffentliche Ankläger häuft alle Schändlichkeit, die sich nur erfinden läßt, auf des unglücklichen Angeschuldigten Haupt. Er macht ihn schwarz wie die Hölle. Der Verteidiger eifert dagegen an; hat jener im Namen der beleidigten Tugend und Moral ihn zu einem wahren Dämon gestempelt, so macht ihn dieser im Interesse der Humanität zu einem Heiligen. Er legt den Heiligenschein aller häuslichen und öffentlichen Tugenden um ihn. Mit dem Flammenschwert der Beredsamkeit streiten beide um seine arme Seele, wie Teufel und Engel am Tage des Jüngsten Gerichts. Das alles in Gegenwart des Angeklagten; in seiner Gegenwart wird Zeuge nach Zeuge vorgeführt und durch einen Eid gezwungen, ihm ins Gesicht zu werfen, was er von ihm gesehen, gehört, jemals gedacht hat.

»Diese moralische Folter, diese wahre Höllenpein für den Angeklagten, weit schlimmer als fünf Jahre Gefängnis oder Festungshaft, findet statt, damit die zwölf Geschworenen befähigt werden, am Ende, nach Maßgabe ihres Mutterwitzes, das Verdikt zu fällen, das heißt, auf die Frage nach der Schuld des Angeklagten ja oder nein zu sagen.

»Denken Sie sich nun Ihren Vater in dieser Lage; stellen Sie sich lebhaft vor, was er in einer solchen Situation empfinden würde; denken Sie an sich selbst als Angeklagte auf der Bank der Verbrecher und dann antworten Sie mir: werden Sie nicht alles darum geben, diesem Schicksale zu entgehen, das Sie bedroht, das unabwendbar ist – das, ganz abgesehen von Schuld oder Nichtschuld, nach der Lage der Dinge, durch die zwingende Macht der Tatsachen, über Sie beide heraufgeführt werden wird? Denn das wird es, darüber machen Sie sich keine Täuschungen – es sei denn, wir kämen jetzt hier zu einer Verständigung, infolge deren ich Ihnen das Versprechen geben kann, daß Sie mit diesem entsetzlichen Schicksal, mit dem ganzen Jammer einer solchen Ausstellung, die schlimmer ist, als auf einem Sklavenmarkt verkauft zu werden, verschont bleiben sollen.«

Sibylle hob ihr tränenfeuchtes Gesicht auf und sah mit einem flehenden, fragenden Blick den Polizeibeamten an.

»Sehen Sie,« fuhr dieser fort, »die Geschworenen haben, wie ich Ihnen sagte, nur die Aufgabe, über das Ja oder Nein der Schuld zu entscheiden. Gesetzt also, ein zur Untersuchung Gezogener erklärte selbst seine Schuld; er gäbe ohne Rückhalt befriedigenden Aufschluß über die Tat und alle ihre Nebenumstände; er verschmähte es in irgendeiner Beziehung der Wahrheit untreu zu werden und stände mit offener Stirn und männlich ehrenhaftem Freimut für das, was er getan, ein – dann würde immer noch das Gericht ihn richten, aber es würde der Geschworenen Ausspruch dabei nicht bedürfen. Das Ja der Jury wird überflüssig, sobald der Angeklagte dies Ja selber spricht. Werden Sie mir also nicht folgen, wenn ich Ihnen den dringenden Rat gebe: legen Sie mir sofort ein offenes Geständnis ab und bewegen Sie dann auch Ihren Vater dazu, den ganzen Anteil, den er an diesen Mordtaten genommen hat, mir einzugestehen!«

Sibylle erhob sich jetzt groß und entschlossen, als ob all ihr Selbstbewußtsein ihr zurückkehre. Sie trocknete ihre Tränen ab und wies dem Beamten ein Antlitz, auf welchem jeder Zug das Gepräge stolzer Fassung trug.

»Ich danke Ihnen, mein Herr,« sagte sie, »für das, was Sie Ihre Freundschaft und Teilnahme für uns nennen. Ich will annehmen, daß sie aufrichtig gemeint sind. Obwohl eine wahre Teilnahme weniger vorschnell gewesen wäre, auf einen bloßen Schein hin, den eine unglückliche Verbindung von zufälligen Umständen erzeugt hat, an unsere Schuld zu glauben, meinen Vater für einen Mörder zu halten! Aber ich will Ihnen das verzeihen. Ihr Beruf mag Sie daran gewöhnen, die Menschen für schlecht zu halten. Das aber, mein Herr, erkläre ich Ihnen – solange Sie von dieser Voraussetzung ausgehen, werde ich Ihnen keine Antwort mehr geben. Verlassen Sie mich jetzt. Mag dann kommen was da will. Gott wird uns beschützen. Ich bitte, lassen Sie mich allein!«

»Weisen Sie im Ernste dem Freunde die Tür, Mademoiselle?« versetzte der Beamte ironisch. »Nun wohl, er weiß, was er einer jungen Dame schuldig ist und geht; aber der Polizeibeamte bedauert unendlich, daß er nicht so galant sein darf, er muß bleiben, bis er noch einige Aufklärung erhalten hat.«

»Welche Aufklärung verlangen Sie?«

»Wer ist der bewußte Deserteur?«

»Ich weiß weiter nichts von ihm.«

»Er nannte sich einen Deserteur?«

»Ja.«

»Was taten Sie, um sich zu überzeugen, daß er das in der Tat war und nicht etwa ein flüchtiger gemeiner Verbrecher?«

»Ich glaubte ihm.«

»Sehr vorsichtig!« versetzte der Beamte mit spöttischem Lächeln. »Wie nannte er sich?«

»Ich weiß nichts von ihm, gar nichts,« antwortete Sibylle. »Der Mensch ist mir in der Nähe der Rheider Burg bei einem Spaziergange begegnet – es sind seitdem vielleicht vierzehn Tage verflossen. Er hat mir seine Not geklagt.«

»Seine Not ... welche Not hat er Ihnen geklagt?«

»Nun, seine Angst wieder eingefangen zu werden.«

»Wohl – fahren Sie fort.«

»Und ich habe Mitleid mit ihm gefühlt. Ich habe ihm ein Versteck in der Rheider Burg gezeigt, das ich seit den Tagen, wo ich als Kind fast täglich in der Familie des Herrn von Huckarde verkehrte, kannte. In diesem Versteck konnte er sicher sein, nicht gefunden zu werden.«

»Haben Sie ihm Lebensmittel dahin geschafft?«

»Nein, ich habe ihm überlassen, für sich selbst zu sorgen. Und ich stehe nicht an, Ihnen zu sagen, daß ich ihn für den Verbrecher halten muß. Er hat mir erzählt, er sei desertiert aus Furcht vor einem Herrn im Gefolge des Großherzogs, der aus frühern Lebensverhältnissen her sein Feind sei. Muß ich nicht schließen, daß dieser Herr aus dem Gefolge der Graf Epaville gewesen, den sein Unglück in die Burg geführt hat, während der Deserteur darin versteckt war?«

»So, das hat er Ihnen erzählt?« antwortete Ermanns gedehnt und offenbar ungläubig und fuhr dann fort: »Kennt der Hausmeister das Versteck?«

»Nein! niemand außer mir.«

»Und der Deserteur, scheint es, ist noch dort? Sie haben, als Sie sich heute nach ihm erkundigten, die Antwort erhalten, er sei am vorgestrigen Tage wenigstens noch dagewesen?«

»Diese Antwort habe ich erhalten.«

Monsieur Ermanns schwieg eine Weile, während der er Sibyllens Züge fixierte.

»Und Sie gestehen wirklich nicht ein,« sagte er dann plötzlich, »daß dieser Deserteur das von Ihrem Vater gedungene Werkzeug des Verbrechens war?«

Sibyllens Antlitz zeigte ein zorniges Erröten.

»Ich muß Sie bitten, mich mit solchen Fragen zu verschonen. Sie werden keine Antwort darauf erhalten.«

»Nun, wie es Ihnen beliebt. Aber eine Bemerkung werde ich Ihnen machen dürfen: Hätte der Deserteur aus eigenem Antriebe gehandelt, als er den Mord beging, so könnte es niemand einfallen, zu denken, derselbe habe sich nicht augenblicklich aus dem Staube gemacht. Sie aber fürchteten, er könne noch dort sein. Weshalb sollte er noch dort sein, wenn nicht, weil er noch etwas erwartet, noch ein Interesse ihn fesselt? Wäre das, was er erwartet, bevor er flieht, vielleicht die Zahlung des Blutgeldes?«

Sibylle antwortete nicht, sondern wandte Ermanns entrüstet den Rücken.

»Sie antworten nicht, Demoiselle – um eins muß ich Sie jedoch ersuchen, bevor ich Sie von meiner Gegenwart befreien kann.«

»Und daß ist?«

»Ich muß bitten, daß Sie mir das Versteck in der Rheider Burg näher angeben.«

Sibylle zauderte einen Augenblick, bevor sie antwortete, so groß war ihr Widerwille, mit dem Polizeibeamten noch eine Silbe zu wechseln. Aber mußte sie nicht um ihrer selbst willen alles aufwenden, daß der Fremde, der so wahrscheinlich der Verbrecher war, in die Hände der Justiz falle? Sie war deshalb bald entschlossen, doch nicht schnell genug, um nicht durch ihr Zögern mit einer Antwort dem Beamten neuen Verdacht zu geben.

»Sie scheuen den Verrat?« fragte er ironisch lächelnd.

»Ich darf nichts scheuen,« antwortete sie, »was zur Entdeckung des Verbrechens führen kann, die hoffentlich nicht ausbleiben und Ihnen beweisen wird, wie ruchlos und unverantwortlich Ihr Verdacht ist!«

»Das Versteck also?«

»Der Eingang zu ihm liegt im ersten Stock des alten Gebäudes, im letzten Zimmer zur rechten Hand, wenn man von der Haupttreppe her diesen Stock betritt.«

»Also in dem Zimmer, worin der Graf von Epaville ermordet gefunden wurde!« fiel Monsieur Ermanns ein.

»Ich weiß nicht, in welchem Raum dies entsetzliche Ereignis vorfiel,« antwortete Sibylle, »das Versteck aber ist in dem bezeichneten Zimmer. Sie werden die Wände desselben mit Lambris bekleidet finden. Wenn Sie nun an der Seite des Zimmers, die an den Turm stößt, welcher außen sich an das Gebäude anschließt, wenn Sie an dieser Seite das mittelste Getäfel der Lambris mit einer gewissen Kraftanstrengung linkshin zu schieben versuchen, so werden Sie finden, daß es dem Drucke weicht und eine viereckige Oeffnung freiläßt, durch welche man schlüpfen kann. Hinter dieser Oeffnung aber liegt ein kleiner Raum, der ganz in der dicken Mauer des Turms angebracht ist und sein Licht durch ein kleines vergittertes Fenster erhält, welches in das Innere des Turms geht. Es ist dort an einer Stelle angebracht, wo es niemand, der sich in dem Innern des Turms befindet, auffallen kann.«

»Ich bin vollständig von Ihrer Antwort befriedigt,« sagte der Polizeibeamte, sich erhebend, »Ich werde mich jetzt entfernen – aber, Mademoiselle, ich muß Sie bitten, Ihr Zimmer fürs erste nicht verlassen zu wollen. Darf ich in dieser Beziehung auf Ihre Folgsamkeit rechnen?«

»Ich weiß nicht,« versetzte Sibylle verwundert und erschrocken, »ob ich mir im Hause meines Vaters solche Vorschriften geben zu lassen brauche?«

»Setzen Sie meine Befugnis dazu oder meine Macht, derartige Anordnungen nötigenfalls gewaltsam durchzuführen, in Zweifel? Im letztern Falle würde ich Ihnen die polizeilichen Vorsichtsmaßregeln, welche in Beziehung auf dieses Haus im stillen getroffen sind, näher angeben müssen.«

»Also ich bin eine Gefangene?!« rief Sibylle entsetzt aus.

»Sie haben vorläufig nur einen kleinen harmlosen Stubenarrest,« lächelte Monsieur Ermanns, »aber trösten Sie sich, er dauert vielleicht nur so lange, bis ich eine Unterredung mit Ihrem Vater gehabt habe, um welche ich denselben jetzt bitten werde!«

Und damit entfernte sich Monsieur Ermanns aus Sibyllens Zimmer, nachdem er ihr eine leichte Verbeugung gemacht hatte, und ließ das unglückliche junge Mädchen allein mit ihrer Angst, ihren folternden Gedanken, ihrer Verzweiflung.

Und in der Tat, die Gedanken, welche auf sie einstürmten, hatten etwas, das die Verzweiflung rechtfertigen konnte. Mochte sie vor sich in die nächste Zukunft oder zurück in die Vergangenheit blicken – es war beides gleich dunkel und qualvoll. Vor sich sah sie das entsetzliche Schauspiel eines über sie und ihren Vater verhängten Gerichts, welches der Beamte ihr ausgemalt hatte. Und aus der Vergangenheit erhoben sich bittere Vorwürfe über den schuldvollen Leichtsinn, womit sie ihrem Mitleid für einen ruchlosen Blutmenschen nachgegeben, so daß sie jetzt fast Mitschuldige an einer Greueltat geworden; und dann beängstigende Gedanken über ihres Vaters Handlungsweise, über das, was er mit dem unglücklichen Baron verhandelt, der so bald darauf … in Sibyllens Augen stand das fest … seinem Leben ein freiwilliges Ende gemacht hatte; über den Anteil, den ihr Vater durch sein Auftreten gegen den unglücklichen alten Huckarde an dieser entsetzlichen Katastrophe haben könne.

Und dabei dachte sie an des so traurig untergegangenen Mannes verschollenen Sohn, dem nichts übriggeblieben, als in die ferne Fremde zu wandern, ohne Hilfsmittel, ohne Freunde, ohne den Gedanken an Gott und seine Vorsehung, die ihn stützen und trösten konnte auf seiner Wanderung durch ein ödes, gemütloses, von Arbeitsqual erfülltes Leben! Und indem sie so die Gestalt Richards vor sich heraufbeschwor, sehnte sich ihre ganze Seele ihm nach, in die Weite, Ferne, wo er weilte, vielleicht traurig und hoffnungslos und entmutigt, und doch nicht so bodenlos elend, nicht so verzweifelnd wie sie! Ja, könnten die Lüfte sie tragen, die Schwingen ihrer ängstlich flatternden Seele sie zu ihm führen, ihm würde sie Trost bringen und Hilfe – er sie neben sich die Freiheit, die Rettung von all ihrer Qual und ihrem Elend finden lassen! Sie würde ihm neuen Mut und Zuversicht auf die Lenkung des menschlichen Schicksals durch den Himmel einstoßen und das schlummernde Gemüt, das er gewaltsam in sich zu ersticken gestrebt hatte, wachrufen und ihm sagen...

Aber, unterbrach Sibylle den Gang und die Richtung dieser Gedanken, und es war, als ob zugleich ein tröstender Lichtstrahl in ihre Seele fiel – was sie Richard sagen wollte, konnte sie das jetzt nicht mit ganz gleichem Rechte sich selber sagen und vorhalten? Konnte sie sich nicht auch sagen, daß eine väterlich waltende Hand über ihr sei, welche dem Menschen nicht mehr auferlegt, als er zu tragen vermag, und welche auch sie aus der Tiefe ihres Elends, aus diesem Wirrnis führen werbe, zu Ruhe und Frieden, zu Gerechtigkeit und Klarheit? Konnte sie sich nicht sagen, daß in der reinen Unschuld ihrer Seele die Bürgschaft eines endlichen Sieges über alles, was die Menschen und die Welt ihr zufügen konnten, liegen müsse, liegen werde? Wie oft hatte sie einst Richard gegenüber solche Gedanken verteidigt! Er aber war unbekehrt von ihr in die Ferne gegangen. Sie hatte den Entschluß gefaßt, durch treues Ausharren in frommem Gottvertrauen das Ziel zu erreichen, welches er in hochmütigem Vertrauen auf die eigene Kraft erreichen wollte; und wenn sie es erreicht hatte, sollte er bekehrt werden, sollte er sich überwunden erklären durch die Tat, da ihn Worte nicht bekehrten. Strafte sie jetzt nicht sich selber Lügen durch die Mutlosigkeit und Verzweiflung; ward sie nicht an sich selber untreu?

Während Sibylle auf diese Weise sich wieder zu Fassung und Mut emporrang, war Monsieur Ermanns beschäftigt, seine Inquisitorkünste dem Hammerbesitzer gegenüber zu entwickeln; etwas weniger selbstvertrauend und selbstzufrieden, wie er es Sibyllen gegenüber gewesen war, denn er mußte sich ja gestehen, daß er bei dieser mit seinem schlauen Plane ein völliges Geständnis durch eine Art gemütlicher Ueberrumpelung zu erhalten, gescheitert war.

Zweiter Teil

Neuntes Kapitel
Eine Reisegesellschaft

Auf der Straße, welche sich aus Holland über Emmerich und Wesel den Rhein hinaufzieht – nebenbei gesagt im Jahre 1807 – einer sehr öden, unchaussierten, meist durch sandige Gegenden führenden Straße, bewegte sich an dem Tage, welcher der auf der Rheider Burg vorgefallenen Katastrophe folgte, der holländisch-bergische Postwagen. Von vier keuchenden abgetriebenen Pferden gezogen wackelte der schwerfällige Kasten langsam vorwärts; das eintönige Knirschen der Räder in dem Sande und das ebenso eintönige Geklapper der Wage, woran die Stränge befestigt waren, schienen das Ungetüm in den Schlummer gelullt zu haben, denn es nickte in einem fort nach vorn, wie der Kopf eines Einschlafenden, hob sich wieder in seinen Lederriemen auf und nickte abermals nach vorn. Der phlegmatische Bursche in orangefarbener Jacke, der auf dem Sattelgaule hing, schien in voller Uebereinstimmung mit den Neigungen der seiner Obhut anvertrauten Arche; auch er nickte einmal über das andere, und was seine Rosse anging, so schienen diese seine schlaftrunkene Mimik als eine stumme Zufriedenheitserklärung mit ihrer Gangart zu deuten und infolge davon sich noch mehr zu bestreben, durch recht langsames Weiterkriechen ein so gutes Einvernehmen zu erhalten.

Es wäre sein Wunder gewesen, wenn auch diejenigen Individuen, welche sich in diesem Fuhrwerk durch eine völlig reizlose und unbelebte Gegend geschleppt sahen, dem guten Beispiel gefolgt wären und ebenfalls die Stunden der Qual verschlafen hätten, mit welchen ein solcher Marterkasten in der guten alten Zeit jeden fürwitzigen Menschen abstrafte, der sich verführen ließ, über den Bereich seiner vier Pfähle hinauszustreben und auf die Entdeckung auszugehen, daß die Welt weiter, größer und mitunter auch wohl noch vernünftiger eingerichtet sei, als es daheim unter der Herrschaft seines Bürgermeisters und der übrigen angestammten Obrigkeit der Fall.

Die Insassen unserer »Diligence« schliefen aber keineswegs, sondern sie waren in einer ziemlich lebhaften Unterhaltung begriffen. Es waren ihrer drei, ein Herr, eine Dame und ein Knabe von etwa acht bis neun Jahren.

Der Herr war ein noch junger Mann, obwohl sein Aeußeres und sein Benehmen eigentlich nicht von frischer Jugendlichkeit zeugte, sondern das Gepräge ernster, vielleicht vorzeitiger Gereiftheit trug. Eine große kräftige Gestalt, ein düsterer Blick der dunkeln Augen, ein schwarzer Backenbart und ein Teint, den die Sonne heißerer Zonen so dunkel gebräunt zu haben schien: das alles trug dazu bei, ihm jenen Ausdruck zu geben. Seine Kleidung hatte in ihrem Schnitt und in ihren Stoffen ebenfalls etwas Ausländisches; sie verriet englische Arbeit und zeigte eine gewisse Eleganz, die andeutete, daß unser Reisender den höhern Ständen angehörte. Darauf deutete denn auch sein ganzes Wesen, obwohl der Fremde nicht eben das sein mochte, was man einen Mann von Welt nennt. Er war äußerst zurückhaltend und schweigsam und fast immer waren seine Züge von einem tiefen Ernste überschattet, und eine dunkle Falte, wie von Kummer oder Leidenschaft gefurcht, zeigte sich zwischen seinen schwarzen dichten Brauen.

Eine völlig andere Erscheinung war die Dame neben ihm. Sie war ein kleines graziöses Geschöpf mit höchst feinen lebendigen Zügen, etwa dreißig Jahre alt oder noch darunter, wenn man die Lebhaftigkeit ihrer Bewegungen, die Heiterkeit ihres Wesens in Anschlag brachte und dabei Rücksicht darauf nahm, daß die bleiche, etwas ins Gelbliche spielende Farbe ihres Antlitzes weniger ein Beweis verblühter Schönheit, als des Umstandes sein müßte, daß sie ein Kind des Südens. Dafür sprach auch ihr rabenschwarzes Haar, das sich in dicken Flechten um ihre Schläfe legte und oben auf dem Scheitel zu einem hohen Neste aufgesteckt war – sowie ihr mandelförmig geschlitztes, schwarzes, außerordentlich feuriges, und beredtes Auge.

Der Knabe, welcher der jungen Frau gegenübersaß, war ein hübsches aber ebenfalls etwas blaß aussehendes Kind, das nach der Sitte jener Zeit in eine vollständige Husarenuniform mit Galons, mit Sporen, mit Säbel und Schlepptasche gekleidet war. Er nannte die lebhafte kleine Dame: Maman.

Der Fremde sprach ganz geläufig deutsch, trotz seines etwas fremdartigen Aussehens; die Dame wußte sich ebenfalls in dieser Sprache auszudrücken, obwohl ein sehr stark hervortretender Akzent und mancher Gallizismus die geborene Französin verriet.

Männer von dem Wesen und dem gehaltenen Ernst unsers Postwagenpassagiers haben, vorausgesetzt, daß sie im übrigen eine gewisse Gutmütigkeit und nur ein geringes Maß von Galanterie den Damen gegenüber verraten, die besondere Eigenschaft – wir wollen es aus Höflichkeit den Vorteil nennen – daß weibliche Wesen, mit welchen sie in Berührung kommen, ihnen sehr rasch ihr Herz ausschütten und sie vertrauensvoll in all ihre kleinen und großen Angelegenheiten einweihen.

Diese Erfahrung bestätigte sich auch hier. Unsere Reisegesellschaft war erst am Abend vorher in Arnheim durch den Zufall zusammengeführt, sie hatte, weit entfernt, einen Scheffel Salz miteinander verzehrt zu haben, nichts weiter gemeinsam verzehrt als ein aus einem zähen Huhne und Reisbrei bestehendes Diner auf der letzten Poststation – wobei der Fremde seiner Reisegefährtin allerdings mit einer gewissen Aufmerksamkeit die besten Bissen vorgelegt hatte – und schon war jener ausführlichst unterrichtet von Namen, Herkunft, Schicksalen, Absichten und Reiseziel seiner Nachbarin.

Madame war in Marseille daheim. Ihr Vater war dort Reeder gewesen, aber vor einem Vierteljahr gestorben ohne seinen zahlreichen Kindern viel zu hinterlassen. Er hatte Baubeyessard geheißen. Madame hieß aber nicht mehr Baubeyessard, Madame war verheiratet, an einen Marineoffizier, den sie hatte kennen lernen, während sein Schiff auf der Reede von Marseille vor Anker gelegen. Er war ein junger Mann aus sehr vornehmem Hause. Er hieß Antoine Graf von Epaville. Sein Oheim war der regierende Herzog von Anglure, der in Deutschland ein kleines Fürstentum zur Entschädigung für ein Ländchen erhalten, welches er früher in den Niederlanden besessen und das an Frankreich gefallen. Der Graf von Epaville war aber mit dem Oheim-Herzog überworfen. Weshalb, darüber schwieg Madame. Der Reisende neben ihr fragte auch nicht danach. Genug, die herzogliche Verwandtschaft schien nicht viel einzubringen, sonst hätte Madame sich auch wohl nicht eines solchen Fortschaffungsmittels wie dieser langsamen Postkutsche bedient. Der Graf von Epaville, ihr Gemahl, war jedoch Besitzer der Güter, welche der Familie noch in den Niederlanden gehörten; nur waren diese Güter sehr verschuldet, sie waren sequestriert und brachten, so schien es nach Madames Aeußerungen, ungefähr dasselbe ein wie die Verwandtschaft mit dem in Deutschland entschädigten regierenden Herzog. Der Graf von Epaville hatte deshalb wieder Dienste genommen. Er hatte sich bei dem Großherzog von Berg in große Gunst gesetzt, in dessen unmittelbarer Umgebung er als Adjutant angestellt war. Während er sich in Belgien zur Ordnung seiner Angelegenheiten aufgehalten, hatte er seine Frau in das väterliche Haus nach Marseille zurückgeschickt. Sie hatte ihn in drei langen Jahren nicht gesehen. Er schien überhaupt nicht gerade zu der Art sehnsüchtiger und gemütreicher Gatten zu gehören, welche das Ideal liebender Frauenherzen sind. Madame schien mit seinen Lebensgewohnheiten und dem Maß von Anhänglichkeit und Hingebung, welche Graf Antoine ihr bewies, nicht überall einverstanden. Der Graf Antoine schien ein sehr lebenslustiger und mehr durch gesellige als durch häusliche Tugenden ausgezeichneter Offizier. Madame sprach von ihm nicht ganz in dem Tone einer Gattin, welche alle Gefühle ihres Herzens befriedigt, alle Regungen ihrer Seele verstanden sieht. Es lag etwas von Schwermut in den Aeußerungen, welche Madame über den Charakter ihres Gemahls fallen ließ. Der Gemahl – das ging aus ihren Mitteilungen hervor – spielte. Er machte Schulden. Er war ein wenig *Coureur des filles*. Das schimmerte freilich nur so durch, Madame war weit entfernt, es geradezu auszusprechen, nein, als liebende Gattin war sie bemüht, ihn zu verteidigen.

»Was soll man viel klagen,« sagte sie, »er ist einmal nicht anders erzogen, er ist ein vornehmer Herr!«

Und doch, wie es scheint, ein Lump! dachte der Reisende dabei, natürlich ohne durch das Aussprechen einer so unumwundenen Ansicht die Gefühle seiner Reisegefährtin zu verletzen. Er sagte nur, mit einem etwas ironischen Tone, den Madame jedoch nicht bemerkte: »Sie hätten ihn eben nicht so lange verlassen sollen, Madame! Eine treue Gattin ist der Schutzengel eines solchen Mannes, den eine angeborene Lebhaftigkeit über seine Schranken hinauszuführen pflegt.«

»Ach, mein Gott, was könnt' ich tun?« versetzte Madame. »Freilich, es gibt Frauen, die ihren Männern überallhin folgen, auf das Verdeck eines Schiffes oder auf den Rücken eines Pferdes, wie wahre Amazonen. Der Himmel hat mir nicht die Natur dazu gegeben. Ich bin eine schwache, furchtsame Frau. Ich ängstige mich vor allem. Eine Maus kann mir Krämpfe verursachen. Und was mich am meisten erschreckt, das sind ganz kleine junge Tiere, kleine Hunde oder gar Katzen – o mein Gott, wenn ich nur daran denke, wird mir unwohl. Ich begreife nicht, wie es Menschen gibt, welche diese kleinen Scheusale berühren, mit ihnen sogar spielen können! Erschreckt es Sie nicht, wenn Sie einen kleinen, noch ganz kleinen Hund um Ihre Füße krabbeln fühlen?«

»Nein, Madame,« antwortete der Fremde trocken.

Und dann fuhr Madame zu erzählen fort, wie sie nie gewagt habe, ein Pferd zu besteigen, weil man ja doch so leicht herunterfallen könne; wie sie aber vor einer Gefahr, welche aus Verwicklungen des Schicksals oder moralischen Konflikten oder andern Lagen, worein der Mensch geraten könne, drohe, durchaus keine Angst kenne, und auch bei einem Gewitter nicht im mindesten erschrecke, und ähnliche Phänomene ihrer moralischen Konstitution mehr, welche sie als höchst merkwürdige psychologische Rätsel ihrem Reisegefährten zu erklären aufgab; und ihr Reisegefährte war gutmütig genug, ihr diesen Gefallen zu tun, indem er einige Worte zur Charakteristik des physischen, von den Nerven bedingten, und des moralischen Muts fallen ließ; Worte, die Madame sehr vergnügt und geschmeichelt aufnahm.

Madame plauderte in dieser Weise weiter und teilte dem Fremden noch mit, daß sie, nach dem Tode ihres Vaters in Marseille, den Entschluß habe fassen müssen, ihren Mann aufzusuchen, um von nun an bei ihm zu leben; denn da ihr Vater durchaus kein Vermögen hinterlassen, so sei ihr nichts übriggeblieben, als auf das alte unverjährbare Recht zurückzugehen, welches Frauen auf die Taschen ihrer Männer anweist. Sie hatte sich deshalb auf den Weg gemacht über Paris und Brüssel; und mit einem Umwege, den sie nicht gescheut, um sich einmal persönlich nach dem Stande der Angelegenheiten auf den sequestrierten Gütern ihres Mannes zu erkundigen, war sie über Rotterdam auf diese Route gekommen.

Ihr Reisegefährte nahm trotz seines Ernstes das alles, wie gesagt, sehr gutmütig und mit anscheinender Teilnahme auf; er war ihr behilflich, wenn sie aus oder ein stieg, wenn sie ihren Reisesack, der unter der Sitzbank lag und den sie mit ihren hilflosen kleinen Händen nicht bewältigen konnte, hervorgeholt wünschte, oder wo sonst eine Gelegenheit sich bot, ihr gefällig zu sein; auch ließ er es sich mit derselben harmlosen Gutmütigkeit gefallen, daß Madame mit ihm sehr graziös kokettierte; obwohl das Lächeln, welches von ihren Anmutentwicklungen auf seine Lippen gelockt wurde, den vorherrschenden ernsten, ja düstern Ausdruck seiner Züge nicht verscheuchen konnte. Auch war er anfangs weit entfernt, ihre Offenheiten durch gleiche Aufrichtigkeit zu erwidern. Er nannte weder seinen Namen, noch gab er an, woher er komme, und ebensowenig sprach er sich über das Ziel seiner Reise aus. Nur soviel ließ sich aus seinen gelegentlichen Aeußerungen erkennen, daß er weite Reisen in fernen Ländern gemacht; daß er den Norden wie den Süden Amerikas gesehen; daß er vertraut war mit den Sitten und den Sprachen der großen Völker jenseit des Atlantischen Ozeans, als ob er viele Jahre dort zugebracht.

Die lebhafte kleine Gräfin fragte endlich geradezu nach seiner Heimat und seinen Lebensverhältnissen; Madame lispelte das so anmutig freundlich mit ihren kirschroten Lippen und mit so sprechend teilnehmenden Blicken, daß sie gewiß sein durfte, er nehme ihre Neugier nicht übel auf.

Er tat es in Wirklichkeit nicht.

»Ich wollte, ich könnte Ihnen eine Antwort geben auf Ihre Frage nach meiner Heimat,« antwortete der Fremde, »Leider habe ich keine Heimat mehr. Ich bin ein Reisender gewesen alle diese Jahre her. Ich bin in die Welt gegangen, um das Glück zu suchen; wenn man jung ist, hat man solche Ideen, – Glück – als ob man es suchen, sich einfangen oder von den Bäumen schütteln könne! Ich habe nichts gefangen, nichts von den Bäumen geschüttelt, nichts gefunden; ich kehre zurück, gerade so arm, wie ich gegangen bin!«

»Sie kehren zurück,« fiel Madame ein, »der Ort, wohin Sie zurückkehren, ist dann doch Ihre Heimat!«

Wenn Sie wollen, ja. Aber ich finde niemand dort, der mir verwandt wäre, keine Scholle Landes, die mir gehörte, kein Dach, dessen Schutz mich erwartete.«

»So nehmen Sie Dienste, mein Mann, der Adjutant des Großherzogs, wird gewiß alles aufbieten, Ihnen dabei behilflich zu sein; ich werde Sie ihm vorstellen...«

»Ich danke Ihnen für Ihre Güte,« antwortete der Fremde lächelnd. Nach einer Pause sagte er: »Vielleicht werde ich in der Tat Ihre Güte in Anspruch nehmen. Ich habe eine Angelegenheit zu betreiben, bei welcher mir eine Fürsprache bei dem Großherzog von großer Fördernis sein könnte.«

»O zweifeln Sie nicht,« rief Madame mit großem Eifer aus. »Wenn Sie mich schon jetzt in Ihre Angelegenheit einweihen wollten –«

»Ich weiß nicht, ob Ihnen dieselbe ganz verständlich ist. Es liegt im Großherzogtum ein Gut, welches meinem Vater gehörte. Der letztere war leider durch unglückliche Umstände so in Schulden geraten, daß es nach seinem Tode den Gläubigern anheimfiel. Mir blieb nichts davon übrig und deshalb verließ ich, wie ich schon sagte, die Heimat. Das Gut, von dem ich Ihnen rede, war aber ein Lehnsgut. Es durfte nicht veräußert, nur die Einkünfte konnten den Gläubigern überlassen werden. Seitdem das Land unter französischer Herrschaft steht, ist jedoch das Lehnswesen aufgehoben. Infolge davon wird das Gut meines Vaters bereits veräußert sein und dann darf ich hoffen, daß der Verkauf einen Ueberschuß über den Schadenbetrag ergeben hat, welchen ich ausgeantwortet zu erhalten hoffe, Oder es ist noch nicht veräußert. In diesem Falle werde ich meine Rechte geltend machen dahin, daß man mir den Besitz einräume; ich werde dann durch die jetzt gesetzlich erlaubte Veräußerung einesteils die Schulden abtragen und mir einen kleinen Rest meines alten angestammten Erbes retten können.«

»O, ich verstehe das recht gut,« erwiderte Madame auf diese Auseinandersetzung, »Sie sind deshalb also aus der Fremde zurückgekommen?«

»Deshalb – weil ich in den Zeitungen von den großen Veränderungen las, welche in meinem Vaterlande durch die neue Herrschaft vorgekommen sind. Da ich in der Neuen Welt ein neues Glück nicht gefunden habe, bin ich zurückgekehrt, um in der Alten zusammenzuklauben, was noch von Ueberresten und verkommenen Brocken eines alten Glücks übriggelassen sein mag.«

Madame legte nun dem Fremden dringend ans Herz, sie recht bald zu besuchen, wenn sie am Ziele ihrer Reise, in der großherzoglich bergischen Hauptstadt angekommen seien, damit sie ihn dann ihrem Manne vorstelle, der ...das konnte sie fest zusagen ...sich aufs lebhafteste für ihn verwenden werde.

Ihr Reisegefährte versprach dies zu tun, wenn auch in der ruhigen und kalt höflichen Weise, die sein ganzes Benehmen charakterisierte, und bewies, daß er Hoffnungen und Aussichten, welche ihm das Leben eröffnete, durchaus nicht mit sanguinischem Eifer aufzunehmen pflegte, sondern viel eher mit der bedächtigen Vorsicht eines Mannes, welcher an Täuschungen gewöhnt ist und einsehen gelernt hat, was menschliche Berechnungen und Voraussetzungen wert sind. Doch war er von nun an um vieles offener gegen seine Wagennachbarin und sprach sich über Menschen und Welt in einer Art aus, die Madame höchst originell und unterhaltend fand – einem ernstern Geiste hätten sie vielleicht einen andern Eindruck gemacht und Anlaß gegeben, über den Einfluß nachzudenken, den widrige Lebensschicksale auf unser Denken, unser Fühlen und unsern Glauben haben.

Die kleine Gräfin aus Marseille hörte aufmerksam, wenn auch zuweilen mit einem leisen Gähnen, das sie unter freundlichem Lächeln zu verstecken suchte, derartigen Aeußerungen zu, und so kam es, daß man in dem besten gegenseitigen Einvernehmen sich endlich seinem Ziele näherte. Bei der Langsamkeit der Fortbewegungsanstalt, welcher man sich überlassen, wurde es jedoch späte, tiefe Nacht, bevor man wirklich die Hauptstadt des bergischen Landes erreichte. Die Frau Gräfin konnte nicht mehr daran denken, jetzt noch ihren Gatten aufzusuchen; es blieb ihr nichts übrig, da sie nicht einmal seine Wohnung wußte, als sich in den nächsten anständigen Gasthof zu begeben. Der Fremde schloß sich ihr dabei an, und während die Postbedienten versprachen, daß sie das Gepäck dahin abliefern würden, nahm der letztere den kleinen schlaftrunkenen Husaren, der die reisende Gräfin eskortierte, auf den Arm und trug ihn durch die schweigenden dunkeln Gassen bis zu den »Drei Reichskronen«, wo schon alles in tiefer Ruhe lag und nur durch langes und zäh-beharrliches Anklopfen ein unglücklicher Kellner aus den Federn zu bringen war.

Zehntes Kapitel
Richard von Huckarde

Die schwarzäugige Provenzalin hatte sich durch einen sehr langen Schlummer für die Mühselig-keiten ihrer Reise entschädigt. Es war vielleicht zehn Uhr, als sie am andern Morgen, in ihrem Zimmer in den »Drei Reichskronen« vor dem Spiegel sitzend, damit beschäftigt war, durch alle Künste der Toilette ihrer, wie gesagt, nicht mehr ganz blühenden Schönheit die möglichste Frische der Jugendlichkeit zu geben, um ihrem Gatten einen blendenden Eindruck zu machen, wenn sie vor ihm erscheine. Ihren kleinen Husaren hatte sie ebenfalls möglichst herausgeputzt, mit eigenen hohen Händen gewaschen, gekämmt und gestriegelt – einen dienstbaren Geist, ei-ne Kammerjungfer auf der weiten Reise mit sich zu führen, darauf hatte die kleine Gräfin ihrer finanziellen Umstände wegen ja leider verzichten müssen. So saß der kleine Bursche denn mit den Füßen vor Ungeduld zappelnd auf dem Sofa und verlangte ungestüm, daß der Weg zu dem Papa angetreten werde, während ihn die Gräfin mit der Herzählung aller der schönen Dinge zu beschäftigen suchte, welche er von seinem Papa jetzt unfehlbar geschenkt erhalten werde, namentlich ein kleines Pferd, nach welchem der Husar verlangte, und einen allerliebsten kleinen Reitknecht in blauer Livree dazu. Sie war endlich im Begriff, sich zu erheben und die Klingel zu ziehen, um sich einen Lohnbedienten heraufsenden zu lassen, der sie zu der Wohnung ihres Mannes führen sollte, als plötzlich rasch an ihre Tür geklopft wurde und im nächsten Augen-blick, bevor noch von ihr herein! gerufen worden, ihr Reisegefährte von gestern hereintrat.

Sein Wesen und seine Züge verrieten eine Aufregung, welche in schroffem Kontrast zu der kaltblütigen Zurückhaltung stand, die er am gestrigen Tage gezeigt hatte.

»Ah, Monsieur,« rief ihm die kleine Gräfin entgegen, »Sie sehen aus, als ob Sie mir eine Neuigkeit bringen wollten!«

»Madame, verzeihen Sie, daß ich so ohne Zeremonien bei Ihnen eindringe,« versetzte der Fremde. »Ihr Mann ist der Graf von Epaville...«

»Mein Mann heißt Antoine d'Anglure, Graf von Epaville!« antwortete die Dame. »Was ist, was haben Sie?«

Der Fremde befand sich augenscheinlich in einer tiefen Gemütsbewegung; sein dunkler trau-riger Blick haftete auf dem Antlitz der kleinen Frau, und während er soeben noch voll Hast geredet hatte, schien er jetzt nach Worten zu suchen, um fortzufahren.

»Was kommen Sie mir anzukündigen?« lief die Gräfin beunruhigt und erschrocken durch dies Benehmen aus.

Statt auf diese Frage zu antworten, fuhr der Fremde fort: »Sie wollen zu ihm – Sie haben zu ihm geschickt?«

»Ich will eben zu ihm, ich habe nicht geschickt, weil ich ihn überraschen wollte.«

»O, bleiben Sie, bleiben Sie,« rief der Fremde aus, »setzen Sie sich wieder, ich habe Ihnen eine Mitteilung zu machen, die...«

»Um des Himmels willen – wie erschrecken Sie mich! Was ist mit meinem Manne?«

»Es ist ein unglückliches Ereignis eingetreten...«

»Ein Unglück ist ihm zugestoßen?«

»Ja – ein Unglück – machen Sie sich auf eine traurige Nachricht gefaßt...«

»Aber mein Gott, wie können Sie mich so auf die Folter spannen – sprechen Sie doch, reden Sie ... ist er krank, verwundet – ist er tot?« schrie die entsetzte kleine Frau.

»Madame, werden Sie Ihre Fassung behaupten, wenn ich Ihnen sage, daß Sie ihn nicht wie-dersehen werden?«

»Er ist tot?«

»Sie sagen es!«

»Tot – aber um Himmels willen, so plötzlich – in seinen besten Jahren... o, mein Gott, mein armes Kind, das ist ja entsetzlich!«

Die kleine Frau sprang auf und drückte, laut schluchzend, ihren Knaben an ihr Herz, der nun, den Jammer der Mutter sehend, auch zu weinen begann.

Der Fremde ließ schweigend diesen ersten Ausbruch des Schmerzes vorübergehen. Als er zu bemerken glaubte, daß die Gräfin, schneller als er es erwartete, ihre Fassung wieder gewonnen, sagte er ihr alles, was er soeben vernommen. Er hatte am Morgen einen Jugendfreund in der Stadt, einen Rechtsgelehrten, mit dem er seine Verhältnisse besprechen wollte, besucht und aus dessen Munde gehört, daß der Graf von Epaville, auf der Rheider Burg, welche der Großherzog ihm geschenkt, am gestrigen Morgen ermordet in seinem Bette gefunden worden.

Die Nachricht, daß ihr Gatte ermordet, auf gewaltsame Weise ums Leben gekommen sei, konnte nur dazu dienen, den Schmerz und den Schrecken der armen, so plötzlich verwitweten und jetzt ganz verlassenen Frau zu erhöhen. Auch brach sie in der Tat in neues Jammern und Wehklagen aus. Der Fremde suchte nach einer Weile ihren Schmerz dadurch zu lindern, daß er ihre Gedanken zu den Schritten hinüberleitete, welche sie unter diesen Umständen in ihrem und ihres Knaben Interesse zu tun habe. Er teilte ihr mit, daß sein Jugendfreund ein Rechtskundiger sei, daß er, wenn sie es wünsche, denselben zu ihr senden wolle, damit sie mit ihm sich berate, daß er selbst immer mit allem, was er für sie tun könne, ihr zu Diensten stehe.

Die Gräfin bezwang denn auch bald ihren Schmerz insoweit, um diesen Worten ihre Aufmerksamkeit schenken zu können. Der Fremde gestand sich nach kurzer Frist, daß sie überhaupt sich schwerlich unter jene Kategorie untröstlicher Witwen einreihen werde, die bis an ihr Lebensende in Schwarz gehen und beharrlich bei dem Entschlüsse bleiben, den Rest ihrer Tage als eine Zeit unverjährbarer Trauer zu betrachten. Sie erwiderte ihm auf seine Anerbietungen, daß sie zunächst bei dem Großherzoge um eine Audienz bitten, daß sie seinen Schutz anflehen und daß sie dann nach dem Orte sich begeben werde, wo ihr unglücklicher Gemahl so schrecklich geendet habe. Der Fremde, welcher nun den Pflichten genügt zu haben glaubte, die ihm die Menschlichkeit gegen seine verlassene und alleinstehende Reisegefährtin auferlegt, nahm endlich Abschied von ihr.

»Und Sie,« sagte die unglückliche Frau, »wann sehe ich Sie wieder? Sie werden mich nicht verlassen in der fremden Stadt, wo ich keinen Menschen kenne, wo ich ganz allein dastehe, niedergeschmettert von solch einem entsetzlichen Unglück!«

»Ich würde nicht daran denken, Sie zu verlassen,« sagte er, »wenn nicht der Tod Ihres Mannes in eigentümlicher Weise meine eigenen Angelegenheiten berührte. Ich kann Ihnen das jetzt nicht näher erklären – aber ich bin veranlaßt, mich ebenfalls auf den Schauplatz des Verbrechens zu begeben. Vielleicht sehen wir uns dort!«

»Nun, so gehen Sie,« sagte die Gräfin weinend, »tun Sie dort alles, was in meinem Interesse ist und was dazu dienen kann, dem Verbrecher auf die Spur zu kommen, der diese entsetzliche Tat begangen hat!«

Dabei reichte sie ihm die Hand und fügte hinzu: »Ich muß dem Himmel danken, daß ich in Ihnen einen Freund in dieser schrecklichen Lage gefunden habe. Ohne Sie wäre ich jetzt ganz ratlos und verlassen. Wollen Sie mir nicht sagen, wie ich Sie nennen muß? Noch weiß ich nicht, wie der einzige Beschützer, den ich in diesem Augenblick habe, sich nennt!«

»Ich bin gern bereit,« versetzte der Fremde, »Ihnen meinen Namen zu sagen. Ich heiße Richard von Huckarde. Aber ich habe Gründe, zu wünschen, daß meine Anwesenheit fürs erste unbekannt bleibe.«

»Ihr Name soll nicht über meine Lippen kommen,« versetzte die Gräfin und dabei reichte sie ihm zum zweitenmal die Hand zum Abschied.

Richard von Huckarde – den unsere Leser längst in dem Reisegefährten der hübschen Gräfin vermutet haben – eilte, nachdem er die Pflicht der Nächstenliebe, welche er zu haben glaubte, erfüllt, auf sein Zimmer im Gasthofe; von hier ließ er sein Gepäck durch einen dienstbaren Geist zu dem Jugendfreunde bringen, von dem er der Gräfin von Epaville gesprochen, und dann schritt er durch die Straßen der Stadt raschen Ganges dem Tore zu, das nach den Grafenbergen hinausliegt; es war der Weg, der nach der Rheider Burg führte. Richard bedurfte keines Führers, um die kürzesten Fußpfade durch die Gehölze zu finden, welche die genannten Höhen bedecken. Er ging so rasch, daß bald die Schweißperlen auf seine Stirn traten; wie auf unermüdlichen

Sohlen eilte er bergauf, bergab, ohne einen Augenblick zu rasten oder seine Schritte langsamer zu machen.

So kam es, daß er noch vor der Mittagstunde eine Erhöhung des Wegs erreichte, von welcher herab er den Blick auf das Tal der Wupper frei bekam. Das Gewässer schlängelte sich zu seinen Füßen durch die mattgrüne Talschlucht; vom andern Ufer winkte von ihrer Höhe herab die Rheider Burg und eine Strecke weit links, unten am Wasser, von seinen Gärten und grünen Wiesen umgeben, lag der Rheider Hammer.

Bei diesem Anblick hemmte Richard seine Schritte. Wie tieferschüttert warf er den Wanderstab aus seiner Hand und ließ sich auf einem vermodernden Baumstamm nieder, der zur Seite des Weges lag. Hier stützte er den Arm auf das Knie, das Haupt auf seine Hand, und so hinüberstarrend auf das Haus seiner Väter, das er seit so vielen Jahren nicht erblickt, das er mit so schwerem Herzen verlassen und jetzt mit so kummerbelastetem Herzen wieder erblickte, trübten sich seine Augen, bis er seine Wimpern feucht werden fühlte und dann plötzlich sein Antlitz mit seinen Händen bedeckte als ob er den Ausdruck der Empfindung, die ihn übermannte, selbst vor den Gräsern zu seinen Füßen verbergen wollte.

Die Hoffnungen, mit welchen er noch gestern sich getragen, waren verflogen. Sein Rechtsfreund hatte ihm auseinandergesetzt, wie wenig Aussicht für ihn da sei, von der belgischen Domänenadministration auch nur eine kleine Entschädigung für seine Ansprüche zu erstreiten!

Ein unnennbarer Schmerz und ein Gefühl unsäglicher Beklommenheit überfiel ihn. Es war ihm zumute, als werde ihm offenbar, daß dennoch eine höhere Macht über ihm walte; eine Macht, die er geleugnet und nicht anerkannt hatte, wenn ihm, wie einst so oft, Sibylle von ihr geredet. Aber diese Macht, unter deren Zauber stehend er jetzt sich fühlte, war keine gütige, väterlich waltende, an schützender Hand zu Zielen des Heils und des Friedens führende; nein, es war eine feindliche, boshafte, quälende, die in ihrer Feindseligkeit sich stets gleichblieb, die unbeugsam und unerweichlich ihn verfolgte und sein Leben mit mehr Schmerz belud, als er zu tragen vermochte; eine Gewalt, die er länger nicht bekämpfen konnte und vor deren Streichen es am weisesten sein mußte, sich zu beugen. Es lag etwas so tief Entmutigendes in diesen Gedanken Richards, daß er in diesem Augenblicke sich den Tod herbeiwünschte, sich nach der Vernichtung sehnte, in welcher allein eine Zuflucht zu liegen schien wider die dunkeln Unheilsgöttinnen, die er von seinem Schicksal wider sich losgekettet wähnte, die er immer aufs neue ihre dunkeln Schwingen über seinem dem Unglück geweihten Haupte regen fühlte.

»Ja, der Tod,« sagte er endlich tief aufatmend, »der ist's, der mir übrig bleibt. Was könnte ich besseres tun, als dem Beispiele meines armen Vaters folgen! Armer, armer Vater! Gut, daß du in deinem Leid nicht ahntest, wie einst dein Sohn auf dasselbe Gewässer blicken würde, auf welches du blicktest, dieselbe Verzweiflung im Herzen, welche du darin trugst, dieselben Entschlüsse in der Seele wälzend, die in deiner Seele mit den Schauern des Todes rangen! – Bei Gott!« rief er dann aufspringend aus, »wenn dies alles so ist, wie man es mir in der Stadt erzählt hat – wenn Sibyllens Leben auch für ewig vergiftet ist, trotz ihres rührenden Vertrauens auf diesen Dämon, den sie ihre Vorsehung nannte, dann, ja dann weiß ich den Weg zu finden, den mein Vater fand.«

Mit diesen Worten sprang er auf, ergriff wieder seinen Stab und eilte nun hinab in das Flußtal einer Fähre zu, die ihn übersetzte – nach einer starken Viertelstunde stand er auf dem Hofe seines väterlichen Hauses.

Die große Portaltür, welche über einer hohen Treppe ins Innere führte, wich, als er den Drücker des Schlosses ergriffen, seiner Hand. Er trat in den Gang ein, der nach rechts der Fensterwand entlang lief. Zu gleicher Zeit öffnete sich am untern Ende dieses Ganges die Tür, welche in das Zimmer des Hausmeisters führte. Claus Fettzünsler trat auf die Schwelle und kam, nachdem er den Eintretenden einen Augenblick betrachtet, langsam herangehumpelt, um zu fragen, was er wolle?

»Ihr seid alt geworden, Claus!« sagte Richard von Huckarde, ihm die Hand entgegenstreckend, »wie geht es Euch, alte Seele!«

Claus blickte ihn verwundert an, ohne die Hand zu nehmen.

»Wer sind Sie, was wollen Sie?« fragte er mürrisch.

»Claus, kennt Ihr mich nicht mehr?«

»Nein,« sagte Claus, offenbar heute nicht im entferntesten geneigt, sein Gedächtnis anzustrengen, um den Fremden wiederzuerkennen.

»Ich bin ja Richard, Richard von Huckarde – der Sohn Eures alten Herrn.«

»So?!« versetzte der Hausmeister, »Seid Ihr Herr Richard? Ja, es ist richtig! Ihr seid es. Ihr seid schmäler und brauner geworden. Ja, es ist richtig, wahrhaftig, Ihr seid es. Wollt Ihr eintreten?«

Und damit hinkte Claus zu seiner Stube zurück, allem Anschein nach nicht im mindesten überrascht und erstaunt über die plötzliche Wiederkehr seines jungen Herrn – Claus gehörte nicht zu den Menschen, welche zwei Dinge von bedeutender Tragweite zugleich zu bewältigen verstehen – er war von der schrecklichen Geschichte, die sich in seinen vier Wänden ereignet, so vollständig in Anspruch genommen, erfüllt und überwältigt, daß er für etwas anderes keine Sinne und kein Gefühl hatte – und wäre dies andere auch gewesen etwa ein kleines Erdbeben, verbunden mit Verfinsterung von Sonne, Mond und Sternen, Oeffnung der Gräber und dem Präludium der Engel auf den himmlischen Posaunen zum großen Endhalali des Jüngsten Tages.

Als er in seiner Stube und Richard ihm gefolgt war, warf Claus sich auf einen seiner Strohstühle, überließ seinem Gast sich einen andern zu nehmen und sagte: »Wer hätte das gedacht – ich glaubte, Ihr wäret tot, Herr Richard – also Ihr seid nicht tot? Der andere ist tot. Er, liegt oben tot, Herr Richard. Morgen soll er begraben werden. Gott steh' einem bei! In welche Geschichten kann man geraten, ehe man sich's versieht. Aber anhaben können sie mir nichts. Ich bin so unschuldig wie ein neugeboren Kind. Der Franz hat den Hausschlüssel bei sich gehabt. Die Hintertür in dem Turm habe ich verriegelt, ehe ich zu Bette gegangen bin. Und gehört habe ich nichts, gar nichts. Ich habe die ganze Nacht durch ruhig geschlafen. Mir können sie nichts anhaben, sie mögen schreiben und protokollieren, was sie wollen.«

»Claus, ist es denn wahr, daß man Herrn Ritterhausen und seine Tochter in Verdacht hat?« fragte Richard.

»In Verdacht? Gewiß hat man sie in Verdacht. Alle Welt hat sie in Verdacht. Sie sollen auch nach Düsseldorf ins Gefängnis gebracht werden. Sie haben Gendarmen vor ihrer Tür...«

»Ich werde sie also nicht sprechen können?«

»Sprechen? Niemand kann sie sprechen. Es wird niemand zu ihnen gelassen. Der Ritterhausen darf sein eigenes Kind und Mamsell Sibylle ihren eigenen Vater nicht sprechen. Sie haben Gendarmen vor ihrer Tür!«

»Und Ihr, Claus, was denkt Ihr denn davon? Haltet Ihr es denn für möglich, daß Ritterhausen...«

»Möglich! Was sollte nicht möglich sein auf dieser schlechten Welt? Wenn einer abends ruhig zu Bette geht in seinem eigenen Haus und denkt an nichts, an gar nichts und schläft ruhig ein und hat treue redliche Leute um sich und die Türen sind wohl verschlossen und am andern Morgen ist er umgebracht – Herr Richard, dann ist alles möglich, just alles!«

»Aber Claus,« warf Richard, düster vor sich hinstarrend, ein, »wenn man doch die Leute seit vielen Jahren so kennt, wie Ihr die Ritterhausen, so hütet man sich doch...«

»O, ich hüte mich auch, Herr Richard,« fiel Claus ein, »ich hüte mich wohl, etwas zu sagen. Ich weiß nichts, gar nichts. Ich habe die ganze Nacht durch ruhig geschlafen. Und deshalb können sie mir nichts anhaben, sie mögen schreiben, was sie wollen.«

Aber von einem Deserteur spricht man.

»Ja, der Deserteur,« wiederholte Claus kleinlaut und auf seinem Stuhle völlig wie sorgenüberbürdet zusammensinkend. »Ich weiß nichts von ihm. Johannes heißt er, das hat er mir gesagt. Das ist alles. Mich geht er nichts an. Gar nichts, Mamsell Sibylle hat ihn hergebracht; sie hat ihm oben im Hause ein Versteck gezeigt, das ich nicht kenne. Mamsell Sibylle hat ihn da verborgen. Ich bin unschuldig daran. Es soll strenge Strafe darauf stehen, wenn man einen Deserteur verbirgt. Ich hab' auch nichts davon gesagt. Die Polizei- und Gerichtsherren haben's aber doch erfahren. Ob's Mamsell Sibylle ihnen bekannt hat oder ob's ihnen von einem andern gesteckt ist, ich weiß es nicht. Aber diesen Morgen war einer hier, der hat mich ins Gebet genommen, und da hab' ich sagen müssen, was ich wußte.«

»Und weil Sibylle Ritterhausen dem Deserteur ein Versteck hier in der Burg angewiesen hat, glaubt man, Ritterhausen habe durch diesen Menschen den Grafen von Epaville ermorden lassen?«

»So glaubt man, Herr Richard, und so muß man glauben.«

»Weshalb denn hätte Ritterhausen eine so entsetzliche Tat begehen sollen?«

»Weil ihm der Graf den Hammer hat nehmen wollen.«

Richard schüttelte den Kopf.

»Könnt Ihr's anders auslegen?« fragte Claus.

»Sibylle – sie – sie hätte um diese Tat gewußt!« rief der junge Mann aufspringend aus. »Alter Mensch, du weißt nicht, was du sprichst! Es ist Blödsinn, es ist Wahnwitz!«

»Meinethalb,« antwortete Claus der Hausmeister, »meinethalb! Mag es getan haben, wer will – ich weiß von nichts, von gar nichts. Mir können sie nichts anhaben!«

»Der Deserteur hieß Johannes? Und wie weiter?«

»Das sagte er nicht,«

»Woher kam er?«

»Er schwieg auch darüber,«

»Hat er denn nicht den Grafen ermorden können auf seine eigene Faust, um ihn auszuplündern?«

»Er hat aber nicht geplündert; er hat nicht einen Pfennig genommen, nichts, gar nichts von den Sachen des Grafen.«

»Vielleicht ist er an dem Raube gehindert worden. Vielleicht hat er irgendein Geräusch gehört und hat geglaubt, Ihr kämet oder der Reitknecht und die Flucht genommen zur hintern Turmtür hinaus.«

»Ja, zur hintern Turmtür hinaus ist er verschwunden. Sie war offen gestern morgen. Ein Geräusch sollte ihn vertrieben haben? Ich weiß es nicht. Ich habe kein Geräusch gehört. Der Mensch sah nicht aus, als ob er sich vor bloßen Geräuschen fürchte und davor die Flucht nähme. Es war ein verwegener Bursche. Er war mit allen Hunden gehetzt; das hab' ich ihm angemerkt so duckmäuserig er sich anstellte. Johannes nannte er sich. So sagte er mir. Im Vertrauen, sagte er. Nun, ich hütete mich wohl, davon zu reden. Man bindet es nicht jedermann auf, wenn man einen Deserteur im Haus versteckt hat!« Richard von Huckarde schritt eine Weile, die Arme auf der Brust verschlungen, in des Hausmeisters Stube auf und ab. Seine Züge waren so tödlich bleich, wie sie es werden konnten unter der braunen Farbe, womit die Sonne entlegener Länder sie überzogen hatte. Sein Blick blieb starr und düster auf den Boden geheftet. Nach einer Weile sah er auf und sich zu Claus wendend, sagte er: »Ich will doch einmal hinaufgehen und die alten Räume wiedersehen – bleibt nur hier, Claus, ich finde meinen Weg allein!«

»Ich darf Euch nicht hinauf lassen,« versetzte Claus, aufstehend, »ich darf niemand nach oben zu der Leiche lassen; es sind Herren aus der Stadt dagewesen, die haben mir befohlen, über sie zu wachen.«

»Sei ruhig, Claus, du weißt, daß ich sie nicht wegtrage,« erwiderte Richard von Huckarde und verließ die Kammer, während der Hausmeister apathisch auf seinen Stuhl zurücksank.

Richard schritt durch den Korridor die Treppe ins obere Stockwerk hinauf und betrat dann die Reihe der Zimmer, welche er einst mit seinem Vater bewohnt hatte. Bei jedem Schritte fesselten ihn Erinnerungen, die in überwältigender Fülle auf sein kummerschweres Herz eindrangen. Lange verweilte er in einem der mittlern Zimmer; es war das Wohnzimmer seines Vaters gewesen. Dann öffnete er eins der Fenster und sandte seine Blicke hinaus auf den fern unter ihm sichtbaren Hammer, der so friedlich auf grünen Matten in seiner Busch- und Wipfelumhüllung, von der Sonne beschienen, von Bergwänden geschützt, vom klaren Gewässer bespült, wie ein Asyl des Friedens und der Ruhe dalag. Und doch, welche Schmerzen, welche Angst, welche Entschlüsse und welche Sorgen wohnten unter diesem unglückseligen Dach, zu dem Richards Gedanken aus der weiten Ferne, über den Ozean herüber, so oft geflohen waren, wie zu einer Art Heimat seines Herzens, wie zu dem Punkte, dem einzigen in der Welt, von dem aus zu ihm Ermutigung und Lebenskraft strömte, der mit der magnetischen Kraft der Liebe an unsichtbaren Fäden sein Leben allein noch an Welt und Menschen kettete. Wie oft hatten sich seine Gedanken hoffnungsträumend an den Augenblick geheftet, wenn er einst, wohlhabend und unabhängig geworden durch eigene Kraft und selbstverdientes Glück, aufs neue Herr seiner väterlichen Burg, unter jenes Dach treten und zu Sibylle sprechen würde: ich habe die schwere Aufgabe, welche mir ein hartes Schicksal aufbürdete, gelöst; ich habe das Haus meiner Väter mir neu erobert mit diesen meinen Armen, und diese Arme öffnen sich jetzt dir und wollen dich über die Schwelle meines Hauses sowie durchs Leben tragen ... Und jetzt! Mit welcher Bitterkeit mußte er sich zurufen: alle deine Hoffnungen sind zu Wasser geworden, du hast umsonst gerungen und gelitten – du bist arm heimgekehrt wie du auszogst – und Sibylle – Sibyllens Leben ist ruchlos zerstört – ist so bodenlos elend gemacht wie das deine! Er wandte sich endlich ab und setzte in Kummer verloren seinen Weg fort durch die andern Gemächer. Er kam in das Wohnzimmer des Grafen von Epaville; er blickte durch die halb offenstehende Tür in das Schlafzimmer desselben; sein Auge heftete sich auf das Bett in der Ecke; die Umrisse der Decke verrieten die darunter liegende Leiche; der Bettvorhang verbarg den obern Teil und den Kopf des Toten.

Richard stand zögernd auf der Schwelle dieses Raumes, halb versucht, näherzutreten, um die Leiche anzuschauen, und auch wieder sich scheuend vor dem Anblick. Hätte seine Reisegefährtin von gestern ihm nicht gesagt, daß sie selbst kommen würde, zum letztenmal ihren unglücklichen Gatten zu sehen, so würde er es für eine Art Pflicht gegen diese gehalten haben, sich um den Zustand der Leiche und um das, was für die Beerdigung derselben vorgerichtet und bestimmt war, zu kümmern, so aber konnte er sich abwenden von dem unheimlichen Anblick – und eben war er im Begriff, dieses zu tun, als er Schritte Herankommender auf der Treppe und gleich darauf in den vordern Zimmern vernahm. Richard konnte nicht zurück, ohne den Kommenden zu begegnen, denn die Räume, in welchen er sich befand, boten keinen Seiteneingang. Er wollte jedoch um jeden Preis vermeiden, hier gesehen zu werden. Nicht gerade aus Rücksicht für den Hausmeister, der ihm gesagt, daß er niemand nach oben lassen dürfe. Aber er war in einer Gemütsverfassung, in welcher man nicht in fremde Gesichter zu blicken liebt. Er mußte erwarten, daß die Kommenden ihn nach dem Grunde seines Hierseins fragen würden; nichts aber lag weniger in seiner Absicht, als sich heute hier als den Stammerben dieses Hauses zu erkennen zu geben. Unterdes hörte er die Schritte immer näher kommen. Wollte er nicht in den nächsten Augenblicken den Nahenden gegenüberstehen, ihren verwunderten Fragen ausgesetzt sein, so blieb ihm nichts übrig als das eine – in das ihm wohlbekannte Versteck, in dessen Geheimnis niemand anders als er einst Sibyllen eingeweiht hatte, zu schlüpfen. In der Tat war Richard rasch dazu entschlossen. Er drückte in den Lambris das bewegliche Einsatzstück zur Seite. Es gehorchte seiner Hand. Die dunkle Oeffnung nahm ihn auf. Das Holzwerk schob sich zurück – Richard war für die Kommenden verschwunden.

In dem engen Raume, in welchem er sich jetzt befand, herrschte ein mattes Licht; die kleinen Scheiben in dem Fenster, welches auf das Innere des Turmes ging und hier unter vorspringendem Gebälk verborgen lag, waren mit Staub bedeckt, mit Spinngeweben überzogen; in dem Innern des Turms selbst, aus welchem das Licht kommen sollte, war des Lichtes nicht übermäßig viel, wenn, wie es jetzt der Fall, unten die nach außen führende Hintertür geschlossen war. Trotzdem erkannte Richards Auge sofort bei seinem Eintreten mehrere am Boden liegende Gegenstände, die darauf deuteten, daß dieser kleine Raum kurz vorher einen Bewohner gehabt hatte, welcher eine beschleunigte Abreise gemacht und deshalb nicht Zeit gefunden, seine sämtlichen Habseligkeiten mitzunehmen. Ein blauer Kittel lag auf dem Boden, ein aus Maser geschnitzter Pfeifenkopf, ein Päckchen Tabak, erst zur Hälfte konsumiert, dann ein Geflecht aus Weidenzweigen, das sich zu einem Korbe zu gestalten verhieß, aber noch sehr weit von seiner Vollendung entfernt war.

Richard war im Begriffe, sich nach diesen Gegenständen zu bücken, um sie näher zu betrachten, als er die Schritte, vor denen er geflohen war, ganz in seiner Nähe hörte; sie kamen eben in das Schlafzimmer, wo die Leiche lag, und Richard vernahm eine unangenehme, etwas schrille Stimme, die sagte: »Da liegt er! Ich habe nie eine große Meinung von den Tugenden und der moralischen Seelengröße dieses Monsieur d'Epaville gehabt – aber daß ihn der Teufel so früh holte, ist doch ein klein wenig hart!«

Diese Worte wurden in einem sehr akzentuierten und sehr mißlautenden deutschen Dialekte gesprochen, den Richard sich erinnerte, bei Elsässern gehört zu haben.

»Es bleibt bei allem, was Sie mir gesagt haben, doch ein höchst merkwürdiger Fall, Herr Polizeirat, der mir noch immer große Dunkelheiten hat!«

Tiefe Antwort wurde im Dialekt der Landessprache gegeben.

»Dunkelheiten? Was kann da noch dunkel sein...«

»Ein Mann wie dieser Hammerbesitzer – und gar ein junges Mädchen wie Sibylle Ritterhausen! Ist es nicht unglaublich...«

»Mein lieber Untersuchungsrichter,« antwortete der Elsässer, »unglaublich ist nichts. Dies Wort müssen Sie streichen aus Ihrem Geschäftsstil. Wenn Inzichten vorhanden sind, daß ich, der Polizeirat Ermanns, das Licht aller Behörden der öffentlichen Sicherheit im Großherzogtum, falsche Wechsel gemacht oder silberne Löffel gestohlen habe, so sagen Sie nicht: unglaublich! Untersuchen Sie. Was kann Sie bei dieser Angelegenheit in Verwunderung setzen? Das Verhältnis des Monsieur Ritterhausen zu diesem Gute hier haben Sie mir gestern selbst auseinandergesetzt. Den Entwurf des Briefs, welchen der Graf von Epaville an Ritterhausen geschrieben, haben wir hier gefunden. In Angst und Schrecken versetzt durch diese Eröffnung, hat der Herr Ritterhausen seine Tochter abgeschickt, um zu parlamentieren mit dem Grafen. Er kannte diesen Herrn Grafen nicht. Er wußte nicht, was ich heute aus Seiner Hoheit eigenem Munde weiß, daß der Graf in einem kleinen vertraulichen Kreise dem Großherzog gegenüber sein Wort verpfändet hatte, er würde dieses Mädchen verführen. Sie können sich nun denken, welchen Charakter das Tete-a-tete der Demoiselle Ritterhausen und des Grafen angenommen haben wird. Der Herr Graf werden alle Vorteile ihrer Lage den Ritterhausen gegenüber haben ausbeuten wollen; er hat dem jungen Mädchen Zumutungen gemacht, welche diese tödlich beleidigt haben; und nun haben beide, Vater und Tochter ohne viel Gewissensbisse diesen vermaledeiten Franzosen, der dem Vater Haus und Hof und der Tochter ihre Ehre rauben wollte, daran glauben lassen. Sie haben ihn beseitigt, *mon ami*, oder besser, stumm gemacht, wie Sie ihn da sehen. – Mir ist dabei gar nichts dunkel, nicht einmal, was die Reiseroute des Grafen von Epaville in der andern Welt angeht. Ich bin ganz überzeugt, der Zeremonienmeister der Unterwelt hat ihn längst zur Cour bei Seiner diabolischen Majestät vorgestellt, und der Satan hat seine Freude ausgedrückt, endlich eine längstgehoffte Bekanntschaft zu machen!«

»Aber sie leugnen stolz und zornig, die Ritterhausen,« fiel der andere ein.

»Man kennt das,« versetzte der mit dem elsässer Dialekt. »Es wird sie nicht retten vor der Guillotine. Der Großherzog war *bra dessus bras dessous* mit dem Epaville.«

Wir brauchen nicht zu sagen, mit welcher Aufregung und wie erschüttert Richard diese Unterredung belauschte, die deutlich und so, daß ihm kein Wort entging, in seinen Winkel drang. Trotz allem, was er vernahm, und trotz allem, was irgend hatte gesagt werden können, um Sibylle Ritterhausen zu einer Mörderin zu stempeln, stand der Glaube an ihre Unschuld felsenfest in seiner Seele. Aber ebenso klar wurde ihm aus diesen Reden, wie hoffnungslos und verzweifelt ihre Lage den Untersuchungsbeamten und den Gerichten gegenüber sein mußte. Das Wort Guillotine, welches bald darauf von den Lippen des einen der Sprechenden fiel, traf ihn vollends wie ein Stich ins Herz.

Er sollte noch ein zweites Wort vernehmen, das beinahe eine ähnliche Wirkung auf ihn übte. Und dies Wort wurde wieder von dem, der sich das Licht aller Behörden der öffentlichen Sicherheit genannt hatte, gesprochen und hieß: Versteck!

»Wo ist nun das Versteck?« sagte Monsieur Ermanns, »ich denke, es muß hier dieses Füllstück in den Lambris sein!«

Er trat in diesem Augenblick an die bezeichnete Stelle heran. Richard hatte rasch und instinktartig seine Hände an das bewegliche Holzstück gelegt und suchte es durch das höchste Aufgebot seiner Kraft fest an seiner Stelle zu halten. Aber er fand zu seiner Unterstützung dabei keinen Vorsprung, nichts, was ihm als Handhabe gedient hätte. Draußen war jetzt auch der Untersuchungsrichter herangetreten und drückte aus Leibeskräften – das Füllstück bewegte sich und – schoß wieder in seine alte Lage zurück...

»Mein Gott, das ist ja als ob jemand von innen festhielt!« rief der Untersuchungsrichter aus.

»Fast so in der Tat!«

»Versuchen wir's noch einmal mit aller Kraft!« fuhr der Richter fort.

Jetzt gab das Holzstück soweit den vereinten Anstrengungen der beiden Männer nach, um einer Hand Raum zu gewähren, sich einzuschieben; im nächsten Augenblick fuhr eine starke Männerfaust – es war die des Untersuchungsrichters – in den Spalt herein, und nun flog das Holz zur Seite – die ganze Oeffnung klaffte auf.

Noch eine Hoffnung blieb dem Eingeschlossenen. Vielleicht begnügten sich die beiden Männer damit, in das Versteck nur hineinzublicken. Wenn Richard sich ganz dicht an die Mauer drückte, in die dunkelste Ecke, so war es möglich, daß sie ihn übersahen.

Während er diese Stellung einnahm, sah er den Kopf des einen der Männer in die Oeffnung lugen.

»Ich sehe niemand,« sagte dieser dabei ... es war der, den er hatte Untersuchungsrichter nennen hören.

Der andere, der mit dem fremdartigen Dialekt, erwiderte lachend: »So kriechen Sie hinein, Untersuchungsrichter. Es ist Sache der Justiz, ihre Nase da hineinzustecken,«

»Ich meine, es wäre mehr Sache der Polizei, ihre Nase in alles zu stecken,« versetzte scherzend der andere Beamte, »jedenfalls ist die Polizei der Vorläufer der Justiz, also *en avant, Monsieur!*«

»Aber da muß man ja kriechen auf allen vieren!«

»Das können Sie *sans déroger* immer noch eher als ein Priester der Themis,« lachte der Untersuchungsrichter.

»Was ist da nun zu machen!« sagte Monsieur Ermann«, ließ sich auf die Knie nieder und steckte den Kopf durch die Oeffnung.

Er schaute eine Weile hinein, wie um seine Augen erst an die größere Dunkelheit zu gewöhnen, welche in dem kleinen Raum herrschte. Dann sagte er: »Es liegen da allerlei Gegenstände auf dem Boden. Die Inspektion aus der Ferne wird nicht hinreichen – man wird sich bequemen müssen, hineinzuschlüpfen ... und dann fuhr er in der Tat mit dem Oberkörper in die Lambrisöffnung – aber viel schneller kam er erschrocken wieder heraus.

»Alle Teufel!« rief er halblaut und sehr blaß geworden.

»Was ist?« fragte der Untersuchungsrichter, »was haben Sie?«

»Es steht ein Mann drin!« flüsterte Monsieur Ermanns, die Zeichen des Schreckens noch in allen Zügen.

»Pest,« rief der andere Beamte, »der Mörder! und dabei blickte er angsterfüllt umher, ob nicht irgendeine Waffe in der Nähe sei.

»Was ist da nun zu machen?« sagte Monsieur Ermanns, »Wir müssen unsere Leute herbeirufen,«

»Ich will hinunter ..,« erwiderte der Untersuchungsrichter.

»Ich danke schön,« versetzte Monsieur Ermanns, »damit der Mensch unterdes Zeit gewinnt, über mich herzufallen und sich zu retten. Bleiben Sie ruhig bei mir – ich will schon selbst die Leute rufen und zwar so!«

Bei diesen Worten zog er ein Terzerol mit zwei Läufen aus der Tasche und spannte die Hähne; er war just im Begriff es abzuschießen, um auf diese Weise seine Leute, die unten harren mochten, herbeizurufen, als ihm der Untersuchungsrichter in den Arm fiel.

»Aber zum Henker, wenn Sie abschießen, so sind wir ja ganz ohne Waffe wider den Verbrecher, der jeden Augenblick hervorkommen und sich auf uns stürzen kann!«

»Nur ruhig, ich habe immer noch einen Schuß in Reserve,« sagte Monsieur Ermanns, der seine Fassung so ziemlich wieder erlangt hatte.

Jetzt aber fand Richard von Huckarde für gut, dieser Szene ein Ende zu machen. Er tauchte plötzlich aus der Lambrisöffnung auf und mit den Worten: »Seien Sie ganz unbesorgt, meine Herren, ich glaube es ist das beste, ich komme Ihnen friedlich entgegen und wir verständigen uns ohne Pistolenschüsse!« kroch er aus der Wandöffnung hervor.

Die beiden Beamten traten scheu ein paar Schritte weit zurück und starrten ihn an. Richard stand nach wenigen Augenblicken ruhig vor ihnen und stäubte die Spinnengewebe und den Kalkschmutz ab, der an seinem Rocke haften geblieben war.

Elftes Kapitel
Ein Geständnis

Nachdem Monsieur Ermanns mit seinen schärfsten und stechendsten Blicken den jungen Mann betrachtet hatte, sagte er: »Folgen Sie uns in das vordere Zimmer. Sie werden uns dort Rede stehen, wer Sie sind und wie Sie hierher kommen.«

»Ich kann Ihnen das mit wenig Worten erklären,« versetzte Richard, durch den befehlerischen Ton des Beamten verletzt und sich stolz aufrichtend, »wollen Sie es jedoch in dem andern Zimmer lieber hören als in diesem – mir ist das gleichgültig!«

Unterdes war Monsieur Ermanns vorausgeschritten in den vordern Raum, das Wohnzimmer des ermordeten Grafen, Richard folgte ihm und hinter diesem ging, ihn vorsichtig beobachtend, der Untersuchungsrichter, ein großer korpulenter Mann mit rötlichem Gesicht und starkem Unterkinn, eine Gestalt, deren Aeußeres im ganzen weit eher eine offene Gutmütigkeit verriet als irgend etwas anderes.

In dem vordern Zimmer ließen die beiden Herren sich an dem Schreibtisch des Grafen nieder; Ermanns legte sein Terzerol neben sich auf den Tisch. Nachdem sie Richard noch einmal eine Weile höchst finstern Blicks verwundert angesehen, begann Monsieur Ermanns: »Wer sind Sie?«

»Ich habe gerade nicht Lust, Ihnen das zu sagen,« versetzte Richard. »Ich glaube auch nicht, daß es zur Sache gehört. Wenn ich Ihnen erklärt habe, wie ich hierher gekommen und Sie aus dieser Erklärung die Beruhigung geschöpft haben werden, daß ich nicht etwa beabsichtige, den toten Mann dort drinnen zu berauben, so, denke ich, kann ich mich Ihnen empfehlen.«

»Und wie erklären Sie Ihre Anwesenheit hier?« fragte der Polizeibeamte.

»Der Zufall hat mich in die Nähe dieses Hauses geführt, das ehemals von einer Familie bewohnt wurde, welche der meinigen nahe stand – ich fühlte das Verlangen, einmal wieder das Innere dieser Räume zu sehen. Als ich dem Hausmeister den Wunsch äußerte, erwiderte er mir, daß ihm befohlen sei, niemand hinaufzulassen. Ich beruhigte ihn über die Folgen, wenn dies Verbot einmal übertreten werde, und ging ohne mich an ihn zu kehren. Als ich die ganze Zimmerreihe bis zu diesem Räume durchwandert hatte, hörte ich die Schritte Herankommender. Es waren Ihre Schritte, meine Herren. Ich war nicht eben in der Stimmung, worin man mit Fremden zusammenzustoßen liebt, und ich mußte zudem in hohem Grade wünschenswert finden, mich unsichtbar zu machen, um dem Hausmeister Verdruß zu ersparen. Darum schlüpfte ich in das Versteck, in welchem mich die Herren fanden. Das ist alles.«

»Und woher kannten Sie das Versteck?« fragte Monsieur Ermanns.

»Durch – nun, durch Richard von Huckarde, meinen Jugendfreund.«

»In der Tat,« versetzte der Polizeibeamte etwas spöttisch, »durch Richard von Huckarde!«

»Sie berufen sich auf einen sehr weit entfernten Zeugen, mein Herr!« fiel der Untersuchungsrichter ein.

»Ich wüßte nicht, daß ich nötig hätte, mich auf Zeugen zu berufen. Hoffentlich wird man keinen Zweifel gegen das, was ich sage, hegen!«

»Wer sind Sie? Wollen Sie uns das jetzt mitteilen?«

»Ich ziehe vor, mich nicht zu nennen,« erwiderte Richard trocken.

»Sie stehen vor Leuten, welche doch wohl das Recht haben zu fragen,« bemerkte hier mit ironischem Tone Monsieur Ermanns.

»Sie haben die Pflicht zu antworten – oder man wird Sie dazu zwingen!« setzte der Untersuchungsrichter hinzu, der alles tat, um seinem offenen Lebemanngesicht das Gepräge des strengen Inquirenten zu geben und in seinen Aeußerungen deshalb etwas Brutales annahm; während ganz im Gegenteil Monsieur Ermanns den Ernst seiner nicht gerade Vertrauen erweckenden Züge durch einen Ausdruck von unbekümmerter Heiterkeit zu überdecken bestrebt war, das heißt wenn er es nicht gerade für politisch hielt, mit dem, was er im stillen sein Adlerauge nannte, zu durchbohren.

»Nun beruhigen Sie sich, meine Herren,« antwortete Richard mit trübem Lächeln, »ich werde Ihnen den Gefallen tun, Ihnen meinen Namen zu nennen, wenn Sie es so sehr wünschen und es nicht zu umgehen ist. Ich bin der, den ich eben genannt habe.«

»Wie, Sie wären...?« fuhr der Untersuchungsrichter auf.

»Richard von Huckarde.«

Die beiden Beamten sahen sich an. Monsieur Ermann wünschte dann die Angabe des jungen Mannes durch Legitimationspapiere belegt zu sehen, Richard zog sein Portefeuille hervor und überreichte dem Polizeibeamten einen Paß, den er sich vom französischen Konsul in Neuyork hatte geben lassen.

»Und jetzt, hoffe ich, darf ich mich verabschieden,« sagte Richard dann, die Hand nach seinem Papiere ausstreckend, um es zurückzunehmen.

»Warten Sie doch,« entgegnete Monsieur Ermanns, »es tut uns leid, Ihre Zeit noch länger in Anspruch nehmen zu müssen. – Sie sind, wie es scheint, allerdings Richard von Huckarde, einst der Erbe dieses Gutes. Weshalb sind Sie zurückgekehrt aus der Fremde – Sie waren jawohl in die Welt gegangen, um Ihr Glück draußen zu suchen – in diesem Nordamerika, woher sie kommen? Ist es nicht so?«

»Ich war in Amerika,« antwortete Richard; »da ich aber dort keine Verhältnisse fand, welche mich fesselten, bin ich zurückgekommen, um mein Gut, das jetzt nicht mehr Lehngut ist, zurückzuerlangen, und durch Verkauf eines Teils desselben mich mit den Gläubigern meines Vaters abzufinden.«

»Und als Sie in Ihr Gut kamen, das Sie wieder zu erhalten hofften, fanden Sie es von einem fremden Herrn eingenommen?« fragte Ermanns.

»Nicht mehr. Ich kam erst heute, und der fremde Herr liegt seit gestern hier neben uns als Leiche.«

»Allerdings – er liegt hier als Leiche. Und wir sind beauftragt, den Mörder zu entdecken.« fuhr Monsieur Ermanns fort. »Bei dieser Untersuchung nun finden wir Sie hier versteckt – in dem Gemache, in welchem das Verbrechen begangen ist. Sie, der Sie ein so großes Interesse dabei hatten, einen fremden Herrn, wenn Sie ihn fanden, aus diesem Schlosse entfernt zu sehen; der nicht hoffen durfte, ihn auf gerichtlichem Wege zu entfernen – mit einem Wort, mein Herr, Sie müssen begreifen, daß Sie verdächtig erscheinen.«

Monsieur Ermanns ließ bei diesen Worten die konzentrierte Kraft seines Adlerauges ihre Wirkung tun.

»Ich, verdächtig? Doch nicht verdächtig, den Grafen...«

»Allerdings, den Grafen ermordet zu haben,« fiel barsch und ohne weitere Umschweife der Untersuchungsrichter ein.

Richard von Huckarde sah die beiden Männer mit großen Augen und überaus verwundert an.

»Ich, den Grafen von Epaville ermordet zu haben?« wiederholte er.

»Was sagen Sie zu dieser Anschuldigung?« fragte Monsieur Ermanns.

»Kein Wort, keine Silbe,« erwiderte Richard heftig.

»Sie begreifen jedenfalls, daß Sie fürs erste in den Händen der Justiz bleiben,« fuhr der Polizeibeamte fort. »Folgen Sie uns nach unten, ich werde Sie nach Düsseldorf transportieren lassen.«

Damit erhob sich Monsieur Ermanns.

Richard blieb regungslos stehen, die Arme über der Brust verschränkt, das Auge starr auf den Boden geheftet.

»Folgen Sie uns!« wiederholte der Untersuchungsrichter, sich ebenfalls erhebend.

Richard folgte nicht. Er schien in Sinnen verloren, er schien für das, was um ihn vorging, keine Organe zu haben ...bis er plötzlich das Haupt aufrichtend, während eine dunkle Röte über seine Züge glitt, ausrief: »Und wenn ich zu Ihrer Anschuldigung Ja sage, wird man dann sofort die Untersuchung gegen andere Verdächtige fallen lassen, wird die törichte und unverantwortliche Verfolgung der Familie Ritterhausen eingestellt werden?«

»Vorausgesetzt, daß zwischen Ihnen und den Leuten, welche Sie nennen, keine Verbindung stattgefunden hat...«

»Das kann ich zur Not doch wohl beweisen,« fiel Richard ein.

»Nun wohl, wenn Sie sich zu der Tat bekennen, als alleiniger Urheber, so kann dieselbe nicht von den Ritterhausen ausgehen,« antwortete der Polizeibeamte. »Es ist auch nicht anzunehmen, daß Sie in Verbindung mit einem Manne stehen, der – der Todfeind Ihres Vaters war!«

»So bekenne ich mich zur Tat,« sagte Richard fest, sich stolz aufrichtend.

Die Wirkung dieses Bekenntnisses auf die beiden Herren war eine verschiedene. Während der Untersuchungsrichter mit einem Blick, der nur eine mit Abscheu gemischte Verwunderung ausdrückte, den jungen Mann ansah, drückte sich in den Augen, womit der Polizeibeamte den geständigen Missetäter betrachtete, etwas ganz anderes aus. War es der Gedanke, daß alle seine Schlauheit bei der Vernehmung und Ausforschung der Verdächtigen auf dem Rheider Hammer umsonst aufgewendet sei, und daß er sie jetzt bei dem Bericht, den er dem Großherzog machen mußte, nicht werde in rechtes Licht setzen können, oder war es ein Zweifel, den er in die Richtigkeit und Wahrheit des Geständnisses setzte: kurz, er sah den bekennenden Verbrecher an mit einer Miene, die eher Mißvergnügen ausdrückte als alles andere. Vielleicht ärgerte ihn auch ein solch rasches Geständnis, welches, alle seine Inquisitionslist überflüssig machte und die *cause célèbre*, in der er glänzen zu können hoffte, sehr abkürzte.

»Es scheint,« hub er nach einer stummen Pause, die auf Richards rasch ausgestoßene Worte folgte, wieder an, »es scheint nach den Aeußerungen, welche Sie eben fallen ließen, Ihnen am Herzen zu liegen, daß der Untersuchung gegen die Ritterhausen, Vater und Tochter, kein weiterer Verfolg gegeben werde?«

»Weil Sie unschuldig sind,« antwortete Richard fest und bestimmt.

»Es ruht auf dem Hammerbesitzer noch ein älterer Verdacht,« fuhr Ermanns fort, »ist Ihnen der bekannt?«

Richard antwortete nicht gleich.

»Welchen Verdacht meinen Sie?« sagte er dann. »Ich weiß von keinem, der so ernstlich wäre, daß die Justiz sich mit ihm beschäftigen könnte; müßiges Gerede zu berücksichtigen ist doch wohl unter der Würde derselben.«

»Darüber wird die Justiz nun wohl selber zu entscheiden haben, was unter ihrer Würde ist, was nicht. Beantworten Sie meine Frage.«

»Ich glaube, daß ich das bereits tat.«

»Sie halten den Verdacht, von dem ich rede, den Verdacht, der auf Ritterhausen infolge des unglücklichen Endes Ihres Vaters gefallen ist, für ein müßiges Gerede?«

»Ja.«

»Teilen Sie uns Näheres über jenes Ereignis mit. Sie waren zugegen, als Ritterhausen Ihren Vater zum letztenmal – wir wollen annehmen, es sei das letzte Mal gewesen – gesprochen hat.«

»Mein Vater,« entgegnete Richard, »war in einer höchst unglücklichen und bedrängten Lage. Je mehr aber die Sorge seinen Geist niederbeugte, desto mehr suchte er sich aufrecht zu erhalten an seinem aristokratischen Standesbewußtsein, an seiner ungebeugten ritterlichen Ehre. Der Hammerbesitzer Ritterhausen hatte durch die Art, wie er seinen Prozeß geführt, meinen Vater tief gekränkt. Dieser hielt es für ein Gebot seiner Ehre, den Mann nicht länger auf seinem Grund und Boden zu lassen und alle Beziehungen mit ihm abzubrechen. Ritterhausen aber kam und zeigte meinem Vater, daß letzterer nicht imstande sei, diese Beziehungen zu lösen. Ritterhausen hatte Schuldforderungen gegen meinen Vater an sich gebracht; er drohte ihm, diese aufs strengste geltend zu machen, meinem Vater sein letztes Gut, sein Haus sequestrieren lassen zu wollen, wenn er ihm den Besitz des Hammers kündige. Mein Vater, ohnehin gebeugt genug durch seine Lage, vereinsamt, menschenscheu, ohne Freundestrost, wurde so erschüttert durch diese neue Verwicklung seiner Verhältnisse, durch den Gedanken, daß er nicht ausführen könne, was er laut und wiederholt bei seiner Ehre gelobt – sich selbst sowie jedem, der es hören wollte – mein Vater, sage ich, gab sich der Verzweiflung hin und machte seinem sorgenvollen Leben ein Ende. Ritterhausen hat an diesem traurigen Schicksal meines Vaters keinen andern Teil. Er hat sein Recht gebraucht. Vielleicht rücksichtsloser und schroffer als er sollte. Sein Ton in seiner letzten Unterredung mit meinem Vater war triumphierend und fast höhnisch. Er verwundete meinen Vater bis ins Herz. Er ist ein ehrlicher, tüchtiger, aber ein rauher, kalter Mann. Wenigstens war er es damals. Mein Vater war nicht gemacht, mit einer solchen Natur zu streiten. Es war ein Unglück, daß das Schicksal sie zusammenführte. Aber ein Verbrechen ist nicht geschehen, und der Verdacht, von welchem Sie reden, ist eine Torheit.«

»Und doch,« bemerkte hier der Untersuchungsrichter, »trug die Leiche Ihres Vaters eine große, vielleicht tödliche Wunde am Hinterhaupt, als man sie im Flusse fand. Und doch war Ritterhausen, zu ganz ungewöhnlicher Stunde, in der Zeit, wo Ihr Vater seinen Untergang fand, von seiner Wohnung entfernt.«

»Um des Hammerbesitzers Gänge und Verbleib in jener Nacht habe ich mich nicht bekümmert,« versetzte Richard von Huckarde, »und doch glaube ich, daß er durch das Zeugnis eines Geschäftsfreundes, den er an jenem Abend besuchte, gerechtfertigt ist … Was die Wunde angeht, so glaube ich, man braucht kein Arzt zu sein, um zu erkennen, daß sie durch das Aufschlagen des Kopfes auf eine scharfe Kante des Gesteins, eine felsige Ecke im Flußbette, entstanden.«

»Was ist da nun zu machen?« rief Ermanns nachdenklich aus.

»Aber wollen Sie nicht alle diese Aussagen doch summarisch sofort protokollieren?« sagte er dann zum Untersuchungsrichter gewendet.

»Ich denke, daß es das Beste sein wird,« versetzte der letztere. »Schreibzeug ist ja hier zur Hand!«

Und während nun der Untersuchungsrichter am Schreibtisch des ermordeten Grafen zu protokollieren begann, ging Monsieur Ermanns nachdenklich im Gemache auf und ab, zuweilen nur einen plötzlichen Seitenblick über seine Brille hin auf Richard werfend, der seinerseits sich ruhig auf einen der umstehenden Sessel gesetzt hatte und den Kopf auf den Arm stützend zu Boden blickte.

So verging beinahe eine Viertelstunde, während welcher die Feder des Untersuchungsrichters kritzelnd über das Papier flog. Dieser sah dann auf, legte die Feder fort und fragte: »Sie gestehen also, der Mörder des Grafen Antoine von Epaville zu sein?«

Richard antwortete bloß durch ein Nicken des Hauptes.

»So geben Sie uns jetzt eine Erzählung des Hergangs der Tat.«

»Sie würden mich verpflichten, wenn Sie mir das heute erließen,« erwiderte Richard. »Es wird, hoffe ich, vorderhand genug sein, daß ich Ihnen das Geständnis abgelegt habe.«

»Seit wann haben Sie Amerika verlassen?« fragte Ermanns dazwischen.

»Seit sechs Wochen. Ich hielt mich einige Tage in England auf.«

»Und kamen hier an?«

»Nun, am Abend vorher.«

»Vor der Tat?«

»Ja.«

»Ließ der Hausmeister Sie in die Burg ein?«

»Nein, ich sah und sprach niemand. Ich fand die hintere Haustür offen.«

»Und Sie suchten gleich das Versteck auf?«

»Mit der Absicht, den jetzigen Eigentümer des Guts von dort aus zu überfallen und meuchlerisch zu ermorden?«

Richard schwieg.

»Sagten Sie nicht vorhin, Sie seien erst soeben hierher gekommen und hätten den Hausmeister verführt, Sie trotz des Verbots einzulassen?«

»Ich sagte so.«

»Sie taten das, um Ihre frühere Anwesenheit zu verdecken?«

»Ohne Zweifel!« entgegnete Richard.

»Der Hausmeister wußte also nicht, daß Sie schon seit zwei Tagen im Schlosse waren, als Sie heute vor ihm erschienen?«

»Nein.«

»Und bloß um Ihre Tat zu maskieren, um den Unschuldigen, eben Angekommenen, zu spielen, kehrten Sie zurück?«

»Sie bemerkten das eben schon.«

»Weshalb flohen Sie nicht? Den Verbrecher pflegt es doch sonst von der Stätte des Verbrechens fortzutreiben.«

»Weil – nun, weil ich nicht wußte, wohin fliehen.«

»Das ist mir keine genügende Antwort, mein Herr von Huckarde. Der Mörder flieht den Anblick seiner Tat, nur um zu fliehen; er rettet sich ins Weite, in die Welt; sich tagelang, sich stille Nächte hindurch in einem einsamen Gebäude neben der Leiche seines Opfers aufzuhalten – das ist etwas, was die Nerven eines Mannes von Bildung, eines Mannes, wie Sie mir scheinen, schwerlich aushalten.«

»Ich bin gekommen, mein väterliches Haus wieder zu erlangen: Wie hätte ich es wieder verlassen sollen, nachdem ich es endlich nach so langer Reise erreicht!«

»Wovon lebten Sie die zwei Tage Ihres Verborgenseins hindurch?« fragte Ermanns kopfschüttelnd weiter.

»Ich habe Sie schon einmal gebeten, meine Herren, Ihr weiteres Verhör auf einen andern Tag zu verschieben. Ich werde Ihnen jetzt keine Antwort mehr geben,« versetzte Richard.

Der Polizeibeamte schwieg auf diese sehr entschlossen ausgesprochene Aeußerung seines Inquisiten. Er ging wieder auf und ab. Der Untersuchungsrichter protokollierte.

Nach einer Pause hub Monsieur Ermanns wieder an: »Ich würde Sie vorläufig mit allen weitern Fragen verschonen können, wenn Sie mir noch eine einzige Frage beantworten wollen.«

»Fragen Sie!«

»Als Sie erfuhren, daß der Graf von Epaville der jetzige Eigentümer Ihres ehemaligen Guts sei, faßten Sie da sofort den Entschluß, ihn durch Mord aus dem Wege zu schaffen, um nach seinem Tode leichter Ihre Besitzrechte erlangen zu können?«

Richard, der die Stirn in die Hand gestützt, wie in träumerisches Sinnen verloren, immer noch dasaß, antwortete ein kaum verständliches, hingemurmeltes: »Schreiben Sie nur so!«

»Aber welche Vorstellung machten Sie sich denn eigentlich von dem Vorteil, welchen Ihnen ein schreckliches Verbrechen bringen werde?« fuhr Ermanns fort. »Ihr Stammgut war früher in den Händen des Domänenfiskus, jetzt in denen des Grafen. Ob jener oder dieser es in Besitz hatte – was verschlug es Ihnen eigentlich? Hatten Sie Anrechte, konnten Sie sie gegen den einen wie den andern Gegner geltend machen?«

»Nun,« warf Richard mürrisch hin, »haben Sie nicht vorher selbst gesagt, ich durfte nicht hoffen, einen Prozeß gegen einen Günstling des Großherzogs zu gewinnen?«

»Wollen Sie mir in die Schuhe schieben, ich hätte die Justizverwaltung in den Staaten des Großherzogs parteiisch genannt?« sagte Monsieur Ermanns verweisend.

Richard antwortete nicht.

Der Untersuchungsrichter begann nach einer stummen Pause das Protokoll vorzulesen. Richard schien kaum zuzuhören.

»Unterzeichnen Sie jetzt,« sagte der Untersuchungsrichter, als er zu Ende war. Richard erhob sich und hatte die Feder bereits ergriffen, um die verhängnisvolle Namensunterschrift zu geben – als er plötzlich die Papiere zurückstieß und sagte: »Ich werde nicht eher unterzeichnen, als bis die Herren mir eine Bedingung erfüllt haben.«

»Sie haben keine Bedingungen vorzuschreiben!« fuhr der Untersuchungsrichter auf. »Unterschreiben Sie!«

»Was machen Sie denn für eine Bedingung?« fragte Monsieur Ermanns desto sanfter und gemütlicher.

»Ich verlange, daß man mir erlaube, zum Rheider Hammer hinabzugehen und den Bewohnern desselben anzukündigen, daß sie frei sind, weil der wahre Schuldige ja jetzt in mir gefunden ist!«

Der Untersuchungsrichter schüttelte höchst energisch verneinend den Kopf; da sich aber Richards Rede an den Polizeibeamten gewandt hatte, so überließ er diesem zu antworten.

Zu seiner Verwunderung antwortete der Polizeibeamte ganz anders, als er erwartet hatte.

»Ich werde, wenn der Herr Untersuchungsrichter einwilligt, Sie auf den Hammer begleiten, Herr von Huckarde,« sagte Monsieur Ermanns. »Sie mögen dort den Ritterhausen Mitteilungen machen, doch muß ich zugegen sein.«

»So kommen Sie!« sagte Richard lebhaft.

Richard schritt voraus, der Tür zu, Ermanns folgte ihm. Der Untersuchungsrichter blieb auf den Wunsch des Polizeibeamten zurück.

»Ich werde Ihnen den Hausmeister herauf senden,« sagte Ermanns. »Vernehmen Sie ihn zu Protokoll in Beziehung auf Richard von Huckarde. Erwarten Sie uns hier zurück.«

Damit verschwand auch Monsieur Ermanns rasch aus dem Gemache, um Richard nicht aus den Augen zu lassen. Unten im Hausgang hatten zwei Gendarmen, die als Begleitung der untersuchenden Herren gekommen, Posto gefaßt. Ermanns gab ihnen einen Wink – sie nahmen Richard in die Mitte.

»Ist das nötig?« wandte sich dieser an den Polizeibeamten zurück.

»Leider, Herr von Huckarde!«

Richard zuckte die Achseln und schritt weiter; Ermanns folgte in der Entfernung von etwa zehn Schritt.

So bewegte sich der kleine Zug draußen um das Gebäude herum und schlug den Pfad ein, der an der Bergseite hinab nach dem Hammer führte. Richard schritt sehr rasch vorauf. Ermanns folgte, den Kopf gesenkt, augenscheinlich sehr lebhaft von seinen Gedanken in Anspruch genommen, denn die Gesichtsmuskeln des blassen Antlitzes zuckten und die Augen blinzelten fortwährend.

Als man dem Hammer nahe gekommen war, eilte Ermanns den Voranschreitenden zur Seite zu gelangen und sagte zu Richard: »Herr von Huckarde, Sie werden eine Weile im Garten des Hammers zurückbleiben. Ich werde mir erlauben, die Hausbewohner erst auf Ihr Erscheinen vorzubereiten.«

»Sie sind außerordentlich gütig!« versetzte Richard bitter, da ihm diese Anordnung durchaus nicht angenehm war; aber er mußte sich unterwerfen.

Ermanns überschritt zuerst die Brücke über den Fluß, trat durch das kleine Hintertor in den Garten und fand hier einen Gerichtsdiener, welcher aufgestellt war, diese Seite des Hauses zu bewachen. Das Haus war auf diese Weise überall bewacht, bis die Abführung der Verdächtigen nach Düsseldorf vorgenommen werden konnte. Man hatte sie wegen Ritterhausens Gichtleiden, das heute sehr heftig war, noch aufgeschoben. Ermanns trat dann durch die aus dem Garten führende Glastür in das Wohnzimmer ein, wie jemand, der zum Hause gehört und keine Umstände zu machen braucht.

Ritterhausen lag wie gewöhnlich in seinem Sorgen- und Leidensstuhl ausgestreckt – nur war heute sein Blick noch düsterer, seine Stirn noch tiefer gefaltet als gewöhnlich, und den eintretenden Polizeibeamten begrüßte er bloß mit einem zornigen Funkeln seiner Augen; dann wandte er den Kopf ab und betrachtete durch das Fenster ohne große Teilnahme die drei Personen, die im Garten zurückgeblieben waren, Richard und die Gendarmen.

»Wo ist Ihre Tochter, Herr Ritterhausen?« fragte Ermanns.

Der Hammerbesitzer antwortete nicht. Er hielt sich um so mehr berechtigt, kein Wort an den Beamten zu verschwenden, weil Sibylle ohnehin eben aus ihrem Zimmer in den kleinen Gartensaal trat.

»Mademoiselle Sibylle,« wandte sich Monsieur Ermanns an diese mit sehr ernstem, fast väterlich klingendem Ton, »so hartnäckig auch Sie und Ihr Vater sich gegen Ihr wahres Beste, wenn ich es Ihnen riet, verstockt gezeigt haben, so komme ich doch einmal als Ihr Freund zu Ihnen, um von Ihnen abzulenken, was über Sie ergehen wird, wenn Sie dabei bleiben, mir ein Geständnis zu weigern.«

»Was wollen Sie von mir?« fragte Sibylle tonlos.

»Blicken Sie durch das Fenster in den Garten. Ueberzeugen Sie sich mit Ihren eigenen Augen, daß der Deserteur, welcher Ihr Werkzeug war, in den Händen des Gesetzes ist. Dieser Mensch hat alles gestanden. Er hat offen gestanden, sage ich Ihnen. Ich gebe Ihnen mein Ehrenwort darauf, daß er gestanden hat … das Ehrenwort eines Mannes, der es wohl mit Ihnen meint. Ritterhausen, wollen Sie jetzt länger leugnen? Jetzt, wo Sie sehen, daß es nichts mehr fruchtet?«

Ermanns beobachtete, während er so sprach, aufs gespannteste die Züge von Vater und Tochter.

»Ich kenne den Menschen nicht,« sprudelte Ritterhausen zornig hervor. »Er kann gestehen, was er will!«

Sibylle hatte unterdessen ihr bleiches von Gram gezeichnetes Gesicht der Gestalt des im Garten stehenden Richard zugewendet.

»Der Deserteur?« sagte sie halblaut, »der Deserteur ist das nicht – Herr des Himmels!« schrie sie dann laut auf, »das ist ja Richard, Richard von Huckarde.«

»Wer, Richard?« rief Ritterhausen und machte eine Bewegung, als wolle er aufspringen, sank aber von einem plötzlichen, seinen Fuß durchzuckenden Schmerz an seinen Zustand gemahnt, ächzend zurück.

Unterdes war Sibylle der Glastür zugestürzt und mit dem lauten Rufe: Richard! einem markerschütterndem Rufe, in dem alle Angst und alle Not ihrer Seele zu zittern schien, wollte sie zu ihm in den Garten, ihm entgegeneilen, als Ermanns zwischen sie und die Tür sprang und sie zurückhielt.

Sibylle wandte sich ab und sank auf das Kanapee, die Hand aufs Herz gedrückt, totenbleich, die Augen schließend, wie von einer Ohnmacht befangen.

»Richard zurück?« sagte Ritterhausen – »und er, sagen Sie, habe bekannt, diesen Epaville ermordet zu haben?«

»Aus freien Stücken hat er es gestanden,« versetzte Ermanns.

Ritterhausen schüttelte den Kopf.

»Ich muß aus seinem eigenen Munde hören, um es zu glauben.«

»Es tut mir leid, Ihnen diesen Wunsch nicht erfüllen zu können, Herr Ritterhausen,« antwortete der Polizeibeamte, der während dieser ganzen Szene Ritterhausen über seine Brille her verstohlen, aber sehr aufmerksam beobachtete.

»Freilich,« sagte der Hammerbesitzer, »wir haben ja ebenfalls den Grafen ermorden lassen, durch einen Deserteur, wie Sie sagen! Nach Ihrer Ansicht ist er jetzt also doppelt ermordet!«

Ritterhausen sprach dies mit dem bittersten Hohne.

»Halten Sie etwa den Herrn von Huckarde der Tat nicht fähig?« fragte Monsieur Ermanns in seiner ganzen Gelassenheit bleibend.

»Nein!« antwortete Ritterhausen trocken. »Ebensowenig wie dazu, daß er etwas ausgesagt hätte, was uns beschwerte.«

»Das ist in der Tat auch nicht der Fall,« bemerkte Monsieur Ermanns. »Ich kann Ihnen darüber jetzt, nachdem, was ich sehe, die beruhigendsten Versicherungen geben. Ueberhaupt, mein Herr Ritterhausen,« setzte der Polizeibeamte mit einem tiefen Seufzer hinzu, »überhaupt hoffe ich, daß Sie inne werden, wie meine Art die Sachen anzugreifen nicht so gar schlimm ist, als Sie glauben. Sehen Sie, lieber Herr, Sie nennen mich im stillen einen hinterlistigen Schleicher, einen Falschen, einen Verräter, einen Nichtswürdigen, der sich durch harmloses Schwatzen in das Vertrauen der Leute stiehlt und sie dann zu verderben sucht mit dem, was sie ihm gutmütig anvertraut haben. Ich weiß das, Sie nennen mich so – leugnen Sie es nicht …«

Herr Ritterhausen machte keine Miene, als ob er es leugnen wollte.

»Ich habe,« fuhr Ermanns fort, »allerdings die Politik, mich zunächst mit denen, gegen welche ein Verdacht vorliegt, auf einen freundschaftlichen Fuß zu setzen. Man bringt sie dann zum Plaudern, und wenn sie sich auch nicht verraten, so hört man doch, wes Geistes Kind sie sind. Es ist eben mein Metier, Ritterhausen; was soll man da machen! Daß meine Manier aber nicht so übel ist, sollen Sie jetzt mir einräumen. Denn sehen Sie, ein anderer hätte bei Ihnen immer stramm und geradeaus weiter inquiriert und dann den Geschworenen überlassen, über Ihre Schuld oder Unschuld zu entscheiden. Ich habe anders gehandelt. Ich habe Huckarde hierher bringen lassen zunächst, um meinen Zweifel zu beseitigen, ob dieser Mensch am Ende vielleicht nicht der oft besprochene Deserteur sei. Ich habe aus Ihren Aeußerungen gesehen, daß er es nicht ist. Es ist in der Tat Richard von Huckarde. Ihr oder vielmehr Ihrer Tochter Betragen hat es mir bewiesen. Und da er die Ermordung eingesteht, so haben wir bloß noch einige Nachforschungen anzustellen, welche uns hoffentlich beweisen werden, daß er mit Ihnen in keiner Verbindung war, seit und nachdem er aus der Fremde zurückkam. Hoffentlich! Nach Ihrem Benehmen bei dem Anblick des jungen Mannes und nach dem Benehmen Ihrer Tochter halte ich Sie jetzt für unschuldig, Herr Ritterhausen. Sehen Sie, das sage ich Ihnen jetzt gleich offen heraus. Hätte ein anderer Inquirent Ihnen das so unumwunden gestanden? Er hätte es nicht getan. Er hätte den Dingen ihren Lauf gelassen. Er hätte sich den Henker darum geschert, ob Ihr Gemüt noch wochenlang länger unter dem entsetzlichen Drucke leide. Ich bin anders, Herr Ritterhausen. Demoiselle Sibylle, schütteln Sie den Schmerz und den Ausdruck von Verzweiflung ab, der auf Ihrem schönen Gesicht liegt. Hören Sie, was ich eben Ihrem Vater sage: ich halte Sie nach dem, was ich beobachtete, für unschuldig. Für vollständig ohne Teil an dem begangenen Verbrechen. Jener Mensch dort« – er deutete auf Richard von Huckarde, der von seinen Gendarmen bewacht in der Mitte des Gartenpfades stand und seine Blicke wie suchend auf die Glastür und das Fenster der Wohnstube gerichtet hielt – »jener Mensch ist der Tat geständig. Er hat den Mord begangen. Sie haben keine Gemeinschaft mit ihm. Sie wußten nicht einmal, daß er nach diesem Lande zurückgekommen ... sehen Sie, das alles durchschaue ich, indem ich auf meine Weise die Dinge angreife; indem ich Mienen, die sich unbelauscht wähnen, belausche; indem ich harmlos plaudere, als sei ich der aufrichtigste Mensch von der Welt. Was haben Sie nun noch gegen diese Weise, Herr Ritterhausen,« schloß Monsieur Ermanns seine Rede, indem er in ein gezwungenes Gelächter ausbrach, »was haben Sie dagegen, wenn ich damit zu dem Ergebnis komme, daß Sie unschuldig sind?«

»Nichts weiter,« antwortete Ritterhausen, ohne über diese Ehrenerklärung in großen Jubel auszubrechen, doch freilich mit offenbar erleichterter Brust, »nichts weiter, als daß es mir lieber gewesen wäre, Sie hätten mich von vornherein für unschuldig gehalten und hätten mich mit jeder Untersuchung verschont, sei sie nun eine nach der strengen alten Inquisitionsmanier vorgenommene oder nach Ihrer Belauscher- und Belauerweise geführte.«

Monsieur Ermanns wollte antworten,, als seine Aufmerksamkeit plötzlich von Ritterhausen ab- und Sibylle zugezogen wurde. Sibylle nämlich war hinter seinem Rücken, während er sich dem Hammerbesitzer zuwandte, aufgesprungen, hatte mit einer raschen Bewegung die Glastür aufgerissen, war die paar Stufen in den Garten hinabgeflogen und lag, ehe sich jemand dessen versah, in den ihr entgegeneilenden Richards Armen.

»Richard – du – du hier – o mein Gott, welch ein Wiedersehen!« stammelte sie, und ihrer selbst nicht mächtig, barg sie ihr von Tränen überströmendes Gesicht an seiner Brust.

»Sibylle!« sagte er, sie sanft an sich drückend. »So finde ich dich wieder! Sei getrost – fasse dich ... du bist frei. Da diese Menschen das Opfer eines Unschuldigen verlangen, habe ich ihnen mein Leben zum Opfer dargeboten, Es war ohnehin dem Untergang geweiht, mein armseliges Leben. Ich werfe es gern von mir, da ich dir damit den Frieden und die Freiheit erkaufen kann! Sei getrost ...«

»Und das soll mich trösten, Richard?« schluchzte Sibylle, »ob dein, ob mein Leben ...«

Hier wurde die kurze Unterredung unterbrochen – Monsieur Ermanns, der in Hast Sibyllen nachgestürzt war, fuhr gewaltsam dazwischen und trennte die beiden jungen Leute, indem er die Hand auf Sibyllens Arm legte und den Gendarmen einen Wink gab, Richard fortzuführen. Sibylle wollte sich an den Geliebten anklammern, aber Richard drückte einen flüchtigen Kuß auf ihre Stirn und wandte sich dann, um einer Szene mit seinen Wächtern zuvorzukommen, von ihr ab und schritt dem Ausgang des Gartens zu.

Monsieur Ermanns bot Sibyllen zuvorkommend den Arm, um sie ins Haus zurückzugeleiten. Sibylle achtete nicht darauf, sie blickte mit strömenden Augen dem Dahinschreitenden nach.

Der Polizeibeamte machte ihr deshalb eine stumme, ebensowenig beachtete Verbeugung und eilte dem von den Gendarmen fortgeführten Richard nach.

Er schüttelte dabei, während er mit gesenktem Kopf, die Hände auf dem Rücken, dahinschlenderte, nachdenklich sein ergrauendes Haupt.

Ich fürchte, ich fürchte – so lauteten ungefähr in Worte übersetzt seine Gedanken – wir sind der Aufklärung dieser vermaledeiten Geschichte noch um keinen Schritt näher gekommen. Keine List verfängt bei den Ritterhausen. All meine rührende Gemütlichkeit hat ihnen nicht ein Wort, nicht einen Laut, nicht ein Zucken einer Miene abgelockt, bei dem ich hätte sagen können: jetzt hab' ich dich! Alle meine Freundschaftsergüsse haben sie in keine Schlinge gezogen ... Ich glaube wirklich, sie haben keinen Teil an der Sache. Ja, sie sind unschuldig, wenn ich mich nur soviel wie ein Dorfgerichtsschreiber auf die Worte und Mienen verstehe, wodurch sich Schuld oder Unschuld verrät. Wären sie schuldig, wir hätten ganz andere Reden gehört. Sie hätten mit beiden Händen zugegriffen, als Ihnen Gelegenheit geboten wurde, die Schuld auf einen andern, diesen Herrn von Huckarde zu schieben. Mein Herr Ritterhausen würde Gründe genug zu finden gewußt haben, weshalb es gerade niemand anders getan haben könne als Richard von Huckarde. Er würde hundert kleine Züge und Tatsachen gewußt haben, woraus hervorgegangen, daß dieser Mensch schon in seinem zartesten Knabenalter, ja in der Wiege ein blutdürstiger Bösewicht gewesen! Nein, es ist nichts mit der ganzen Untersuchung gegen diese Leute. Sie sind der Tat fremd. Ganz fremd. Was ist da nun zu machen? Soll man ein Brett vor den Kopf nehmen und kurzweg in diesem Menschen da den Täter sehen? In diesem Richard von Huckarde? Ist er der Täter? Ist dieser Mensch mit dem ruhigen Blick, mit der stillen Entschlossenheit und dem trotzigen Selbstbewußtsein ein Verbrecher? Nun, er sagt's ja selber; wir können Seiner großherzoglichen Hoheit wenigstens mit einer Antwort aufwarten, wenn wir gefragt werden, was wir geleistet haben.

Zwölftes Kapitel
Erinnerungen und Enthüllungen

Sibylle war, nachdem Richard durch Ermanns und die Gendarmen von ihr getrennt und abgeführt worden, wankenden Schritts in das Haus zu ihrem Vater zurückgekehrt.

»Sibylle ... was war das? – was bedeutet das?« fragte Ritterhausen erschrocken seine Tochter, »du bist so außer dir, als ob Richard von Huckarde dir gestanden hätte ...«

»O nein, nein,« fiel Sibylle ein, indem sie außer sich vor Bewegung ihre Arme um die Schultern ihres Vaters schlang und wie an einer Brust Zuflucht suchte, an der sie sich nicht erinnerte geruht zu haben, seit sie aufgehört hatte, ein Kind zu sein; denn Ritterhausen war nicht der Mann, dessen Wesen ein weichfühlendes Frauenherz, und wenn es auch das seiner einzigen Tochter war, seinem Herzen nahe zog.

»Richard hat mir gestanden,« schluchzte sie, »daß er sich als Schuldigen bekannt habe, nur um mich, um uns zu retten!«

»Wirklich?« fragte Ritterhausen, indem seine Stimme ein leises Zittern annahm, welches verriet, daß doch Rührung auch den Weg zu seiner Seele gefunden ... »das hätte ihn bestimmt?«

Er legte seinen Arm um die Gestalt seiner weinenden Tochter und blickte eine Weile stumm in ihre bleichen, schmerzentstellten Züge.

»Ich habe deine Neigung für Richard von Huckarde wohl gekannt,« sagte er, »ich habe aber für eine Torheit gehalten, daß du sie im stillen forthegtest. Ich habe nicht geglaubt, daß Richard zurückkehren werde. Noch weniger, daß er seine Neigung für dich nicht drüben, jenseit des Meeres, längst vergessen habe.«

»Nein, nein,« rief sie leidenschaftlich aus, »seiner Treue war ich sicher und gewiß! Aber daß seine Liebe so weit gehen, so weit sich verirren könnte, daß er für mich, für uns in den Tod gehen würde ...«

»Beruhige dich, Kind ... du ängstigst dich ohne Grund um ihn!«

»Ohne Grund ... wenn er sich diesen Menschen als Mörder bekennt?«

»Das reicht allerdings hin, ihn eine längere oder kürzere Zeit in eine höchst unangenehme Situation zu bringen ... und man wird ihn gefangen halten, inquirieren, peinigen ... jedoch dazu reicht es nicht hin, einen Menschen zum Tode zu verurteilen, wenn er unschuldig ist!«

»Aber wenn er selbst sich schuldig nennt ...«

»So hört damit die Tätigkeit der Gerichte nicht auf. Sie untersuchen dennoch und die Untersuchung muß bald zu dem Ergebnis führen, daß er die Tat ja gar nicht begangen haben konnte!«

»Wie leicht kommen scheinbare Verdachtsgründe, unglückliche Umstände, die sein Geständnis zu bekräftigen scheinen, hinzu ...«

Ritterhausen schüttelte den Kopf.

»Es ist das möglich,« sagte er, »auch wider den Unschuldigen, der nicht gesteht, kann sich der Zufall verschworen zu haben scheinen, um ihn zu verderben. Aber das sind seltene und ungewöhnliche Fälle. Weshalb sollen wir einen solchen Fall hier fürchten? Wir haben gar keinen Grund dazu!«

Sibylle war durch diese Rede ihres Vaters nicht beruhigt, und Ritterhausen selbst war nicht so ruhig und zuversichtlich, wie er den Schein annahm, um seiner Tochter Kummer zu mildern.

»Bei Gott,« fuhr er nach einer Pause fort, »es wäre doch ein zu bitterer Hohn des Schicksal«, wenn Richard von Huckarde um unsertwillen, um des Mannes willen ins Verderben geschickt wurde, der seinen Vater ins Verderben trieb!«

Sibylle sah ihren Vater groß an. Sie war von diesen Worten aufs äußerste überrascht. Niemals war früher über Ritterhausens Lippen ein ähnliches Wort gekommen, welches ein Schuldbewußtsein in ihm verriet.

»Du siehst mich überrascht an, daß ich das sage, Sibylle,« fuhr er fort, das Gesicht von ihr abwendend, als ob ihre Blicke ihn drückten ... »du wirst wissen, was ich meine!«

»Was Sie meinen, weiß ich, Vater,« versetzte sie, »obwohl Sie mir nie etwas gesagt haben von dem, was an dem Unglückstage vorgefallen ist, an welchem Richards Vater seinem Leben ein Ende machte!«

»Habe ich dir nie davon gesprochen?« sagte Ritterhausen, »ja es mag sein. Du warst damals ein Kind noch...«

»Ich war achtzehn Jahre, Vater.«

»Nun, so schienst du mir ein Kind. Und jedenfalls war die ganze Angelegenheit der Art, daß ich keine Befriedigung darin finden konnte, viel von ihr zu reden.«

»Und wollen Sie mir jetzt nicht anvertrauen, was vorgefallen ist zwischen Ihnen und ihm an jenem Abende...«

»Ich will es – setze dich zu mir, schieb dir den Sessel dort her.«

Sibylle rückte den Sessel zur Seite des Sitzes ihres Vaters, und indem sie ihren Arm auf die Lehne stützte, sah sie voll kindlicher Innigkeit und voll Vertrauen, daß sie wohl Trauriges und Erschütterndes, aber daß sie nichts hören werde, was ihre Liebe zu ihrem Vater mindern könne, zu ihm auf.

»Ich ging an jenem Tage hinauf zur Burg,« begann Ritterhausen, »mit den besten Vorsätzen. Ich kam in einer Absicht des Friedens und der Versöhnung. Aber ich hatte mich mit einem Dinge nicht gerüstet, das ich hätte mitbringen sollen, und vielleicht wäre alles gut geworden...«

»Und das war Nachsicht und Geduld mit einem Manne in unglücklicher Lage!« sagte Sibylle vor sich hinflüsternd.

»Nein, Sibylle, das war es nicht, was mir fehlte,« entgegnete Ritterhausen. »Was ich nicht mitbrachte, das war – Mut!«

»Mut?«

»Ja, Mut! Den Mut, meine innerste Meinung auszusprechen, meine eigentlichen Gedanken.«

»Und wo hätte der Ihnen je gefehlt?«

»An jenem Tage fehlte er mir. Ich hatte nicht den Mut, einem falschen Scheine zu trotzen. Nicht den Mut, mich nicht darum zu kümmern, wenn ich verkannt würde; wenn man mir als niedrige Berechnung auslegte, was der aufrichtige, durchaus uneigennützige Wunsch meiner Seele war...«

Ritterhausen schien bei diesen Worten einen seiner Schmerzanfälle zu empfinden; er zog wenigstens sein Gesicht in düstere Falten und stützte, die Stirn auf seine Hand.

»Sprechen Sie weiter, mein Vater,« sagte Sibylle nach einer Pause. »Sie hatten den aufrichtigen Wunsch, mit dem alten Baron in Frieden und Freundschaft zu leben und Sie würden auch nicht Opfer gescheut haben, um dahin zu gelangen...«

»Was ich wünschte und wollte, das war, zum Frieden zu kommen durch euch, Sibylle, durch dich und Richard von Huckarde. Ich hatte wohl bemerkt, wie sehr ihr aneinander hinget; so wie ihr als Kinder alle Tage zusammen waret und gemeinschaftliche Spiele triebet, suchtet ihr als junge Leute euch auf und spannet einen Verkehr fort, dessen eigentliche Bedeutung mir keineswegs entging, so wenig ich es dir zeigte, daß ich euch beobachtete. Ich sagte mir, daß niemals ein Paar Leute mehr füreinander geschaffen seien, als ihr es waret. Eure Neigungen und eure Charaktere paßten zueinander. Ihr waret beide geneigt, das Leben von der ernstern Seite zu fassen und beide kräftige Naturen, die mit dieser ernsten Seite fertig zu werden wußten. War er ein Edelmann, so warst du eine stolze, aristokratische Natur. Stand er inmitten zerrütteter Verhältnisse, so warst du wohlhabend, wirtlich, besonnen. Du hättest das Glück zurückgebracht in dieses verwaiste, verwahrloste Haus der Huckarde.«

»Fahren Sie fort, mein Vater,« sagte Sibylle mit einem tiefen schmerzlichen Seufzer.

»Es wäre an Richard, an seinem Vater gewesen, davon zu beginnen,« hub Ritterhausen wieder an. »Er tat es nicht. Nun, es konnte sein, daß sie meine Gedanken verkannten und daß sie keine abschlägige Antwort holen wollten von dem, den sie für ihren Feind hielten und der es doch so wenig war. Aber die Zeit verging, der Augenblick rückte immer näher, wo es sich entscheiden mußte, wie wir zueinander standen, und so faßte ich meinen Entschluß. Ich wollte beginnen von der Sache. Es schien mir unmöglich, daß ich von dem adelstolzen Manne als ein Spekulant betrachtet würde, der die Lage eines edlen Hauses benutzt, um ehrsüchtige Zwecke zu erreichen. Die Verhältnisse lagen ja so klar und einfach vor uns, daß es mir gelingen mußte, ihn bald zu derselben Ansicht zu bringen, die ich von ihnen hatte.

»So ging ich an jenem verhängnisvollen Abende zur Burg hinauf. Ich machte mich dabei auf einen rauhen Empfang gefaßt, der mir in derber Weise ehrlich und offen andeutete, wie man gegen mich gesinnt sei. Ich war vorbereitet, ebenso offen und ehrlich auszusprechen, wie ich dachte und fühlte. So glaubte ich, müsse eine Verständigung bei zwei redlichen Männern, mochten sie immerhin in Span und Unfrieden über das leidige Mein und Dein geraten sein, sich leicht erzielen lassen.

»Aber es kam ganz, ganz anders. Nicht widerwillig, abwehrend, rauh, empfing mich der alte Huckarde – nein, er war höflich! Ja höflich, höhnisch höflich möchte ich es nennen, dies kalte abgemessene Wesen, das mir in jeder Bewegung, jeder Silbe zu sagen schien: sieh', du bist ein brutaler, gemeiner, niedrig geborener Mensch, der den Frevel so weit treibt, sich aufzulehnen gegen seinen adligen Erb- und Grundherrn; aber nichtsdestoweniger empfange ich dich mit der herablassenden Seelenruhe und der Höflichkeit des vornehmen Mannes, der nicht um deinet- willen, sondern um seiner selbst willen, aus Achtung vor sich selber, nicht in den Ton und die Weise niedersteigt, in welchen Leute deines Schlages mit groben Worten und ungeschliffenem Wesen ihre Streitigkeiten verhandeln. Ich will dich fühlen lassen, daß du vor einem Höhern stehst!

»Mochte ich nun recht haben oder unrecht, es so zu deuten – aber ich fühlte von diesem Betragen mir die Lippen zu offener rückhaltloser Rede geschlossen. Ich fühlte mich davon zu einem Zorn gereizt, der innerlich noch mehr aufkochte, als Huckarde sofort seinen Sohn herbeirufen ließ. Was sollte Richard bei dem, was wir zunächst zu verhandeln hatten? Was sollte er anders als eine Lektion erhalten – eine Lektion darin, wie ein Edelmann sich in Verhältnissen und Situationen gleich der unsern zu betragen habe? Wie er unter keiner Bedingung, in keiner noch so drückenden und verzweifelten Lage vor einem Roturier einen Finger breit von seiner Würde nachgebe? Und Richard kam; er hielt sich still und gedrückt im Hintergrunde, während ich mit dem Baron unterhandelte.«

»Der arme alte Mann!« sagte Sibylle halblaut, während ihre Brust sich unter einer Reihe tiefschmerzlicher Gedanken hob.

»Vielleicht wäre es im Laufe des Gesprächs möglich gewesen, daß wir uns dennoch in einer ruhigern Stimmung gefunden, daß sich mein vom Zorn verschlossenes Herz überwunden und daß ich meine eigentliche Absicht rundheraus erklärt hätte, obwohl man mich auf die bitterste Weise empfinden ließ, wie hoch und erhaben sich ein Huckarde über einen bürgerlichen Ham- merbesitzer dünkte. Aber es trat bald etwas zwischen uns, was jede Brücke zur Verständigung abbrach. Der alte Huckarde erklärte mir im bestimmtesten Tone, daß seine Ehre es nicht dulde, mich auf dem Hammer zu lassen; daß er mit mir nur verhandeln könne, wenn mein Abzug von dem Hammer als ausgemacht vorausgesetzt werde. Denn er habe sein Wort dafür verpfändet, und nichts auf Erden werde ihn vermögen das zurückzunehmen!

»Auch die Zukunft, die Existenz Ihres Hauses, das Glück Ihres einzigen Sohnes nicht, mein Herr Baron? fragte ich ihn.

»Nein! antwortete er bestimmt und fest und sich von mir abwendend.

»Nun, dann bleibt mir nichts übrig, entgegnete ich, als ohne den Friedensschluß heimzu- kehren, den ich zu erhalten hoffte, als ich kam. Ich muß den Dingen ihren Lauf lassen. Sie wollen die Strenge Ihres Rechts wider mich gebrauchen: ich werde mich verteidigen mit der Strenge meines Rechts.

»Sie haben kein Recht! entgegnete er. Die Gerichte haben es Ihnen aberkannt. Sie haben ei- nige Forderungen auf Entschädigung für Bauten und dergleichen. Diese liegen den Gerichten vor, welche darüber ebenfalls in diesen Tagen erkennen werden.

»Ich habe größere Forderungen an Sie, Herr von Huckarde, erwiderte ich nun mit derselben eisigen Kälte, zu der ich mich gefaßt hatte.

»Ich wüßte von keiner, versetzte er betroffen.

»Doch ist es so, fuhr ich fort. Es ist eine Schuldverschreibung von neuntausend Talern Ihnen vor mehr als Jahresfrist gekündigt. Hier ist diese Schuldverschreibung. Sie ist in meinen Händen. Ihr Gläubiger hat sie mir zum Ankauf angetragen – ich habe sie genommen! Treiben Sie mich aus meinem Hause, so treibe ich Sie mit diesem Papiere aus dem Ihren. Sie haben den Termin, wo Sie hätten zahlen müssen, verstreichen lassen. Ich kann jeden Tag Ihr Besitztum sequestrieren lassen.

»Der Baron erbleichte, als ich so sprach. Er hatte diesen Schlag nicht erwartet. Er verlor einen Augenblick die Fassung. Wie niedergeschmettert sank er in seinen Stuhl zurück.

»Ich hatte Mitleiden mit ihm,« fuhr Ritterhausen in seiner Erzählung fort. »Wahrhaftig, so männlich und entschieden meine Aeußerungen gewesen sein mochten, so bin ich mir doch bewußt, daß, wer mich hätte verstehen wollen, den aufrichtigen Wunsch, nicht zu quälen und zu vernichten, sondern zu helfen und zu vermitteln, auf dem Grunde meiner Worte erkennen mußte. Ich blickte forschend, fragend in das Auge des Sohnes und des Vaters. Aber ich sah nicht in ihnen, was ich suchte. Es war kein Nachgeben darin. Das Schicksal wollte es so. Ich konnte nur die Achseln zucken und gehen. Auch habe ich es nie bereuen können, daß ich jetzt ging, ohne viel hinzuzufügen; oder wenn ich es auch bereute, so habe ich mir doch keine Vorwürfe darüber gemacht. Jeder Mann in meiner Lage hätte gehandelt, wie ich handelte.«

Ritterhausen sah bei diesen Worten beinahe wie fragend in das Antlitz seiner Tochter. Es war, als sei er gefaßt darauf, von ihr einen Vorwurf zu hören, und er wünschte es, um ihn widerlegen zu können.

Aber Sibylle schwieg eine lange Zeit und dann sagte sie: »Ich kann darüber nicht urteilen und darf es nicht. Aber es ist mir immer eine tiefe Beruhigung gewesen, daß auch Richard keinen Vorwurf gegen dich laut werden ließ, als ich ihn nach dem Tode seines unglücklichen Vaters wiedersah. Hätte er geglaubt, daß eine Schuld an diesem Tode auf dir ruhte, so würde er schwerlich zu mir gekommen sein; und sicherer noch ist, daß er dann nicht hierher zurückgekehrt wäre aus der Fremde und heute das für uns getan hätte, was er getan hat!«

»Er sprach schon damals keinen Vorwurf wider mich aus?« fragte Ritterhausen.

»Nein! Er kam damals, von mir Abschied zu nehmen. Ich versuchte, ihm seinen Entschluß, in die Fremde zu ziehen, auszureden. Ich verwies ihn auf die Hoffnungen, welche das Vertrauen auf Gottes Vorsehung uns in jeder Lebenslage läßt. Er trug kein solches Vertrauen in seiner Seele. Es war früher schon oft Gegenstand des Gesprächs zwischen uns gewesen. Wir dachten völlig verschieden in diesem Punkte. Er wähnte, keinen Glauben zu haben. Er wähnte es. Denn er verstand die leisen Stimmen des Gemüts in der Tiefe seiner eigenen Seele nicht. Ich versuchte es, sie ihn verstehen zu lehren. Aber ich brachte es nicht dahin. Ich war zu jung, zu unerfahren, zu wenig beredt, um es zu können. Es bedurfte eines andern Lehrers – des Lebens, des Schicksals. Und so mußte ich ihn ziehen lassen. Es war eine Art Wette zwischen ihm und mir. Wir nahmen uns vor, das Schicksal über den Gegenstand unserer Meinungsverschiedenheit entscheiden zu lassen. Unser beider Ziel sollte dasselbe sein. Das Haus seiner Väter sollte ihm wieder errungen werden – er wollte es durch seinen eigenen Fleiß, durch seine Kraft allein; ich wollte es hier still abwarten, durch welche Wendung der Ereignisse die Vorsehung das felsenfeste Vertrauen meines Gemüts lohnen werde!«

Ritterhausen schüttelte den Kopf.

»Du bist sonst so klug und klarsehend, Sibylle,« sagte er. »In einem solchen Vorsatze erkenne ich meine vernünftige Tochter nicht wieder.«

»Und doch,« sagte sie mit traurigem Tone, »hat mir der Erfolg noch nicht unrecht gegeben.«

»Da hast du recht,« versetzte Ritterhausen bitter lächelnd. »Er ist wiedergekehrt, aber es hat nicht den Anschein, als sei er wiedergekehrt mit viel Früchten seiner Kraft und seines Fleißes. Er sieht nicht aus wie ein Mann, der reich und schätzebeladen aus einem Lande heimkommt, wo ihm das Glück hold war.«

»Gewiß nicht!« flüsterte sie halblaut.

»Aber du – bist du deinem Ziele näher?« fragte er in seiner scharfen Weise.

Ritterhausen bereute im nächsten Augenblicke diese Worte gesprochen zu haben. Denn helle Zähren schossen plötzlich unter den Wimpern des jungen Mädchens hervor.

»Sibylle,« sagte er beruhigend, »gib dich nicht so deinem Schmerze hin – sei meine starke, entschlossene Tochter, wie du es warest all diese bittern, angsterfüllten Tage her. Es kann ja alles noch gut werden. Du hörtest, wie dieser verdammte hinterlistige Franzose es offen erklärte, daß er uns für nicht schuldig halte!«

»Um Richard schuldig zu halten!« fiel Sibylle ein.

»Allerdings – aber Richards Schuldlosigkeit muß und wird sich herausstellen, und dann...«

»Wird der Verdacht auf uns zurückfallen!« sagte Sibylle.

»Nein, nein,« entgegnete Ritterhausen, »dem ist die Spitze abgebrochen ... wir werden rein aus dieser Sache hervortreten; vertraue mir und fasse dich, mein Kind. Was gegen uns vorliegt, ist viel zu schwacher Natur, als daß es nicht auch alsdann unzulänglich wäre, eine Anklage gegen uns darauf zu bauen, wenn sich zeigt, daß Richard an allem so wenig teil hat wie das erste beste Kind. Hast du dem Deserteur ein Versteck in der Burg gezeigt, so ist das geschehen noch bevor du ahnen konntest, daß diese Burg einen neuen Herrn bekommen würde. Hatte ich Gründe, diesen neuen Herrn zu hassen, so hatte ich ganz und gar keine, ihn ermorden zu lassen, denn ob er da oben wohnt oder seine Erben, das mußte mir völlig gleichgültig sein!«

Ritterhausen suchte auf diese Weise seine Tochter zu beruhigen ... es war lange her, daß Johann Wilderich Ritterhausen sich soviel Mühe gegeben hatte um irgendeinen Menschen auf Erden willen!

Aber die Tatsachen waren über sein düsteres, menschenfeindliches Haupt nicht fortgegangen, ohne einen tiefen Eindruck zu hinterlassen. Sie hatten ihn gedemütigt und milder gestimmt.

»Ich weiß, daß du Briefe erhieltest von Richard von Huckarde,« sagte er nach einer Pause.

»Ich erhielt im Anfange Briefe von ihm,« entgegnete sie, »aber wenige; in den letzten Jahren erhielt ich keinen mehr. Ich durfte daraus schließen, daß er nichts zu schreiben haben werde, was geeignet sei, mir Freude zu machen.«

»Und die Briefe, welche im Anfange kamen – enthielten sie freudige Nachrichten?«

»Auch sie nicht: aber sie waren voll der besten Hoffnungen!«

»Und was erweckte diese Hoffnungen? Welche Erfolge begleiteten seine ersten Schritte in dem fremden Lande?«

»Er kam ohne Freunde, ohne irgendeinen Anhaltspunkt auf dem Boden dieser eigentümlichen Welt voll neuer Entwicklungen und gärender Elemente und voll Verhältnisse an, für die weder seine Erziehung, noch sein Charakter, noch die Art der Kenntnisse, welche er besaß, eingerichtet waren. Kein Wunder, daß er sich innerlich abgestoßen und aufs tiefste niedergeschlagen in ihr fühlte. Aber mit der Elastizität der Jugend suchte er diesen ersten Eindruck zu überwinden und den Gegenstand einer Arbeit aufzufinden, die seine Hoffnungen verwirklichen konnte. Leider erfuhr er bald, daß die Arbeit, der er sich gewachsen fühlte, nicht die sei, welche man in der transatlantischen Welt begehrte, lohnte und achtete. Indem er stufenweise seine Ansprüche herabstimmte, wurde er endlich Gehilfe eines Gärtners; dann Musikdirigent und Lehrer in einer kleinen, eben im Entstehen begriffenen Stadt: darauf Teilnehmer am Geschäft eines Orgelbauunternehmers; endlich Hauslehrer bei einem Plantagenbesitzer im Süden der Union, eine Lage, in welcher sich seine Ansichten aufzuhellen schienen. Aber das Gelbe Fieber und der unerträgliche Anblick der Sklavenbehandlung um ihn her scheuchte ihn von da fort. Mit den Ersparnissen, welche er in seiner letzten Stellung hatte machen können, erkaufte er sich ein Stück Landes und begann es zu einer Farm umzugestalten. Die angestrengteste Arbeit förderte ihn bei diesem Unternehmen so, daß im zweiten Jahre eine erträglich eingerichtete Blockhütte inmitten eines urbar gemachten Terrains dastand, welches eine reiche Mais- und Weizenernte versprach. Da kam in einer stürmischen Gewitternacht eine Indianerhorde und brannte Hütte und Saaten nieder, und Richard entkam nur durch die Schnelligkeit seines Pferdes ihren vergifteten Pfeilen und Tomahawks. Ein deutscher Genosse, der sein Farmerleben geteilt hatte, wurde von ihnen erschlagen.«

»Weiß Gott – das sind der Wechselfälle genug,« rief Ritterhausen aus. »Der arme Mensch! Und dann?«

»Dann kehrte er in eine der größern Städte im Norden der Union zurück,« antwortete Sibylle. »Dort nahm er seine frühere Beschäftigung, Unterricht in der Musik zu erteilen, wieder auf. Und aus dieser Zeit hatte ich den letzten Brief von ihm … seitdem keinen mehr!«

Dreizehntes Kapitel
Das Alibi

Monsieur Ermanns hatte seinen kleinen Transport über die Rheider Burg dirigiert. Er wollte dort den Untersuchungsrichter sprechen und hören, welche Aussagen Claus gemacht, mit dessen Vernehmung sich der letztgenannte Beamte zu beschäftigen vorhatte, während der Polizeibeamte mit seinem Gefangenen die Exkursion nach dem Hammer machte. Als Ermanns oben auf dem Edelhofe wieder angekommen war und, das Gebäude umgehend, die vordere Seite des alten Schlosses erreicht hatte, sah er ein ungewöhnliches Leben vor demselben – eine vierspännige Equipage, die ein Detachement berittener Guiden umgab, hielt vor dem Haupteingange.

Der Großherzog war in der Burg. Er hatte eine kleine schwarzgekleidete Dame mitgebracht und dieselbe in das Innere geführt.

Monsieur Ermanns ließ seinen Gefangenen unten in den Korridor bringen und hier abseits bewachen. Er selbst eilte die Treppe hinauf, und als er in den alten Saal trat, welcher von dem Wohnzimmer des ermordeten Grafen nur durch ein paar Räume getrennt lag, sah er Murat in einer Fensterbrüstung stehen, vor ihm den Untersuchungsrichter, den jener am Knopf gefaßt hielt und auf den er sehr eifrig einredete, während der Beamte selber ein höchst bestürztes Gesicht machte, wohl mehr aus Beklommenheit wegen dieser durchlauchtigen Nähe seines Souveräns als aus irgendeinem andern Grunde.

»Ah, Monsieur Ermanns,« rief der Großherzog aus, als er den Polizeimann erblickte; und während er dem verlegenen Untersuchungsrichter sofort den Rücken wendete, fuhr er fort: »Kommen Sie herbei, erzählen Sie mir das – Sie haben den Mörder und der Mörder ist nicht dieser verfluchte Hammerschmied, auf den alles als auf den Schuldigen deutete...«

»So ist es, Hoheit,« versetzte Ermanns, mit tiefen Verbeugungen näher tretend.

»Und dieser Mensch, den Sie hier verborgen gefunden haben, ist der Sohn des Hauses – ein Herr von ... von...«

»Huckarde, Hoheit.«

»Huckarde—richtig!«

»Was in aller Welt hat diesen Bösewicht so tief heruntergebracht, daß er zum Meuchelmörder geworden ist?«

Ermanns zuckte die Achseln.

»Was den Menschen herunterbringt, Hoheit, das Elend!«

»Er hat frank und frei gestanden?«

»In der Tat, er hat alles eingestanden – er gesteht wie – ein Angeklagter der einen Henker neben und eine Folterbank hinter sich sieht, gerade so!«

»Was wollen Sie damit sagen, Ermann«?«

»Daß sein Geständnis etwas Höhnisches, Ironisches hat, etwas Erzwungenes – ich habe schuldige Verbrecher noch nicht so gestehen sehen!«

»Nun, es wird ihm der Hohn schon vergehen...«

»Der Hausmeister beteuert auf seinen Eid, daß Richard von Huckarde erst am heutigen Tage in die Burg gekommen, daß er früher gar nicht habe hineinkommen können,« schaltete hier schüchtern der Untersuchungsrichter ein.

Während Ermanns sich dem letztern zuwandte und auf dessen Mitteilung augenscheinlich Gewicht zu legen im Begriff war, rief Murat aus: »Der Hausmeister ist ein Mitschuldiger, den man, um sicher zu gehen, gut täte, ebenfalls zu hängen.«

»Es ist freilich sehr möglich,« bemerkte Ermanns, »daß der Mörder einen Zugang zu der Burg gefunden hat, ohne daß dieser Tropf von Hausmeister es merkte.«

»Nun, dem sei wie ihm wolle,« sagte Murat laut, »machen Sie kurzen Prozeß mit dem Schurken, meine Herren. Der Mörder gesteht, ich sehe nicht ein, weshalb nicht binnen wenig Tagen alle Förmlichkeiten erfüllt sein könnten. Ich wünsche das und hoffe innerhalb dieser Frist tut die Guillotine ihre Pflicht an diesem Huckarde!«

»Huckarde?!« rief hier eine wohllautende Frauenstimme erschrocken aus.

Alle wandten sich und erblickten auf der Schwelle der Tür des Saales, welche von des ermordeten Grafen Wohnzimmer herführte, eine kleine schwarzgekleidete schmächtige Dame, die jetzt eilig herantrat.

Es war die Gräfin von Epaville, die bei dem Großherzog am Morgen dieses Tages eine Audienz gehabt hatte und die er selber sich entschlossen nach der Rheider Burg zu geleiten, sowohl aus einer Art menschenfreundlicher Teilnahme für sie, wie in seinem Verlangen, sich dort nach dem Stande der Untersuchung zu erkundigen. Es war natürlich, daß Murat, der durch das Geschenk der Rheider Burg an den Grafen von Epaville unwillkürlich die erste Veranlassung zu dem Tode seines unglücklichen Günstlings geworden war, sich lebhaft für diese Untersuchung interessierte.

»Ew. Hoheit sprachen den Namen Huckarde aus?« rief jetzt Madame d'Epaville aus den Zimmern kommend, wo man sie allein gelassen hatte bei der Leiche ihres Mannes.

»So heißt der Mörder Ihres Gatten, Madame,« antwortete der Großherzog.

»Unmöglich, Hoheit!«

»Er ist der Tat geständig!«

»So ist dies nicht Richard von Huckarde, sondern ein anderer, der den Namen führt...«

»Er nennt sich Richard von Huckarde,« bemerkte Ermanns, »und wir haben die Identität seiner Person ermittelt.«

»Und der ist geständig, den Grafen ermordet zu haben?«

»Sie hören es, Madame.«

»Es ist unmöglich, Hoheit, ich wiederhole es. Ich kenne diesen Mann...«

»Sie kennen den Mörder?«

»Er ist nicht der Mörder,« versicherte die Gräfin, »wann ist mein armer Mann ermordet worden?«

»In der Nacht von vorgestern auf gestern!«

»Nun wohl, in der Nacht von vorgestern auf gestern habe ich neben dem Herrn von Huckarde in dem Postwagen gesessen, welcher von Arnheim nach Wesel fährt.«

» *Sacré mille tonnerres*, die Geschichte verwickelt sich!« rief hier Murat aus.

»Können Sie das eidlich zu Protokoll geben, Madame?« fragte Ermanns.

»Mit zehn Eiden, Monsieur,« beteuerte eifrig die kleine Gräfin.

»So sind wir allerdings auf einer ganz falschen Fährte,« bemerkte der Polizeibeamte.

»Das heißt,« fiel der Großherzog ein, »wenn Madame sich nicht in der Person irrt. Wo ist dieser Mensch?«

»Er wird unten von meinen Leuten bewacht,« versetzte der Polizeibeamte.

»Herauf mit ihm! Lassen Sie ihn heraufkommen; augenblicklich,« rief Murat. »Wir werden sehen, woran wir uns zu halten haben!«

Ermanns eilte hinaus, und nach wenigen Augenblicken vernahm man die Schritte mehrerer Männer im Korridor. Die eskortierenden Gendarmen blieben hier zurück; Ermanns trat mit Richard von Huckarde in den Saal.

Murat hatte unterdes der Gräfin einen Wink gegeben, sich in eine der tiefen Fensterbrüstungen zu stellen, wo sie den Blicken des Eintretenden verborgen war.

Der junge Mann machte dem Großherzoge eine ruhige und fast stolze Verbeugung, welche Murat nicht erwiderte.

»Sie haben den Grafen von Epaville ermordet?« sagte Murat wie drohend ihm entgegentretend.

»Ihre Beamten, Hoheit,« versetzte Richard mit einem fast höhnischen Lippenzucken, »haben in mir den Mörder erkannt.«

»Und Sie gestehen...«

Richard verbeugte sich.

Murat rief jetzt den Namen der Gräfin. Diese trat einen Schritt vor.

»Herr von Huckarde,« sagte sie, »was in aller Welt kann Sie bewegen...«

»Madame – Sie hier?!«

»Ich bin's, Herr von Huckarde – hier, zu Ihrem Glücke, Sie spielen ein verwegenes Spiel! Erklären Sie mir ...«

»Es war kein Spiel, Madame – es war mir bitterer Ernst!« sagte Richard zu Boden blickend.

»Dies ist in der Tat der Mensch, welcher Ihr Reisegenosse war in der Nacht, in welcher das Verbrechen begangen wurde, Frau Gräfin?« fragte jetzt Ermanns, da Murat schweigend und mit gerunzelter Stirn auf die Gruppe schaute.

»Von fünf Uhr abends, die ganze Nacht und den folgenden Tag hindurch ist er keinen Augenblick von meiner Seite gekommen,« antwortete die Gräfin.

»Was genau mit der Aussage des Hausmeisters stimmt, daß er erst heute morgen hier eingetroffen,« schaltete schüchtern der Untersuchungsrichter ein.

»Warum belogen Sie die Justiz, mein Herr?« fuhr hier Murat barsch den Gefangenen an.

»Hoheit – ich belog sie nicht, ich erfüllte nur den Wunsch derselben. Sie sah in mir einen Mörder –«

»Sie mußten einen Beweggrund haben zu Ihrem Benehmen.«

»Allerdings mehr als einen.«

»Und diese Gründe waren?« fuhr Murat fort.

»Nehmen Sie an, Hoheit, daß ich das Leben abwerfen wollte, weil das Leben für mich keinen Wert mehr hat.«

»Und was macht Sie so unglücklich?« fuhr Murat in seinem Verhöre fort.

»Ich bin verlassen und arm.«

»Aber ein Mann!«

»Ich glaube, das habe ich gezeigt.«

»Gezeigt, wieso? wann?«

»Ich habe mich Ihrer Guillotine ausgesetzt, um andere davon loszukaufen, die ich für unschuldig halte!«

»Behaupten Sie, die Ritterhausen seien unschuldig?«

»Ja, Hoheit.«

»Und was wissen Sie davon?«

»Ich kenne sie und ich habe diese Ueberzeugung.«

»Ach gehen Sie zum Teufel ... man wird sich viel kümmern um Ihre Ueberzeugung!«

Murat wandte sich ab. Er warf einen fragenden Blick in Ermanns Züge.

»Hoheit,« sagte dieser, »auch ich habe fast diese Ueberzeugung. Den Untergang des alten Huckarde hat uns dieser Herr, sein Sohn, sehr glaublich zu erklären gewußt, und was den Mord des Grafen von Epaville angeht, so ist auch in dieser Beziehung meine anfangs sehr feststehende Ueberzeugung wankend geworden.«

» *Sacré mille tonnerres* ...das junge Mädchen hat in meiner Gegenwart dem Grafen prophezeit, er werde hier umkommen!« fiel der Großherzog zornig ein, »Wenn das sie nicht verdächtig macht, so habt Ihr Herren von der Justiz eine andere Logik als ich!«

Ermanns widersprach nicht. Er blickte schweigend auf den Untersuchungsrichter.

»Aber meinethalb – vorausgesetzt, Ihr schafft mir den Deserteur herbei,« rief Murat ungeduldig mit dem Fuße stampfend aus. »Wozu bezahle ich Eure Spürhunde? Weshalb bringen sie ihn nicht herbei?«

»Wir haben denselben in den Musterrollen seines Regiments ermittelt. Nach den Angaben des Hausmeisters und der Sibylle Ritterhausen über sein Aeußeres muß es derselbe Mann sein, der unlängst aus Düsseldorf desertiert ist. Er war Sergeant und in Holland angeworben, aber deutscher Herkunft. Sein Name war Johannes Schwarz. So hat er ihn wenigstens eintragen lassen.«

»Da habt Ihr viel!« sagte der Großherzog mit verächtlichem Tone.

»Nun,« fuhr er dann fort, »Monsieur Ermanns, ich gebe Ihnen auf, diesem Herrn, der die Justiz belügt, eine Polizeistrafe zu diktieren. Untersuchen Sie weiter und vor allem, schaffen Sie mir den Deserteur herbei. Adieu ...Wenn es Ihnen gefällig ist, Madame,« wandte er sich dann an die Gräfin, »so bringe ich Sie jetzt zur Stadt zurück.«

»Hoheit haben zu befehlen,« versetzte Madame Henriette sich verbeugend, und der Großherzog reichte ihr den Arm, um sie zum Wagen zu führen.

Die Gräfin verschwand an seiner Seite aus dem Raume, jedoch nicht ohne Richard einen Blick voll Teilnahme zuzuwerfen.

Ermanns wandte sich nun zu diesem, »Sie haben Sr. Hoheit Worte gehört,« sagte er. »Ich bin dadurch gezwungen, Sie auf acht Tage in Polizeiarrest zu schicken. Folgen Sie mir!«

Er ging hinaus und gab draußen einem der harrenden Gendarmen den Befehl, Richard von Huckarde zum Polizeiarrest in der Hauptstadt abzuliefern. Dann kehrte er zum Untersuchungsrichter zurück, um sich mit diesem zu besprechen, Richard wurde die Treppe hinab und im aufwirbelnden Staub des großherzoglichen Cortége zu Fuß nach der Hauptstadt eskortiert. Der gedemütigte junge Mann, der wie ein Vagabund als Polizeiarrestant aus dem Hause seiner Väter abgeführt wurde, folgte in willenloser Niedergeschlagenheit.

Er schritt daher ohne des Wegs zu achten, den er geführt wurde, wie mechanisch Schritt auf Schritt den staubigen trocknen Boden der Straße tretend, die sich hügelauf und hügelab vor ihm dahinzog, bis er an seinem Ziele stand, ohne Bewußtsein, wie er es eigentlich erreicht, ohne klares Gefühl, was es ihm bedeute.

Er erwachte erst aus dieser Lethargie, als er sich inmitten einer seltsamen und unheimlichen Räumlichkeit wiederfand, die höchst melancholischer Art war. Es war eine große, sehr niedrige Kammer, an deren Decke jedes Haupt stieß, welche auf einem mit zuviel Schwungkraft in die Höhe geschossenen Körper saß. Die Fenster hatten mehr Aehnlichkeit mit den Oeffnungen, welche man zum Durchlaß von Licht und Luft in den Ställen der Pferde anbringt, als mit den Glasflächen, welche die Wohnungen sonnenbedürftiger Menschen erhellen. Obendrein waren sie mit eisernen Stangen versehen, über deren Zweckmäßigkeit zwischen denen, welche sich innerhalb dieses Raumes befanden und denen, welche draußen in der Freiheit einhergingen, gewiß eine bedeutende Meinungsverschiedenheit herrschte. Zur Bequemlichkeit der Bewohner waren am obern Ende Pritschen angebracht, schräg ansteigende Gerüste, die im Lauf der Jahre durch den Gebrauch eine so dunkle Tinte und eine so vollkommene, spiegelnde Glätte angenommen hatten, daß sie die Knauserei derer beschämen mußten, welche ein so zahlreich besuchtes öffentliches Lokal ohne polierte Möbel gelassen. Was die Wände anging, so waren sie bloße kalte Kalkwände; aber sicherlich waren sie nur in einem Geiste umsichtiger Humanität nicht mit Tapeten bekleidet; zu dem Ende nämlich, um den hier längere öder kürzere Zeit weilenden Gästen nicht die Gelegenheit zu rauben, auf einer gegebenen weißen Fläche dem Drange ihres schöpferischen Talentes und ihrer künstlerischen Anlagen nachzuhängen. In der Tat waren diese Wände benutzt worden zu einer ganz unzählbaren Menge von Uebungen in den zeichnenden Künsten. Alle diese Kohle-, Kreide- oder Bleistiftzeichnungen jedoch deuteten auf eine große Uebereinstimmung der Phantasie bei den darstellenden Künstlern, aber daneben auf eine große Verschiedenheit der Höhe, welche ihre artistische Ausbildung erlangt hatte. Denn was die Phantasie dieser polizeilich abgewandelten *Anch'io sono Pittore* angeht, so hatte dieselbe sich immer wieder zweierlei Arten von Stoffen zugewendet, wovon die erstere so war, daß sie ganz eigentlich Gegenstände für Behandlung in einem Raume mit geschlossenen Türen, *à huis clos*, umfaßte, und daß wir uns enthalten müssen, sie näher deutlich zu machen. Die andere Sorte von Künstlern hatte ein Motiv von mehr tragischer Art benutzt; es war die Darstellung eines hampelmannartigen Individuums, welches man an einen Galgen gehängt hat...ein Stoff, der in hundert verschiedenen Darstellungsversuchen wiederkehrte. Nur hier und dort zeigte sich, daß die Wandlungen der neuesten Zeit auch an diesem Raume nicht vorübergeschritten, ohne ihre Spuren zu hinterlassen. Es tauchte zur Abwechselung zwischen den Galgen eine Guillotine auf. Unzählige Massen von Namen bildeten die Arabeskeneinfassung zu diesen Schöpfungen bevorzugter Geister, die in diesem Saal eine kurze Spanne ihres irdischen Daseins verlebt hatten.

Richard wurde von dem Gendarmen, der ihn geleitet, und von dem Gefängniswärter, der ihn in Empfang genommen hatte, in diesen Raum geführt, wobei der Wärter nach einem forschenden Blick auf seine äußere Erscheinung ihm ankündigte, daß er ihm eine besondere Zelle noch vor Nacht einräumen wolle. Der Aufenthalt in dem großen Saal für alles eingefangene Gesindel sollte nur ein provisorischer sein, sagte beruhigend der Mann, der mit einer gewissen Teilnahme in die stolzen und düstern Züge des neuen Gastes blickte, welchen man für die nächsten acht Tage seiner Obhut übergeben hatte.

Richard verlangte, daß man ihm seinen Koffer aus dem Hause seines Freundes herbeischaffe. Als sich dann die Türen hinter ihm geschlossen hatten, wandelte er mit verschränkten Armen langsam in dem dunkeln Räume auf und ab. Er sah, daß er nur zwei Schicksalsgefährten hatte, zwei ländlich gekleidete Individuen, die nebeneinander auf der Pritsche saßen, und nachdem sie den neuen Ankömmling eine Weile neugierig betrachtet hatten, sich flüsternd zusammen unterhielten.

Eine Viertelstunde lang mochte Richard so hin und her geschritten sein, als die Ermüdung, welche er im Anfang nicht beachtet hatte und die nach all seinen Wanderungen am heutigen Tage sehr erklärlich war, ihn zwang, sich niederzulassen.

Er setzte sich auf eine Ecke der Pritsche, entfernt von den zwei flüsternden Männern.

Ohne auf ihr Gerede zu hören, vernahm er doch einzelne Worte ihres Zwiegesprächs, und plötzlich blickte er überrascht auf und beobachtete sie – er hatte den einen dieser Männer den Namen: Mamsell Ritterhausen aussprechen gehört.

Bei dieser plötzlichen Aufmerksamkeit des neuen Ankömmlings auf ihr Gespräch hörten beide zu reden auf und sahen Richard an.

Es war Abend geworden und in dem Polizeigefängnis zu dunkel, um das Aeußere der beiden im Hintergrunde hockenden Gesellen genau zu erkennen. Nur so viel nahm Richard wahr, daß der eine der zwei ein häßlicher Strolch mit einer plattgedrückten breiten Nase und einem auffallend großen Munde war. Der andere sah besser gekleidet und reputierlicher aus; seine Züge schienen feiner und bleicher, als man sie bei Landleuten zu finden pflegt, und seine Augen leuchteten eigentümlich hell und lebendig durch die Dämmerung. In Richard tauchte eine Erinnerung auf... es war ihm, als habe er diesen Menschen mit den leuchtenden Augen schon früher gesehen; er wühlte in seinem Gedächtnis und dabei kam ihm bald der Umstand zu Hilfe, daß die zwei Gefangenen jetzt wieder ihre Unterhaltung begannen und daß die Stimme des Mannes mit bekannten, wenn auch lange nicht vernommenen und aus seinen fernen Kinderjahren herüberklingenden Tönen sein Ohr berührte.

»Berend,« sagte er plötzlich laut und sich ihm zuwendend »seid Ihr es nicht – der Spielberend?«

»Spielberend heiße ich bei den Leuten, wenn ich mich auch nicht so schreibe, Herr,« antwortete der Mann; »und der hier neben mir sitzt,« fügte er hinzu, »das ist der Lügenschuster Matthias von Hebborn, wenn Ihr den kennt. Und da wir so daran sind, Bekanntschaft zu machen, wer seid Ihr denn, Herr?«

»Spielberend,« wiederholte Richard, »also Ihr wandelt noch immer umher mit Eurer Geige und jagt den Kindern Furcht ein, wie Ihr es mir einst getan habt – wie oft! Nun, das ist vorüber, und ich will Euch gern sagen, wer ich bin,« setzte er trübe lächelnd hinzu, »denn Furcht habe ich keine mehr vor Euch wie damals, als ich Reißaus nahm, sobald Ihr den Bergweg heraufgeschlendert kamt mit Euerm Geigensack, von dem wir Kinder glaubten, daß neben der Geige irgendein kleiner Teufel darin stecke. Ich bin Richard von Huckarde!«

Die beiden Männer stießen gleichzeitig einen Ruf der Verwunderung aus und fuhren von ihren Plätzen empor, um an Richard heranzutreten und ihm die Hand zu schütteln und ihn mit ihren Fragen zu umdrängen, woher er komme, welches Schicksal ihn in der Fremde getroffen und wie er nun gar an diesen Ort geraten!

Richard gab kurze Auskunft, soviel ihm gut schien.

»Aber daß ein solcher feiner Herr hierher gebracht wird!« rief der Schuster aus ... »denn wenn's auch keine Schande just nicht ist, es kann ja auch einem ehrlichen Kerl passieren, wie dem Berend und mir, bloß weil sie jetzt allerhand neue Gewerbegesetze und Polizeiverordnungen machen, von denen in der guten alten Zeit niemand nichts wußte und womit sie jetzt die Leute drangsalieren, so daß man, ehe man sich's versieht, eingespunnt sitzt und kommt in Verlust und Schaden und verliert seine Kundschaft, die man acht oder gar vierzehn Tage lang nicht bedienen kann, und das um weiter nichts, als weil man's nicht richtig gemacht hat mit dem Maire und dem Receveur, und was da nun alles einem armen Teufel an seine paar sauer verdienten Stüber will; und darum sage ich, eine Schande ist's just nicht in der heutigen Zeit, aber verwundern tut es einen doch, von einem feinen vornehmen Herrn...«

Richard hielt es nicht für nötig, den Lügenschuster diesen langen Satz zu Ende führen zu lassen; er unterbrach ihn mit den an Spielberend gerichteten Worten: »Es verlohnt nicht der Mühe, davon zu reden, wie ich hierher gekommen bin; Ihr könnt immerhin annehmen, daß an meinen Pässen und Papieren etwas gefehlt habe – sagt mir, was Ihr vorhin von Mamsell Ritterhausen sprachet.«

»Ich weiß nicht, Herr,« versetzte Spielberend »ob Ihr von allem unterrichtet seid, was in den letzten Tagen vorgegangen ist in dem Hause, welches einst das Eurige war...«

»Ich weiß alles, Berend, darum redet!«

»Nun seht, so wißt Ihr auch, daß Herr Ritterhausen, und seine Tochter in Verdacht sind, und daß diese Franzosen sich in den Kopf gesetzt haben, von dem Rheider Hammer aus müßte der Streich geführt worden sein, der den fremden Grafen aus der Welt geschafft hat.«

»Ich weiß es, Berend. Was weiter?«

»Nun, weiter sagt' ich nichts zu meinem Freunde, dem Lügenschuster hier, als daß die Franzosen gar dumm sind: denn wären sie nicht dumm, so hätten sie längst sich gesagt, daß ein Mann ist im Lande der Berge, der mehr weiß und mehr sieht als sie alle miteinander, und sie wären gekommen und hätten den Mann gefragt, und er würde ihnen gesagt haben, was für ein Messer das gewesen ist, das den toten Grafen kalt gemacht hat. Auf dem Rheider Hammer ist es nicht geschmiedet, das Messer, das versichere ich Euch, Herr!«

»Ihr versichert es, Berend ...und da Ihr jawohl selber der Mann seid, von dem Ihr sagt, daß er mehr weiß und sieht als andere Leute, so hoffe ich, Ihr haltet gegen mich nicht hinter dem Berge mit dem, was Ihr von der Sache erfahren habt.«

»Erfahren? Nun, wenn Ihr's erfahren nennen wollt, Herr, so bin ich damit zufrieden, weil Ihr es seid, Richard von Huckarde, den ich von klein auf gekannt habe, und der, wenn er auch von Natur und Rechts wegen ein vornehmer Herr ist, doch niemals stolz war gegen unsereinen, und auch heute noch nicht – besonders,« setzte Spielberend mit listigem Augenblinzeln hinzu, »wo man so gemütlich mit ihm zusammen ist wie hier in dieser angenehmen Gesellschaft, zu der uns die Herren Franzosen zusammen geladen haben! Und so sage ich Euch, Herr, daß ich etwas davon erfahren habe. Denn es ist in der Nacht passiert, und wenn ich auch nicht dabei gewesen, Gott bewahre meine Seele, so weiß ich doch, wie es ist zugegangen, und wie der Deserteur aus seinem Versteck, das die Mamsell Ritterhausen ihm gewiesen hatte, ist hervorgekommen und ist an des Grafen Bett getreten und hat davor gestanden und hat ihn betrachtet, wie er dagelegen in seinem Schlaf, und der Deserteur hat dabei allerlei böse Gedanken gehabt in seinem tückischen Kopf. Denn die beiden, müßt Ihr wissen, Herr, waren alte Bekannte, der Deserteur und der Graf, und hatten schon einmal miteinander zu tun gehabt, um ein Weibsbild, mein' ich, ist es gewesen, oder welchen Span sie sonst miteinander mögen gehabt haben. Wie nun der Deserteur so dasteht und denkt, soll ich jetzt dich kalt machen oder soll ich es nicht, da wacht plötzlich der Graf auf. Und weil er ein Licht hat vor seinem Bette brennen lassen, erkennt er den Johannes – Johannes Selke hieß der Mann mit seinem richtigen Namen – erkennt er gleich sein Gesicht, und da hat er einen Todesschreck bekommen und hat nach einem Messer oder Dolch, den er auf seinem Tischlein vor dem Bett liegen gehabt, gegriffen, und ist aufgesprungen und hat dem Selke das in den Hals stoßen wollen. Der Selke aber nicht faul, faßt des Grafen Arm, und nun ringen sie und der Selke erhält mit dem Messer eins in die Rippen, bekommt aber gleich darauf das Messer zu packen und sticht den Grafen damit in die Brust, daß er rücklings überstürzt auf sein Bett zurück. Und da faßt der Selke ihn an die Gurgel und stranguliert ihn mit der Faust, bis er hin ist und kaput!«

»Und der Mörder?« rief hier Richard, der atemlos vor Spannung dieser Erzählung gelauscht hatte, aus.

»Der Johannes? Der macht sich sacht sogleich aus dem Staube, hinten zum Turm hinaus, wo er die Tür leichtlich von innen aufmachen kann; denn das Schloß schließt schon lange nicht mehr und es ist nur ein alter Riegel noch da…«

»Und alles das, Berend,« fiel Richard ein, »wollt Ihr erfahren haben durch Eure Spukseherei?«

Der Lügenschuster lachte hier.

»Spukseherei!« sagte er. »Wollte Gott, es wäre bloßer Spuk gewesen!«

Berend schwieg. »Um des Himmels willen, Mensch, woher habt Ihr dies alles,« fuhr Richard den Spielmann noch einmal an, »und wenn Ihr es wißt, daß der Mörder und sein Opfer seit früher Feinde waren, weshalb gebt Ihr es dem Gerichte nicht an?«

Spielberend wandte sich ab.

»Alles zu seiner Zeit, Herr,« sagt« er. »Erst sollen sie mich loslassen aus dieser Prison, und dann…«

»Dann?«

»Dann will ich sehen, ob es so weit ist!«

»So weit – wie weit? Wohin wollt Ihr es kommen lassen? Bis die Ritterhausen schimpflich verurteilt sind und vor der ganzen Welt als Mörder dastehen?«

»Es wird ihnen nicht gleich an den Kragen gehen, Herr.« versetzte Berend, »und dem Herrn Ritterhausen schadet's vielleicht auch nicht, wenn sie ihn ein wenig drangsalieren – ich denke mir, er wird davon etwas höflicher und demütiger werden, als seine Manieren nun sind.«

»Berend,« fuhr Richard zu sprechen fort, »Ihr habt ein paar Männer vor Euch, glaub' ich?«

»Das soll heißen, Herr?« fragte der Spielmann.

»Männer,« versetzte Richard, »und keine Kinder, die sich Märchen aufbinden lassen. Oder meint Ihr, der Schuster Matthias hier glaube Euch, wenn Ihr sagt, Ihr hättet alles das, was Ihr erzählet, durch Euer zweites Gesicht, Eure Spukseherei erfahren?«

»Das glaubt der Schuster von Hebborn nicht,« sagte Matthias spöttisch.

»Und daß ich es nicht glaube, davon werdet Ihr, denk' ich, selber überzeugt sein, ohne daß ich's Euch lange sage! Also, Berend, rückt heraus damit! Gebt es offen an: woher habt Ihr das, was Ihr wißt.«

»Was ich weiß?« antwortete der Spielmann. »Weiß ich denn etwas? Ihr glaubt mir ja, nicht, sagt Ihr. Du nicht, Lügenschuster, und Ihr nicht, Herr von Huckarde. Warum redet Ihr denn von dem, was ich weiß?«

»Weil Ihr das, was Ihr erzähltet, mit dem Tone bei Wahrheit vortrugt. Weil es Euch selbst grauste bei dieser nächtlichen Szene voll Grausamkeit, Mord und Blut, die Ihr schildertet. Weil Eure Augen dabei sprachen wie Euer Mund. Und darum sprecht, sprecht, woher wißt Ihr es?«

»Nun,« sagte Spielberend, und dabei lachte er in ziemlich roher Weise laut auf, »ich weiß es aus der besten Quelle!«

»Das heißt von dem Elenden…dem Mörder?«

Spielberend nickte bloß

»Vom Johannes? Von dem Mörder? Und der hätte sich also nicht geflüchtet – den hättet Ihr nach der Tat noch gesprochen?«

»So ist es,« sagte Spielberend. »Der Johannes ist ein seltsamer Kauz und wenn man ihn reden hört, denkt man nicht daran, was er getan hat, sondern man denkt, er ist doch ein armer Schelm, der viel Unglück gehabt hat und viel Unrecht gelitten, und was er begangen, das kommt einem dann so natürlich vor, als könnte er trotz alledem von Stund' auf doch noch in den Himmel kommen und einfahren in die ewige Seligkeit. Nun, Gott wird's am besten wissen, wo er ihn hintut, und vielleicht ist das jetzt, wo wir davon reden, schon fertig und abgemacht, denn ich glaube, Herr, er ist tot.« »Er ist tot? An der Wunde, welche er erhalten?«

»An der Wunde. Es war keine Kleinigkeit, Herr, es war ein schlimmer Stoß, den er bekommen, so recht in die linke Flanke hinein; und als ich mit dem Manne sprach, da, glaube ich, war er dabei, sich innerlich zu verbluten.«

»Und wo spracht Ihr ihn, Berend?«

»Ja seht, Herr, es kam so. Es war gestern morgen, in der Frühe, wo die Leute noch am Dreschen sind, und noch keine Seele nicht draußen ist auf den Feldern und Aeckern, denn die Pferde fressen ihren Morgenhafer und unter den Kühen sitzen die Mägde in den Ställen und melken. Da gehe ich geruhig vom Hause aus, durch die Dornberger Wiesen; ich wollte nach Hilleswagen, wo gestern Kirmes war und wo ich aufspielen sollte und wo ich auch aufgespielt habe mit meiner Geige, bis daß die Gendarmen kamen und nach meinem Gewerbeschein fragten und mich hierher in die Prison brachten. Nun also, wie ich so durch die Dornberger Wiesen gehe und komme an die rote Heuscheuer, die mitten drin auf dem kleinen Bühel liegt – wenn Ihr die Gegend kennt, Herr – da höre ich ein wunderlich Gestöhne und Geseufze darin, in der Scheuer, und so gehe ich näher und lege mein Ohr an die Wand und nun höre ich richtig eine Menschenstimme drin seufzen und jammern, daß ich denke, es liege irgendein Zigeunerweib drinnen im Heu, die sich just anstrengt, der Welt ein funkelnagelneues Strölchlein zu schenken. So gehe ich um die rote Scheuer herum bis auf die Seite, wo die Tür ist, und stecke meinen Kopf hinein, und da höre ich sagen: Wer ist da? Ist da jemand? Ich denke, die Stimme kennst du, und so gehe ich näher, und da finde ich in das Heu eingewühlt meinen Deserteur, den Johannes, mit einem Gesicht so bleich wie der Tod...«

»Kanntet Ihr ihn denn?« unterbrach hier Richard die Erzählung.

»Freilich kannt’ ich ihn; er hatte sich schon früher, dazumal, wie er von den Soldaten weggelaufen war, an mich gehängt und hatte partout von mir einen Rat haben wollen, wo er bleibe und sich verstecke, denn über die Grenze, ins Preußische hinein, wollte er nicht, da kannten sie ihn wohl schon von früher her, und er mochte vor dem Willkomm bange sein, den er drüben finden werde. Also da finde ich ihn in das Heu versteckt und mit einem Gesicht guckt er mich an, nun, ich kann es Euch nicht sagen, wie; denn Ihr, Herr, kennt solche Gesichter nicht: aber ich, ich kenne sie und habe mehr damit zu tun, wenn auch just nicht bei Tage und hellem Sonnenlicht. Und so sage ich: Was, seid Ihr es, Johannes? Und wie kommt Ihr hierher, in die rote Scheuer, mit Euerm Gestöhn?

»Er aber sagte nichts als: Holt mir Wasser, Spielmann, holt mir Wasser, ich bitte Euch um Gottes willen.«

»Wasser?« – darum habt keine Sorge, wenn es auch ein bißchen braun ist und nach Torf schmeckt in den Wiesengraben, sage ich, und so gehe ich und hole ihm Wasser in meinem Hut. Das trinkt er in sich hinein wie ein Sandhügel, sag’ ich Euch, Herr; und dann frag’ ich: Aber nun redet, Johannes, was stöhnt Ihr und was ist Euch widerfahren?

»Ich habe den Tod in den Eingeweiden,« sagt er – »der Graf von Epaville hat’s mir angetan, da seht her« – und so zeigt er seine Seite, und ich versichere Euch, Herr, sie sah übel aus!

»Johannes, sag’ ich, ich will ins nächste Dorf gehn, zum Vorsteher, daß er Euch holen läßt und daß Euch ein Doktor oder Feldscher in die Kur bekommt. Aber er will nichts davon hören; laßt mir den Doktor und den Vorsteher weg, stöhnt er, die können mir doch nichts mehr helfen, ich will nichts von ihnen wissen. Bleibt Ihr bei mir, Spielmann, und holt mir noch einmal Wasser.

»So ging ich abermals ihm Wasser holen, und danach mußt ich bei ihm im Heu sitzen und da hat er mir alles erzählt, ganz der Reihe nach; und wie ich’s Euch vorhin gesagt habe, daß es gekommen ist. Auch daß er eigentlich Johannes Selke heiße und schon früher allerlei auslaufen lassen, was nicht wohlgefällig macht bei Gott und den Menschen. Schwarz hat er sich genannt gehabt in der Regimentsliste, aber von Hause aus hat er Selke geheißen. Zwei, drei Stunden habe ich bei ihm gesessen, und es ist nicht besser und auch nicht viel schlimmer mit ihm geworden; und so kommt endlich ein Schäfer mit seinen Schafen in die Wiesen bei der roten Scheuer und dem habe ich gewinkt und habe ihm gesagt, wie daß ein Mann auf den Tod läge in dem Heu und daß er nach ihm sehen solle; und der Schäfer ist auch hineingegangen und hat ihn gleich besser verbunden, als er selbst und ich es verstanden. Und dann habe ich es dem Johannes versprochen, daß ich den Abend desselbigen Weges zurück daherkommen wollte und nach ihm sehen würde. Und so bin ich endlich weiter gegangen, meinem Geschäft nach, gen Hilleswagen; für das Wiederkommen aber haben die Gendarmen gesorgt, die mich mitgenommen haben, hierher – und nun wißt Ihr alles. Aber vor den Gerichten sage ich nichts aus, bis ich wieder frei bin und sehen kann, ob der Mann tot ist. Daß ich gehen und ihn bei Gericht angeben sollte, dazu hat der Johannes mir's nicht erzählt!«

Richard von Huckarde schwieg nach dieser Erzählung des Spielmanns. Er hatte während derselben seinen Entschluß gefaßt.

Als nach einer Weile der Gefängniswärter kam, um ihm ein anderes Lokal, eine Zelle für ihn allein, anzuweisen, drückte er diesem ein Geldstück in die Hand und bat ihn, ihm Schreibzeug und Papier und Licht zu bringen. Der Mann verschaffte ihm das Gewünschte augenblicklich, da es nicht gegen das Reglement eines Polizeigefängnisses verstieß, und Richard setzte sich auf seinen Strohstuhl, um sofort einen langen Brief an die Gräfin von Epaville zu schreiben.

Die Gräfin erhielt noch an demselben Abend den Brief Richards. Mit der Enthüllung, daß der Deserteur Johannes Selke heiße, ward der Mord ihres Gatten alles Rätselhaften für sie entkleidet. Sie wußte, daß dieser Mensch ihm den Tod geschworen, weil Graf Antoine vor Jahren, als er sich am Hofe seines Oheims, des Herzogs von Anglure, aufhielt, den bittersten Haß des Mörders sich zugezogen hatte.

Vierzehntes Kapitel
Eine Hofgesellschaft

Großherzog Murat hatte seinen Hof um sich versammelt. Seine Offiziere, Beamten, Diplomaten, Hofchargen, Leute, die aus den verschiedensten Enden der Welt zusammengewürfelt waren und die mannigfaltigsten Physiognomien zeigten – den deutsch-sächsischen und den rheinländisch-fränkischen Typus, den der Franzosen und den des Sohnes des südlichen Gallien, der mit dem spitzen Schädel, den dunkeln mandelförmigen Augen und dem gelben Teint sein Anrecht auf die Abstammung von den alten keltisch-gallischen Stämmen dartut – sie füllten die Säle des am Ende des Hofgartens bei Düsseldorf liegenden kleinen Schlosses »Der Jägerhof«. Man spielte, man machte Konversation – und dies ziemlich laut für eine Hofgesellschaft, oder man machte den Damen den Hof, und dies noch lauter und ungenierter. Murat hatte von Jugend auf die Gewohnheiten des Feldlagers zu sehr in sich aufgenommen, um nicht etwas davon an seinen improvisierten Hof zu bringen. Wie sein kaiserlicher Schwager aus den zurückgebliebenen Elementen der alten hohen Aristokratie den Kern einer neuen Hofgesellschaft um sich zu versammeln und diese mit einer neuen strengen Etikette zu umgeben – dazu hatte er weder die Lust noch auch die Möglichkeit, denn er fand jene Elemente gar nicht vor; sein neuer Herrschersitz hatte stets nur sehr wenig davon besessen. Was etwa davon heute um ihn versammelt war – die hervorragendste Gestalt darunter war jedenfalls sein Minister Nesselrode – das war höchst eifrig beflissen, seine »steifen« deutschen Manieren zu verstecken und in den ausgelassenen französischen Ton einzustimmen, um an den Tag zu legen, daß, wenn man auch nicht zu dem bevorrechteten glorreichen Volke der Franzosen gehöre, sondern leider nur ein Deutscher sei, man doch wenigstens verdiene, die Ehre zu haben, der großen Nation anzugehören! Wer Zeuge war, mit welchem Eifer die Bewohner und namentlich die höhern Klassen der zu den politischen Schöpfungen Napoleons, wie das Königreich Westfalen oder das Großherzogtum Berg, geschlagenen Lande beflissen waren, sich zu verfranzösieren – der mußte zu der Ueberzeugung gelangen, daß, wären es Deutsche gewesen, die unser Herrgott in alle Länder der Welt zerstreut, wie er die Juden zerstreut hat, es um das Deutschtum heute schlecht aussähe. Allen möglichen fremden Nationen unterworfen, von ihnen gedrückt und verachtet, würden wir Deutsche sicher längst alles das abgeschworen haben, was die Juden sich mit achtungswertem Volksbewußtsein bis auf diese Stunde nicht haben rauben lassen, ihre Sprache, ihre Sitten, ihren Glauben, und ihren Gottesdienst ... wir Deutschen, fürchten wir, hätten das alles längst abgeschworen, wir hätten uns das blonde Haar gefärbt und unsere Sprache würde nur noch aus alten verschollenen Urkunden den Gelehrten bekannt sein!

Daß in den strahlend hellerleuchteten Sälen des Jägerhofs kein deutsches Wort laut wurde, brauchen wir nicht zu erwähnen. Die Herren in den glänzenden Uniformen debütierten ihre Fleuretten, ihre Bonmots und ihre Zweideutigkeiten auf französisch, und die Damen in ihren weitausgeschnittenen, engen, kurzen Roben erwiderten sie in demselben Idiom ... es war bewundernswürdig, wie schnell sie es gelernt hatten!

In einem der letzten Zimmer der Reihe, einem großen Kabinett, stand der Spieltisch des Großherzogs. Graf Beugnot, dessen Gemahlin und der Graf Nesselrode bildeten die Partie des glücklichen Soldaten, der in dem Schloß der bergischen Herzoge als Souverän gebot.

Während Beugnot die Karten mischte, erzählte Murat von seiner Fahrt in Gesellschaft der Gräfin von Epaville nach der Rheider Burg, und dann schilderte er sehr lebhaft, wie er am Morgen die Dame zuerst empfangen, wie er natürlich geglaubt, es sei eine Schwester des Ermordeten, wie er sie als solche angeredet, und wie er dann Mühe gehabt, sie zu beruhigen, als sie auf diese Weise erfahren, daß der Graf von Epaville den Garçon gespielt und seine treue Gattin in der Ferne vollständig verleugnet habe.

Er lachte herzlich bei dem Gedanken an diese Szene und sagte: »Der Zorn über den Ungetreuen hatte von diesem Augenblicke an die kleine Frau auf wunderbare Weise über ihren Verlust getröstet. Ihre Tränen waren plötzlich getrocknet, und ich sah zu meinem Verdruß, daß mir die Aufgabe, die hübsche Witwe zu trösten, viel zu leicht gemacht worden!«

»Es muß das,« bemerkte Nesselrode, »aber auch für ein treues Frauenherz eine höchst bittere Erfahrung sein! Was würden Sie tun,« wandte er sich an seine Partnerin, die Gräfin Beugnot, »wenn Sie so etwas von Beugnot hörten, gnädigste Gräfin?«

»Daß er den Junggesellen spielte? Ich würde ihn bitten, nun auch in der Rolle zu bleiben und nie mehr – nie mehr sich einfallen zu lassen, den Ehemann zu spielen!«

Die Herren lachten.

»Was wird die kleine Frau nun beginnen?« fragte Nesselrode. »Wird sie hier bleiben oder ihr Hoflager in ihrer Burg aufschlagen?«

»Ich weiß es nicht,« versetzte Murat. »Als sie ihr Schloß in Augenschein genommen, fand sie die Besitzung etwas melancholisch, aber die Lage scharmant. Wir fanden dort einen Monsieur de Huckarde, den Ermanns für den Mörder des Grafen gehalten hatte – der Mensch hatte auch die absurde Marotte, sich zu der Tat zu bekennen – er hatte die kindische Vorstellung von unserer Justiz, sie werde sich dadurch auf die unrichtige Fährte bringen lassen. Zu meiner Ueberraschung aber waren Madame d'Epaville und dieser Monsieur de Huckarde alte Bekannte, gute Freunde… und auf der Rückfahrt in die Stadt entwickelte die kleine Dame eine große Beredsamkeit, um mir die Liebenswürdigkeit dieses Herrn – den ich, nebenbei gesagt, für seine Lüge ins Polizeigefängnis geschickt habe – zu schildern. Sie wußte nicht aufzuhören von dem, was er gesagt und getan während einer langen Reise, welche sie mit ihm gemacht haben wollte …ich glaube fast, sie hatte große Lust, mit ihm das Duett aus Don Giovanni aufzuführen: *Là ci darem la mano!*«

»Nur mit dem Unterschiede, daß hier es Zerlina ist, die das Schloß in der Nähe hat,« fiel Beugnot ein.

»Erinnern sich Eure Hoheit,« nahm Nesselrode das Wort, »der Unglücksweissagung, welche das junge Mädchen neulich dem Grafen Epaville machte?«

»Sicherlich …was ist damit?«

»Der Umstand, welcher anfangs so gravierend für die Ritterhausen schien, ist mir heute aufgeklärt worden. Man hat mir erzählt, baß unser Landesprophet, ein wandernder Geiger, der nebenbei den Geisterseher spielt, schon seit längerer Zeit die Weissagung machte, es werde aus der Rheider Burg ein Sarg, mit fürstlichem Wappen daran, fortgetragen werden.«

»In der Tat?« fragte Murat überrascht. »Weshalb hat man dann den Menschen nicht mit in die Untersuchung gezogen?«

»Was würde es gefruchtet haben? Man muß sich hüten, Schlüsse daraus zu ziehen. Dieser vagabundierende Geisterseher ist ein Prahler, ein Aufschneider, der sehr gut die abergläubische Scheu auszubeuten weiß, welche bei seinem Anblick die Gemüter des Landvolks erfüllt. An vielen haarsträubenden Geschichten, deren Mittelpunkt er sein soll, ist er dagegen sicherlich unschuldig; sie sind von ländlichen Freigeistern erfunden, um ihn zu verspotten. Es gibt namentlich eine höchst pittoreske darunter, die ihn nachts im Mondenschein im Bereiche eines Kirchhofs auf einem Leichensteine sitzen läßt, seiner Geige tolle, wilde Tanzmelodien entlockend, wozu die Toten rund um ihn her ausgelassene Reigen und Tänze aufführen, bis der erste Hahnenschrei dem tollen Spuk ein Ende macht. Ganz unbestreitbar gewiß ist jedoch, daß dieser Mensch, in einer nicht geringen Anzahl von Fällen, Tatsachen von Erheblichkeit vorausgesagt hat, welche genau so, wie er sie beschrieben, wirklich eingetreten sind.«

»Erzählen Sie uns das,« fiel hier die Gräfin Beugnot mit einem ungläubigen Lächeln ein.

»Nun,« sagte Nesselrode, »eine dieser Tatsachen scheint eben vorzuliegen. Es wird von mehreren Leuten versichert, daß unser Prophet, dessen volkstümlicher Name der Spielberend ist, den Sarg mit fürstlichen Wappen, feierlich von Militär und Herren in gestickten Uniformen begleitet, aus dem Portal der Rheider Burg hat tragen sehen; und Sie werden nicht in Abrede stellen, daß dies, Schauspiel am morgenden Tage in Wahrheit und Wirklichkeit dort statthaben wird – an den Sarg des Grafen von Epaville gehören die Wappen des Hauses Anglure.«

Es entstand jetzt eine lebhafte Debatte über Möglichkeit und Wahrheit solcher Geschichten, die von Beugnot und seiner Gattin geleugnet, von Murat und Nesselrode behauptet wurde.

Beugnot war ein witziger sarkastischer Kopf; er war ein glücklicher Erfinder von Bonmots oder glänzenden Phrasen – er war es auch, an den man viele Jahre später bei der Rückkunft der Bourbonen nach Frankreich sich wendete – Ludwig XVIII, mußte in diesem großen Augenblick, beim Wiederbetreten des französischen Bodens, ein schönes geistreiches Wort sagen, und deshalb nahm man seine Zuflucht zu Beugnot, der dann jenes: *»Il n'y a rien de Changé, il n'y a qu'un Français de plus«* vorschlug, welches darauf der Moniteur als des Königs Ausruf in jenem denkwürdigen Moment in alle Welt verkündete. An Gespenster aber glaubte Beugnot nicht, Murat jedoch setzte den Behauptungen Nesselrodes keinen völligen Unglauben entgegen, obwohl der kirchliche Glaube der Generation und der Zeit, welcher er angehörte, ganz und gar abhanden gekommen war. Er war Soldat, und der Soldat ist abergläubisch. Jene ganze kriegerische Epoche war es. Man weiß, wie zu derselben Zeit die Lenormand einen europäischen Ruf hatte und wie alle Welt von der Krone zu erzählen wußte, welche eine Zigeunerin der jungen Josefine Tascher de la Pagerie versprochen.

Während des lebhaften Gesprächs, welches sich über diesen Gegenstand entsponnen hatte, trat einer der Offizianten hinter den Stuhl des Großherzogs und machte ihm flüsternd eine Meldung, welche Murat aufmerksam anhörte.

»Was kann sie wollen, so spät noch?« rief er dann aus, »führen Sie sie ins Nebenzimmer; ich komme!«

Und aufstehend, während der Offiziant sich entfernte, sagte er zur Gräfin Beugnot gewendet: »Verzeihung, Madame – für wenige Augenblicke. Duhamel kann unterdes meine Karten nehmen!«

Er winkte einem jungen Mann in Marineuniform, den er in der Tür des Kabinetts erscheinen sah, und übergab ihm seine Karten; dann verließ er das Gemach durch eine Tapetentür, welche ein herbeispringender Lakai vor ihm öffnete.

Die Tapetentür führte in einen kleinen runden, nur matt erhellten Salon, in welchem sich in diesem Augenblicke niemand befand. – Als Murat über die Schwelle trat, öffnete sich ihm gegenüber eine Flügeltür und in ihrer seidenen Trauerrobe, im Mützchen von schwarzem Krepp, schwebte graziösen Ganges die Gräfin von Epaville herein. Ihre Züge waren leicht gerötet, sie war augenscheinlich sehr erregt und während der Großherzog ihr entgegentrat, um sie an der Hand zu einem seitwärts stehenden Diwan zu führen, bat sie inständig für den Frevel um Vergebung, daß sie in so später Stunde die Hoheit zu belästigen sich erdreiste.

»Und was ist es, was mir dies Vergnügen verschafft, Madame?« fragte Murat sie unterbrechend.

»Hoheit,« versetzte sie, »ich komme Ihnen anzuzeigen, daß ich im Besitze des Schlüssels zu dem Geheimnis der ganzen schrecklichen Begebenheit bin, welche mir so plötzlich und vor der Zeit meinen Gatten entrissen hat...«

»Wie,« fiel der Großherzog lebhaft ein, »Sie hätten den Urheber des Verbrechen«...

»Ich habe ihn entdeckt, Hoheit, und wenn keine Zögerung eintritt, so ist es möglich, noch von den eigenen Lippen des Mörders das Geständnis seines Verbrechens zu erhalten.«

»Erzählen Sie mir das, Madame!«

»Vor allen Dingen bitte ich Ew. Hoheit, daß dieselben geruhen wollen, den Polizeibeamten, welcher mit der Untersuchung der Sache beauftragt ist, herzubescheiden ...es ist Eile notwendig!«

»Das soll geschehen, Madame!«

Er erhob sich, um eine neben der Flügeltür hängende Klingel zu ziehen; gleich darauf trat ein Kammerlakai ein, dem der Großherzog den Befehl erteilte, sofort Monsieur Ermanns herbeizuschaffen.

»Und nun?« wandte sich Murat an die kleine Dame, nachdem der Lakai verschwunden war.

»Nun könnte ich Eure Hoheit eine lange, sehr lange Geschichte erzählen, wenn ich nicht befürchten müßte...«

»Erzählen Sie immerhin – wenn diese Geschichte Sie betrifft, so ist ihr meine lebhafte Teilnahme von vornherein, gewonnen.«

»Nicht mich, und doch auch wieder mich,« versetzte die Gräfin mit einem schmerzlichen Lächeln. »Vielleicht ist Ihnen bekannt, Hoheit, daß ich mit meinem verstorbenen Gemahl eine Zeitlang am Hofe seines Verwandten, des Herzogs von Anglure, in Westfalen lebte. Nun wohl, an diesem Hofe mangelte es meinem Manne durchaus an einer passenden Beschäftigung; der Herzog, statt einem so nahen Verwandten zu vertrauen, ihm einen Einblick in seine Verhältnisse, eine tätige Teilnahme an seinen Geschäften zu verstatten, überließ ihn völlig sich selber, und diese schädliche Muße verführte ihn dazu, Bekanntschaften anzuknüpfen, welche seiner nicht würdig waren. So machte er unter anderm einem jungen Mädchen in untergeordneter Dienststellung den Hof...«

Murat nickte lächelnd.

»Wir kannten ihn von der Seite,« sagte er, »obwohl es ihm hier an Dienstgeschäften gar nicht fehlte!«

»Das junge Mädchen aber,« fuhr die Gräfin fort, »hatte ein eigentümliches Verhältnis zu einem verwegenen, in der ganzen Gegend gefürchteten Menschen. Diesen Menschen, der ein Schmuggler, Wilddieb, Vagabund, was weiß ich alles, war, hatte das unglückliche Geschöpf eines Tages bei einem einsamen Gange durch den Wald schwerverwundet liegen gefunden; sie war ihm zu Hilfe gekommen, hatte sein ausströmendes Blut gestillt, seine Wunde verbunden, ihn erquickt – kurz der Schmuggler hatte annehmen dürfen, daß sie ihm das Leben gerettet, und von diesem Augenblicke an war sie der Gegenstand einer eigentümlichen Verehrung für denselben geworden, die sich zwar, wie es scheint, scheu in der Ferne hielt, denn unter Menschen durfte der Verbrecher sich nicht sehen lassen; aber er muß nicht minder darum seine Schöne stets im Auge gehalten haben, und gewiß ist, daß er Mittel fand, sie fortwährend zu überwachen...«

»Ich begreife,« fiel hier Murat ein, »dieser dankbare und eifersüchtige Sohn des Waldes nahm die Aufmerksamkeiten übel, welche bei Graf von Epaville seiner jungen Schönen widmete!«

»So ist es, Hoheit; und er stieß zum Unglück eines Tages mit meinem verstorbenen Gatten zusammen in einer Weise, über die ich niemals genau unterrichtet worden bin, und mich auch nicht bestrebt habe, genaues Licht zu bekommen, denn, wie Sie denken können, mußte ich mich wenig geneigt fühlen, das ganze Verhältnis zu ergründen. Genug, der verwegene, von der Gerechtigkeit verfolgte Mensch drohte meinem Gatten, er werde ihn töten, wo er ihn finde!«

»Und er hat ihn gefunden, ihn ermordet?«

»Wir verließen kurz darauf jene Gegend, und die ganze Angelegenheit schwand mir fast aus dem Gedächtnis, bis ich vor wenig Augenblicken diesen Brief hier erhielt, den ich Eure Hoheit zu lesen bitte.«

Bei diesen Worten zog die Gräfin von Epaville den Brief hervor, den wir vorhin Richard von Huckarde an sie absenden sahen, und überreichte ihn dem Großherzog.

Der Großherzog überblickte das Papier, da es jedoch mehrere engbeschriebene Seiten enthielt, so gab er es der Gräfin zurück und sagte: »Erzählen Sie mir lieber, was der Brief enthält ... und da ist ja auch Ermanns – er kann sogleich durch Ihre Mitteilung sich unterrichten.«

Der Lakai hatte eben die Flügeltür geöffnet und auf einen Wink des Großherzogs ohne vorherige Anmeldung sofort den von Eile und Diensteifer geröteten Polizeibeamten eingelassen.

»Hören Sie zu, Ermanns,« sagte Murat, »die Gräfin hat einen Brief erhalten, welcher von Wichtigkeit für die Untersuchung ist!«

Die Gräfin erzählte, zuweilen einen Blick in den Brief werfend und Stellen daraus lesend, alles das, was Richard von Huckarde ihr hier über den Inhalt der Erzählung mitteilte, welche der wandernde Spielmann ihm gemacht.

»Wenn das alles wahr ist, so wäre das Rätsel gelöst, sagte der Großherzog, als sie zu Ende war.

»In der Tat, Hoheit, diese Angaben lauten, als wenn sie den Stempel der Wahrheit trügen!« bemerkte Ermanns.

»Untersuchen Sie sofort die Sache,« fuhr Murat fort. »Vernehmen Sie den Spielmann und senden Sie zuverlässige Leute aus, um den sterbenden Deserteur aufzufinden, wenn er anders noch am Leben ist. Sie werden die Gräfin von Epaville heimgeleiten: auf dem Wege zu ihrer

Wohnung wird die Gräfin die Güte haben, Ihnen den eigentlichen Schlüssel zur blutigen Tat des Deserteurs zu geben, wie sie mir eben ihn mitteilte. Morgen früh, sobald Sie ein Ergebnis haben, berichten Sie mir!«

Und mit diesen Worten machte der Großherzog der Dame eine galante Verbeugung, die ihr andeutete, daß die Audienz zu Ende sei, verabschiedete Ermanns mit einem kleinen Nicken des Kopfes und verschwand durch die Tür, durch welche er gekommen war, um seine Spielgesellschaft wieder aufzusuchen.

Monsieur Ermanns bot der Gräfin dienstbeflissen den Arm und beide verließen den Jägerhof, während Murat aufgeregt eilte, seinen Spielpartnern die neue Wendung mitzuteilen, welche die Angelegenheit genommen hatte, und ihnen von der Rolle zu erzählen, die dabei derselbe seltsame Mensch gespielt, der soeben noch Gegenstand ihrer Unterhaltung gewesen.

Es war um die Mittagszeit des andern Tages, als bei der Gräfin Henriette von Epaville in ihrer Wohnung im Gasthofe der Polizeibeamte eintrat.

»Nun, welche Nachrichten bringen Sie mir?« sagte, die kleine Gräfin, ihm in großer Spannung entgegeneilend, »ist der Mensch tot?«

»So ist es, Frau Gräfin,« antwortete Monsieur Ermanns. »Eben kommt der Brigadier der Gendarmerie, den ich nach ihm ausgesandt hatte, mit der Nachricht zurück, daß der Deserteur schon in der gestrigen Nacht gestorben ist. Der wandernde Musikant aber ist auf seine Aussagen heute morgen von mir eidlich vernommen worden, und über der ganzen Sache waltet jetzt kein Zweifel mehr. Nach allem, was Sie, Madame, mir gestern abend über eine aus einer frühern Begegnung zwischen Ihrem getöteten Gemahl und diesem Johannes Selke entstandene Feindschaft angegeben haben, muß die Untersuchung den Schluß ziehen, daß der letztere den Grafen aus eigenem Antriebe getötet hat. Die Angaben, welche Sibylle Ritterhausen mir über ihn gemacht hat und die mir wenig Glauben zu verdienen schienen, stellen sich dadurch als wahre heraus. – Aus dem, was man bei seinem ehemaligen Regimente über den Menschen weiß und was in den Musterrollen steht, erhellt wenig; es trifft aber insofern ganz mit Ihren Aussagen überein, als er zwar in Holland angeworben, doch nicht holländischen Ursprungs war, sondern kurz vorher aus Westfalen dahin ausgewandert.«

»Nun, Gott wird ihn richten,« sagte Madame d'Epaville, »und die Familie, welche in die Untersuchung verwickelt wurde...«

»Wird jetzt sofort außer Verfolgung gestellt, denn es liegen durchaus keine Tatsachen mehr gegen dieselbe vor. Die Demoiselle Ritterhausen hat zwar die Unbesonnenheit begangen, dem Deserteur ein Asyl in der Rheider Burg anzuweisen. Dies ist jedoch geschehen, bevor die Burg Ihres Gemahls Eigentum wurde. Es kann also nicht mit der Absicht geschehen sein, die Feindschaft des Selke wider dessen Opfer zu benutzen. Auch spricht nichts dafür, daß die Ritterhausen nachher, nachdem der Graf Eigentümer der Burg geworden, heimlich die Feindschaft des Deserteurs wider den Grafen auszubeuten gesucht hätten. Wir haben deshalb auch bereits die Überwachung des Rheider Hammers aufgehoben. Es lag freilich noch ein Verdacht aus älterer Zeit gegen den Herrn Ritterhausen vor. Aber es würde nichts fruchten, diese Geschichte aufzurühren; der Hauptzeuge, den wir haben würden, Richard von Huckarde, erklärt den Hammerbesitzer für unschuldig, und deshalb würde die Verfolgung vor den Geschworenen jedenfalls eine Niederlage erleiden. Was ist da also zu machen? Man legt es ad acta.

»Und damit, meine gnädigste Gräfin,« fuhr Monsieur Ermanns fort, »wäre diese Angelegenheit beendigt. Es bleibt mir nichts übrig, als Ihnen auszudrücken, daß ich sehr unglücklich bin, nur in einer für Sie so traurigen Sache zu Ihren Diensten gewesen zu sein. Kann ich irgendwie sonst Ihnen meine Ergebenheit beweisen, so darf ich hoffen, daß Sie über mich verfügen!«

»Sie könnten mir einen Rat geben, mein Herr,« versetzte die kleine Gräfin nach einer Pause und mit einer gewissen Zögerung.

»O, sprechen Sie rückhaltlos, meine Gnädigste, Sie glauben nicht, wie sehr es mein Wunsch ist, Ihnen zu dienen.«

»Der junge Mann, dessen Sie eben erwähnten...«

»Richard von Huckarde?«

»Derselbe – er ist hierher gekommen, um zu versuchen, die Burg seiner Väter wiederzuerhalten –«

»Was ihm niemals gelingen kann,« fiel Ermanns ein. »Das Gut ist schon von der vorigen Regierung eingezogen, von dieser auf den Großherzog übergegangen, durch letztem an den Grafen Epaville verschenkt – das Gut gehört Ihnen, Frau Gräfin, und Ihrem kleinen Sohne, und niemand auf der Welt kann Ihnen diesen Besitz streitig machen. Hat Herr von Huckarde Ansprüche, so mag er sie bei der ehemaligen pfälzischen Regierung geltend machen – was ihm freilich, da diese nicht mehr existiert, schwer werden dürfte!«

»Ich glaube das,« versetzte die Gräfin, »auch der Großherzog hatte die Gnade, mich über meine Zukunft in dieser Beziehung zu beruhigen; aber sehen Sie, mein Herr, ich habe Mitleiden mit dem jungen Manne, ein tiefes aufrichtiges Mitgefühl – und,« fuhr sie fort, indem sie leicht errötend niederblickte »ich möchte dieser Teilnahme einen Ausdruck geben, ich möchte etwas tun, um seine Zukunft sicherzustellen. Vielleicht wäre ihm geholfen, wenn ich ihm die Verwaltung meines Gutes übertrüge. Wenn ich mich entschließen sollte, das Gut selbst zu bewohnen, bedarf ich ja auch bringend eines Geschäftsführers und Beirats; – aber Sie sehen ein, daß ich nicht diejenige sein kann, welche ihm mit solchen Anträgen entgegenkommt. Es wäre möglich, daß er sie zurückwiese; und solange er Hoffnungen hegt, das Gut wiederzuerhalten, würde er mein Wohlwollen ohne Zweifel zurückweisen.«

»Ich verstehe,« fiel Monsieur Ermanns ein, »es würde zunächst zum Heile dieses jungen Herrn dienen, wenn man ihm klar machte, daß er sich keinen Illusionen hingeben dürfe.«

»Und aus dem Munde eines bewährten Geschäftsmannes kommend, würden solche Versicherungen ihm einen tiefern Eindruck machen,« sagte die Gräfin.

»Deshalb wünschen Sie, Madame, daß ich ihm die Hoffnungslosigkeit seiner Lage auseinandersetzen soll.«

»Das ist es, was ich von Ihnen zu erbitten wage, Monsieur,« fiel Madame Henriette ein. »Aber wir wollen es nicht Hoffnungslosigkeit nennen, weil ich die besten Absichten für ihn habe. Es käme nur auf ihn an, ob er diese annehmen, ob er meine Hilfe nachsuchen würbe!«

Um Monsieur Ermanns Lippen spielte ein ironisches Lächeln. Er schwieg einen Augenblick – gerade so lange, um eine kleine Betrachtung über die Schwächen weiblicher Natur anzustellen und sich im stillen zu sagen, Madame Henriette sehne sich bereits nach einem Tröster in ihrer hilfebedürftigen Witwenschaft und drapiere diese leise Sehnsucht vor sich selbst und vor andern in das Gewand der rührendsten Güte und der uneigennützigsten Besorgnis um das Schicksal des jungen Mannes.

»Madame,« sagte er dann, »der junge Mann, von dem wir reden, müßte sehr verhärtet sein, wenn er nicht tief bewegt würde durch solche Gesinnungen, wie Sie sie eben aussprachen. Allein ob er annehmen würde was Ihre Güte ihm, bieten könnte, ist sehr die Frage. Denn was seine Hilflosigkeit angeht, so kann diese nicht groß sein, wie Sie voraussetzen. Er hat sich den Ritterhausen zum Opfer bringen wollen, und diese Leute, welche sehr wohlhabend sind, werden für einen solchen Heroismus dankbar sein …«

»Nun ja,« versetzte die Gräfin, »sie könnten ihm eine Zuflucht bei sich bieten, ihm Geld zur Verfügung stellen; aber, wie ich ihn kenne, würde er solche Wohltaten anzunehmen Bedenken tragen. Er würde zu stolz dazu sein. Etwas anderes ist, was ich ihm zu gewähren bereit bin – es beweist ihm nicht allein ein Vertrauen, sondern es fordert auch Dienste, es nimmt seine Zeit und Tätigkeit in Anspruch und deshalb kann seine Ehre sich nicht davon verletzt fühlen!«

»Madame,« antwortete der Polizeibeamte, »ganz gewiß ist dies außerordentlich richtig bemerkt. Allein es walten hier besondere Umstände ob, welche mich glauben lassen, daß Richard von Huckarde mehr als geneigt ist, aus den Händen der Ritterhausen nicht nur eine Unterstützung, sondern alles, was sie besitzen, anzunehmen.«

»Wie verstehe ich das?«

»Nun, meine Gnädigste, was ich damit andeuten will, würde Ihnen nicht dunkel sein, wenn Sie, wie ich, Zeuge der Begegnung zwischen Herrn von Huckarde und Mademoiselle Sibylle Ritterhausen gewesen wären. Diese Begegnung nämlich war äußerst leidenschaftlicher Natur.«

»Sie lieben sich?« fragte die kleine Gräfin lebhaft auffahrend.

»Sie lagen einander in den Armen, Brust an Brust gepreßt,« ergänzte Ermanns.

Gräfin Henriette antwortete nicht auf diese Mitteilung, welche sie sehr zu überraschen schien. In ihren Mienen jedoch glaubte Monsieur Ermanns den Ausdruck einer außerordentlich großen und schmerzhaften Enttäuschung zu ertappen.

Arme Frau, dachte er dabei, nicht ohne einen Anflug innern Spottes – arme Frau – dir stürzt ein Luftschloß ein! Es war freilich etwas voreilig aufgebaut! Aber was soll man da machen? Dein Mann hat es nicht um dich verdient, daß du ihm lange nachtrauerst!

»Mein Gott,« sagte Madame Henriette seufzend nach einer langen Pause, »so bin ich wieder ratlos! Was soll ich nun mit meinem Gute machen! Wie soll ich es verwalten lassen, ohne daß man mich beraubt und bestiehlt! Ich bin unerfahren wie ein Kind in solchen Dingen!«

»Da Sie Ihr Gut doch wohl selbst bewohnen wollen, Madame,« versetzte Ermanns, »so werden Sie bald so viel Erfahrung gewinnen, um mit einem nur halbwegs treuen Verwalter an Ihrer Seite sich selbst helfen zu können. Das eigene Interesse ist ein gar guter Lehrmeister.«

»Ich sollte das Gut selbst bewohnen?« rief hier Madame Henriette aus. »In dem fremden garstigen, kalten Lande, wo ich niemand zum Freunde habe, niemand kenne, nicht einmal die Sprache der Menschen recht verstehe? Da soll ich das Haus beziehen, worin man meinen armen Mann soeben ermordet hat? Welche Voraussetzung, welche Zumutung, mein Herr!«

»Ihre Worte von vorhin ließen mich diese Voraussetzung machen. Es Ihnen zuzumuten, bin ich weit entfernt! Ich würde im Gegenteil mich sehr wundern, wenn Sie nicht den schönen sonnigen Süden, der Ihre Heimat ist, wieder aufsuchten!«

»O gewiß, gewiß, sobald es mir irgend möglich ist!«

»Sie müssen dann das Gut verkaufen,« sagte Ermanns.

»Wenn sich eine Gelegenheit bietet, will ich das in der Tat.«

»Eine Gelegenheit? Daran scheint es mir nicht zu fehlen.«

»Ohne daß ich die Hälfte des Werts einbüße?« fiel die Gräfin verdrießlich ein.

»Ohne daß Sie einbüßen. Ich müßte mich sehr täuschen, wenn ich Ihnen nicht einen Käufer noch heute beschaffte, der den ganzen Wert und noch etwas mehr dafür zahlt.«

»Und wer wäre das?«

»Ritterhausen.«

»Sie glauben?«

»Ich glaube nicht, ich bin dessen gewiß.«

»Aber warum?«

»Nun, weil man ihm die Alternative stellen kann: entweder du kaufst oder wir beginnen den Prozeß gegen dich, mit dem schon der Graf von Epaville dich bedrohte – wir vertreiben dich von deinem Hammer. Sie erinnern sich des Briefes, den der Graf an Ritterhausen schrieb und von dem ich Ihnen sprach...«

»Ich erinnere mich sehr wohl – und Ihre Idee scheint mir gut. Wollen Sie die Vermittlung übernehmen?«

»Mit dem größten Vergnügen. Ich gehe, Ritterhausen die Niederschlagung der Untersuchung anzukündigen. Es wird ihn dies von vornherein in eine gute Stimmung versetzen. Zu gleicher Zeit werde ich ihm dann die ersten Eröffnungen machen – natürlich nicht geradezu, sondern mit diplomatischer Wendung – und ich bin überzeugt, ich werde das Glück haben, Ihre volle Zufriedenheit zu verdienen. Wenn Sie, meine Gnädigste, dagegen die Huld haben wollen, meine guten Dienste dem Großherzoge zu rühmen – ihm die Berücksichtigung meines Eifers in meiner Amtstätigkeit etwas ans Herz zu legen...«

»O seien Sie dessen versichert...«

»So fordere ich keinen weitern Lohn. Also ich habe Ihre Vollmacht?«

»Die haben Sie – d. h. vorläufig zur Unterhandlung!«

»Natürlich, – mehr bedarf es für jetzt noch nicht!«

Monsieur Ermanns stand auf und beurlaubte sich augenblicklich bei der Gräfin. Er eilte heimzukommen und sein Mittagsmahl einzunehmen; dann ließ er seinen Wagen vorfahren und begab sich nach dem Rheider Hammer.

Auf dem Hammer fand er Ritterhausen in so guter und heiterer Stimmung, wie der gichtleidende Mann sie wohl lange nicht gezeigt hatte. Man hatte die Verfolgung gegen ihn fallen lassen, das hatte er bereits aus dem Abzuge der Polizeiwächter, die sein Haus besetzt gehalten, schließen können; er hatte auch schon vernommen, daß Richard von Huckardes Selbstanklage am gestrigen Tage auf der Burg durch das Zeugnis der Gräfin von Epaville sich in Nichts aufgelöst hatte. Wie Sibyllens Herz um Zentnerlasten erleichtert war und freudig schlug, das brauchen wir nicht zu schildern. Sie schrieb eben einen von Dankbarkeit und Freude überströmenden Brief an Richard, als Monsieur Ermanns eintrat.

Der letztere zeigte etwas weniger von der gemütlichen Ruhe und Sicherheit, womit er sonst zu erscheinen pflegte. Er war nicht ganz beruhigt über den Empfang, den er finden würde.

»Ich komme, mein Herr Ritterhausen,« sagte er, »um Ihnen Glück zu wünschen. Es hat mich gedrängt, selbst und augenblicklich Ihnen die Mitteilung von dem Beschlusse des Untersuchungsgerichts, der Sie außer Verfolgung setzt, zu überbringen...«

»Das ist um so dankenswerter,« erwiderte Ritterhausen spöttisch, »weil Sie durch diese Mitteilung selbst eingestehen, daß Sie durch einen ungerechten Verdacht ehrliche Leute schikaniert haben!«

»Nun, mein lieber Herr Ritterhausen, der Verdacht war ungerecht, und niemand ist froher darüber als ich – aber er war so natürlich, daß selbst ein so harmloser Mensch und schlechter Polizeibeamter wie ich ihn fassen mußte.«

»Streiten wir nicht darüber,« antwortete der Hammerbesitzer, »ob er natürlich war ... oder abscheulich, empörend! Wir wollen annehmen, daß Sie eben nur Ihre Pflicht getan, und nun erzählen Sie uns...«

Der Beamte teilte sehr ausführlich und eifrig Ritterhausen und seiner Tochter mit, welche Wendung die Sache durch die Aussagen des Spielmanns und durch das, was die Gräfin zu ihrer Vervollständigung ausgesagt, genommen. »Ihre Unschuld ist also jetzt klar vor aller Augen,« fuhr er dann fort, »und, Herr Ritterhausen, ich hoffe, Sie sind jetzt auch billig genug, sich zu sagen: wäre Ermanns nicht gewesen, so wäre vielleicht ein anderer gekommen, der sehr viel weniger sich bestrebt hätte, in so freundschaftlicher Weise auszuführen, was ihm die Pflicht gebot.«

»Mag sein, Monsieur Ermanns, obgleich ich die Wölfe in Schafskleidern just nicht denen vorziehe, welche in ihrer echten und eigenen Haut kommen.«

»Sie drücken sich sehr unumwunden aus, Herr Ritterhausen. Allein was soll man da machen? Man muß Ihnen etwas nachsehen, denn Sie sind schwer getränkt worden – nicht von mir – nein, wahrhaftig nicht von mir, sondern von den Umständen und von dem, was diese Umstände gebieterisch von uns erheischten. Glauben Sie mir, es war mir eine traurige Pflicht, welche ich in Ihrem Hause zu erfüllen hatte.«

»Ich habe das nicht eben gemerkt,« fiel Ritterhausen ein, »im Gegenteil, Sie waren dabei stets in sehr gemütlicher Stimmung...«

»Verstellung, lauter Verstellung, werter Herr!«

»Dem will ich allerdings nicht widersprechen,« bemerkte Ritterhausen bitter. »Sie sind ein Meister darin!«

»Nun, lassen wir die weitere Erörterung dessen, was einmal geschehen. Lassen wir die Sache tot und begraben sein wie den armen Grafen Epaville, den man am heutigen Morgen, wie ich höre, ja sehr feierlich, mit seinen Wappen und kriegerischen Ehren zur Erde bestattet hat.«

»Also wie der Spielmann es vorhergesehen hat!« sagte hier Sibylle halblaut, ohne daß die beiden Männer im Zimmer es beachteten.

»Ich wünschte Ihnen nur,« fuhr Ermanns fort, »daß auch der alte Streit zwischen der Burg und dem Hammer ebenso tot und begraben wäre! Aber leider droht Ihnen von dieser Seite noch eine große Unannehmlichkeit. Die Gemahlin des Ermordeten ist seine Erbin und da sie nichts anderes besitzt als eben die Rheider Burg, so wird sie, fürchte ich, ihre Rechte nicht weniger scharf und rücksichtslos verfolgen, als es ihr Mann zu tun im Begriff stand.«

»Wahrscheinlich!« bemerkte Ritterhausen tonlos.

»Was gedenken Sie zu tun?« fuhr Ermanns fort.

»Vorderhand abzuwarten, was die Gräfin tut.«

Ermanns schüttelte den Kopf. »Ich würde das nicht so machen,« sagte er. »Wenn Sie mich aufforderten, Ihnen einen Rat zu geben, so würde ich Ihnen diesen Rat nicht geben.«

»Und welchen Rat würden Sie erteilen?«

»Ich würde Ihnen raten, Herr Ritterhausen, durch einen energischen Entschluß der ganzen Sache ein für allemal ein Ende zu machen, auch wenn es Ihnen vielleicht ein Opfer kostete. Ich würde dies Opfer um der Ruhe willen und um einen Prozeß zu vermeiden, den Sie höchst wahrscheinlich verlieren würden, bringen. Sie sind ein wohlhabender Mann. Sie können es. Ich würde mir sagen: Was ist da nun zu machen? Nehmen wir die Gelegenheit wahr, wo wir den Hader für immer beendigen können und kaufen der Gräfin die ganze Burg ab.«

Ritterhausens Brauen zogen sich bei diesen Worten dunkel zusammen, als hätte Monsieur Ermanns etwas gesagt, was ihn beleidigte. Und doch war der Hammerbesitzer keineswegs beleidigt. Im Gegenteil, es war ihm außerordentlich erfreulich zu hören, was Ermanns sagte. Aber indem er mit seinen düstern Augen die Mienen des Polizeibeamten fixierte, glaubte er sichere Zeichen zu finden, daß die große Leichtigkeit, womit Ermanns seinen Gedanken als den Einfall des Augenblicks hinwarf, eine affektierte sei; zu gleicher Zeit wurde ihm auch der Grund des Erscheinens des würdigen Beamten klar, welches bis jetzt noch etwas Rätselhaftes für Ritterhausen gehabt hatte. Denn unmöglich konnte Monsieur Ermanns Vergnügen darin finden, einen Mann aufzusuchen, zu dem er solche Beziehungen wie zu ihm gehabt hatte. Ermanns mußte also seine besondern Absichten haben; Ritterhausen durchschaute sie jetzt. Sicherlich, man trug ihm den Kauf der Rheider Burg an. Und darum zog Ritterhausen so düster seine Brauen zusammen – er wollte die Genugtuung verbergen, welche er fühlte.

Sibylle hatte vielleicht ähnliche Betrachtungen angestellt wie ihr Vater. Sie dachte nicht daran, sich wie er zu verstellen. Ein Strahl zuckte über ihr Gesicht wie ein helles Freudenleuchten. Es paßte außerordentlich gut in Ritterhausens Pläne, daß Ermanns sich ihm zuwandte und die Züge des jungen Mädchens nicht beobachtete.

»Vor dem Prozesse fürcht' ich mich nicht sehr,« antwortete der Hammerbesitzer kaltblütig, »die Gräfin wird auch nicht so eifrig darauf aus sein wie Sie annehmen; Prozesse kosten Geld, und im Anfang namentlich dem, der beginnt!«

»Bei einem so guten Stande ihrer Sache wird die Gräfin die Vorschüsse nicht scheuen!«

»Nun, mag sie denn immerhin,« versetzte Ritterhausen mit demselben Gleichmut und schwieg eine Weile; dann sagte er: »Geben Sie mir lieber einen andern Rat, Monsieur Ermanns, da Sie doch die Gräfin kennen. Sehen Sie, ich sehne mich fort von hier, wo ich so schmerzliche Erfahrungen gemacht habe; wo ich nicht zum Fenster hinausblicken und die alte Burg da oben setzen kann, ohne daß eine Fülle bitterer und zorniger Gedanken über mich strömt. Ich will den Hammer der Gräfin friedlich und ohne Rechtsstreit lassen, wenn dieselbe so billig ist, mir eine ansehnliche runde Summe auszuzahlen, als Entschädigung für die namhaften und großen Verbesserungen, die ich an dem Hammer angebracht habe.«

Monsieur Ermanns horchte bei dieser Rede Ritterhausens hoch auf. Die Schlauheit des Hammerbesitzers brachte ihn vollständig aus dem Konzepte. Statt den letztern eifrig auf den hingeworfenen Gedanken eines Kaufs eingehen zu sehen, mußte er erleben, daß sich der Speer umkehrte – er mußte nun also förmlich den Kauf antragen, wenn er den Auftrag der Gräfin ausführen wollte.

»Nun möchte ich Sie um Ihren Rat bitten,« fuhr Ritterhausen fort, »auf welchem Wege ich am zweckmäßigsten meine Absichten der Gräfin kundtue.«

»Ich bin gern bereit, mit ihr darüber zu reden,« versetzte Ermanns etwas zögernd, »aber ich muß Ihnen gestehen, daß ich Ihren Plan nicht billige. Die Gräfin wird Ihnen nicht mehr Entschädigung geben, als sie gesetzlich verpflichtet ist, und ich fürchte, daß Sie dabei einen ganz enormen Schaden haben würden!«

»Auf Schaden bin ich gefaßt,« erwiderte Ritterhausen. »Ich will ihn tragen, wenn ich nur fortkomme von hier!«

»Auf einen Kauf also würden Sie nicht eingehen,« sagte Ermanns kleinlaut.

Der Hammerbesitzer zuckte die Achseln.

»Gewiß nur dann,« nahm hier Sibylle, die sich nicht mehr zurückhalten konnte, das Wort, »wenn der Kauf unter sehr günstigen Bedingungen geboten würde.«

»Was nennen Sie günstige Bedingungen?« fragte Ermanns, sich Sibyllen zuwendend. »Die Burg mit Inbegriff des Hammers ist 200 000 Frank wert.«

»Ich denke, die Summe ist nicht viel zu hoch gegriffen,« erwiderte Ritterhausen. »Allein, wenn die Gräfin das Ganze zum Verkauf aussetzen läßt, gibt niemand in der Welt 200 000 Frank für eine Besitzung, von der ein sehr bedeutender Bestandteil doch noch in den Händen Ritterhausens ist und erst durch einen mißlichen Prozeß ihm abgerungen werden müßte!«

»Ja, was ist da nun zu machen!« rief der Beamte aus, »Bieten Sie 200 000 und ich will der Gräfin sehr gern Mitteilung von Ihrem Antrage machen.«

»O, mißverstehen Sie mich nicht – es handelt sich durchaus nicht um einen Antrag der Art,« rief hier der Hammerbesitzer aus. »Mein Antrag lautet auf friedliche Einräumung des Hammers an die Gutsherrschaft, gegen eine Entschädigungssumme von etwa 30 000 Frank für aufgewendete Verbesserungen!«

Ermanns schüttelte den Kopf. »Ich will Ihnen sagen, welches die einzige Art ist, wie Sie eine solche Entschädigung erhalten werden,« sagte er mit seinem Lächeln. »Bieten Sie der Gräfin 200 000 Frank für ihre ganze Gutssubstanz; ziehen Sie davon Ihre 30 000 Frank ab und zahlen Sie ihr 170 000 Frank aus. Ich glaube, sie würde einwilligen!«

»Ich würde ihr schwerlich 150 000 Frank zahlen,« bemerkte Ritterhausen nach einer Pause.

»Ich kann der Gräfin zu einem solchen Handel nicht raten,« entgegnete Ermanns.

»Das verlange ich ja auch in keiner Weise,« fiel Ritterhausen lächelnd ein. »Raten Sie ihr zum Vergleich mit mir!«

»Ich will mich erst genauer bei Sachverständigen nach dem Werte der Besitzung erkundigen,« versetzte der Beamte, »und dann werden wir weiter davon reden; die Gräfin wird tun, was sie als Vormünderin ihres Sohnes nur irgend tun und verantworten kann!«

Ermanns erhob sich und nahm Abschied mit dem Versprechen, am folgenden Tage zurückzukehren. Als er fort war, sprang Sibylle auf und, Freudentränen im Auge, umarmte sie ihren Vater.

»O, nun wird alles, alles gut!« sagte sie.

»Ich hoffe es,« versetzte Ritterhausen mit zufriedenem Kopfnicken ... »ich hoffe, der Augenblick ist da, für den du seit Jahren dich bemüht, gesorgt, gespart und gesammelt hast ... der Augenblick, wo ... ich Herr werde auf dieser Rheider Burg!«

»Sie, Vater?« sagte Sibylle leis, ihr lockiges Haupt auf die Schulter Ritterhausens legend und ihm mit ihren feuchten Blicken ins Auge schauend.

»Nun ja, ich oder du, wie du willst,« versetzte Ritterhausen, sie freundlich anlächelnd ... »oder gar ein anderer ...«

Sie legte ihre beiden Hände an seine Schläfen, und so seinen Kopf erfassend küßte sie ihn auf die Stirn.

»Wir reden davon ein andermal,« sagte sie leise ... »wenn erst Ermann zurück ist, wenn die Burg erst unser ... wenn der Kaufbrief schwarz auf weiß vor mir liegt ... denn eher kann ich ja an mein Glück noch gar nicht glauben!«

»Das wird nicht lange dauern, mein Kind,« versetzte der Hammerbesitzer, »und dann tu', was du willst!«

Und es dauerte in der Tat nicht lange; am folgenden Tage kam Ermanns zurück, einen von der Gräfin unterschriebenen Entwurf des Kaufvertrags in der Tasche

Sechzehntes Kapitel
Eine nächtliche Fahrt

Unterdes saß Richard von Huckarde in seiner Strafhaft. Er hatte um die Mittagszeit den Gefangenwärter gebeten, ihn in den allgemeinen Saal zurückzubringen, da er noch einmal den Spielmann zu sprechen wünsche; aber er hatte zur Antwort erhalten, daß der Spielmann am frühesten Morgen eine lange Vernehmung vor dem Untersuchungsrichter und dem Herrn Ermanns habe bestehen müssen, und daß er sodann einen Gendarmeriebrigadier nach der roten Scheuer zu führen gehabt habe. Spielberend kehrte auch nicht wieder in das Polizeigefängnis zurück. Es schien, man hatte ihn entlassen.

Am folgenden Tage erhielt Richard Sibyllens Brief. Sie teilte ihm mit, daß ihr Vater und sie selbst außer Verfolgung gesetzt, sie dankte ihm in den wärmsten Herzensergüssen für die heroische Aufopferung, zu welcher er entschlossen gewesen. Dieser Brief Sibyllens, obwohl er in Richards persönlicher Lage nichts änderte, obwohl er keinerlei Lichtstrahl in das Dunkel seiner Zukunft warf, erfüllte ihn doch mit einer Freude, welche ihm den unaussprechlich trägen Gang der Stunden während der nächsten Tage erträglich machte. Aber freilich, allmählich kehrte die Schwermut, die ihn erfüllte, zurück; er hatte, wie wir schon erzählten, ja schon am ersten andern Morgen nach seiner Ankunft von seinem rechtskundigen Freunde erfahren, daß für ihn keine Aussicht da sei, das geringste von seinem Erbe wieder zu erlangen. Bei den neuen Gewalthabern im Lande hatte er sich keine Gunst erworben – sonst wäre er nicht in diesem Aufenthalte gewesen; und so war es die Frage, ob sie ihn, der seine Bürgerrechte im Vaterlande durch seine Auswanderung aufgegeben, den heimatlosen und besitzlosen Mann, nur überhaupt nach seiner Freilassung hier noch dulden und nicht über die Grenze weisen würden. Er mußte ihnen jedenfalls lästig sein!

Sollte Richard für einen solchen Fall noch einmal die Vermittlung der Gräfin von Epaville anrufen? Er ging mit sich zu Rate darüber. Konnte er es? Mußte nicht gerade ihr, der jetzigen Eigentümerin der Rheider Burg, sein Dasein, sein bleibender Aufenthalt im Lande am meisten unerwünscht und lästig sein?

Sieben Tage der Haft waren endlich vorübergegangen. Der achte kam: Der Gefangenwärter teilte Richard mit, daß er um dieselbe Stunde am Abende entlassen werde, um welche er eingeliefert sei. »Man wird kommen, Sie abzuholen,« setzte der Mann hinzu.

»Wer wird kommen?« fragte Richard.

»Ich weiß es nicht, Einer von den Herren von der Polizei, denke ich. Ich habe den Befehl, Sie nicht zu entlassen, bis man Sie abzuholen kommt.«

Diese Ankündigung war nicht geeignet, Richard zu beruhigen. Sein Herz schlug um so gespannter der Stunde der Freiheit entgegen. Der Nachmittag kam, die Dämmerung nahte – da hörte er hastige Schritte auf dem Korridor vor seiner Zelle. Die Tür öffnete sich und herein trat mit dem Wärter Monsieur Ermanns.

Monsieur Ermanns war äußerst höflich, äußerst gemütlich. Er hatte sich nicht versagen wollen, Richard selbst seiner Haft zu entledigen, die er ihm zu seinem größten Bedauern auferlegt hatte, nur um einem höhern Befehl zu gehorchen, Er bedauerte sehr, daß er ihn nicht jetzt sogleich auch von seiner polizeilichen Gegenwart befreien könne. »Allein,« schloß er, »was ist da zu machen? Es ist eben auch ein höherer Befehl!«

»Wie soll ich das verstehen,« fragte Richard, »Sie werden mich begleiten?«

»Dahin lautet mein Auftrag, Herr von Huckarde; so groß die Ehre ist, welche mir dadurch wird, so lebhaft ist mein Bedauern, daß Sie währenddes sich des vollen Gebrauchs Ihrer Freiheit noch beraubt fühlen müssen!«

»Und wohin begleiten Sie mich? Wohin bringt man mich? Will man mich hier nicht dulden und werde ich wie ein Vagabund zum Lande hinaustransportiert?«

»Ich bitte Sie, nehmen Sie es nicht so auf, Herr von Huckarde. Ich muß Ihnen allerdings gestehen, daß mein Auftrag lautet, Sie von hier fortzubringen...«

»In Nacht und Nebel hinaus?«

Ermanns zuckte die Achseln.

»Wir werden einen Wagen haben,« sagte er beschwichtigend, »Sie werden in einer guten Postchaise fortgebracht. Gefangenwärter, tragen Sie den Koffer des Herrn in Wagen.«

Der Gefangenwärter gehorchte und Ermanns bat Richard, dem Manne zu folgen. Er trieb die Höflichkeit so weit, mit einer tiefen Verbeugung anzudeuten, daß er Richard den Vortritt lasse. An der äußern Tür des Gefängnisses stand ein Gendarm, der Richard in den bereit stehenden Wagen hob. Ermanns stieg nach ihm ein und setzte sich neben ihn. Der Postillon trieb seine Pferde an, und bald rollte der Wagen im gestrecktesten Trab durch die Straßen der Stadt dahin. Es war unterdes völlig dunkel geworden. Die Wagenfenster waren geschlossen. Richard konnte nicht erkennen, zu welchem Tore man ihn hinauskutschierte. Es war ihm auch völlig gleichgültig, an welchem Punkte der Grenze man ihn aussetzen wollte. Zorn, Wut und Hoffnungslosigkeit im Herzen warf er sich schweigend in seine Wagenecke und schloß die Augen, um der Unterhaltung mit Monsieur Ermanns zu entgehen, der große Lust zu haben schien, trotz des Rädergerassels und Fenstergeklirres die Konversation wieder anzuknüpfen und sie nicht ausgehen zu lassen.

Der Postillon trieb seine Klepper zu gewaltiger Eile an. Rechts und links flogen die dunkeln am Nachthimmel sich abzeichnenden Umrisse von Gesträuchen, Wallhecken, Bäumen, Bauernhütten wie ein flüchtiges Schattenspiel über die Scheiben der Wagenfenster. Ueber die einzeln aufglimmenden Steine am Himmel zogen lange Wolkengebilde und erhöhten die nächtliche Dunkelheit. Nach und nach wurde die Straße, welche man fuhr, hügelig. Richard nahm diesen Umstand anfangs nicht wahr; als sich endlich die Strecken, wo der Wagen langsamer hügelan fuhr, vermehrten und verlängerten, bemerkte er es und wollte Ermanns fragen, nach welcher Himmelsgegend hinaus man ihn denn bringe; aber er schloß stolz die Lippen wieder und warf sich in seine Ecke zurück.

»Nur noch eine kleine halbe Stunde,« sagte Monsieur Ermanns, »und wir sind an dem Punkte angelangt, wo ich Auftrag habe, sie abzuliefern.«

Richard fuhr fort zu schweigen. Der Wagen rollte jetzt mit rasender Eile in ein Tal hinab; die Hufe der Pferde klapperten dann über die Bohlen einer Brücke, rechts und links dämmerte der eisengraue Spiegel eines schmalen Flusses auf. Dann hob sich der Weg wieder bergan; die Pferde pusteten und schnaubten, langsam weiter keuchend. Zuletzt schien die Spitze der Höhe erreicht und auf steinigem, hartem Boden ging es rasch weiter. Die gehetzten Postgäule fielen endlich in einen rasenden Galopp, der den Wagen hin und her schleuderte; blitzschnell flog man durch ein geöffnetes Tor, auf einen Hof und vor ein hellerleuchtetes Gebäude, vor dem eine Reihe Fackeln stammten; der Wagen hielt.

»Wo sind wir?« rief Richard voll Erstaunen aus.

Bevor Monsieur Ermanns antwortete, wurde der Schlag aufgerissen, Richard sprang heraus. Von dem plötzlichen Lichtschimmer geblendet, starrte er auf zwei Reihen riesiger, unbeweglich dastehender Männergestalten, die rechts und links auf den Stufen einer Portaltreppe standen und, flammende Fackeln in den Händen, in diesem Augenblick mit Baßstimmen, welche die grell beleuchteten grauen Mauern hinter ihnen schienen zittern machen zu können, in donnernde »Vivat« und »Hurra« ausbrachen und ihre Mützen dabei schwangen.

So überrascht, so geblendet Richard von diesem Anblick war, er erkannte dennoch in dem hohen, mit grellem roten Lichtschein übergossenen Gebäude den Edelsitz seiner Väter, die Rheider Burg, und in diesen, mit so lautem Jubel ihn bewillkommnenden Männern die derben Schmiede des Eisenhammers.

»Was bedeutet das? Hierher sollten Sie mich bringen?« rief er aus ... aber Ermanns nahm seinen Arm und, indem er ihn die Treppe hinaufzog, sagte er lachend: »Noch einige Schritte weiter soll ich Sie bringen, mein verehrter Baron, bis ins Innere Ihres Schlosses, dort werden Sie offizielle Aufklärung erhalten.«

Oben, unter dem Portal, standen Claus, der Hausmeister, in festtäglichem Anzug und neben ihm der Spielmann, beide nickend, sich verbeugend, lachend und dem Anschein nach sehr geneigt, Richard nicht vorüberzulassen ohne Gruß und Gespräch; aber Ermanns schob sie beiseite und führte Richard die Treppe in den obern Stock hinan. Das ganze Gebäude war reich erleuchtet, mit duftenden Eichenkränzen geschmückt; die Tür des großen Saals stand weit offen; ihre Einfassung war von Blumen umrahmt, und unter diesem Blumenbogen stand Sibylle, in hellen Gewändern, in ihrem reichsten Schmuck, zitternd vor Aufregung, bleich von ihrer tiefen Erschütterung. So streckte sie Richard beide Hände entgegen.

»Sibylle ... du hier!« rief Richard aus, ihre Hände selig mit den seinen umschließend.

Sie war zu bewegt, um reden zu können. Mit Mühe hielt sie sich aufrecht, indem sie ihre Rechte ihm entzog und damit seinen Arm umspannte. So zog sie ihn in den Saal hinein, in welchem der alte Kristallüster flammte und mit seinem Glanz das eigentümlich gespannte, von einer Art spöttischer Heiterkeit leuchtende Gesicht Ritterhausens beschien, der unter dem Kronleuchter stand und mit stoischer Selbstbeherrschung sich an der Rückenlehne seines Armsessels aufrecht erhielt.

Er reichte die linke Hand, die ihm freiblieb, dem Ankommenden hin und sagte»: »Herr von Huckarde, Sie werden uns zugute halten, daß wir uns einige Eigenmächtigkeiten hier in Ihrem Eigentum erlaubt haben ...«

»In meinem Eigentum?« rief Richard mit zitternden Lippen aus, »o mein Gott ... Sie werden in diesem Augenblick nicht meiner spotten, Herr Ritterhausen!«

»In Ihrem Eigentum, Herr von Huckarde – und darum sagt' ich, Sie sollten uns die kleinen Eigenmächtigkeiten verzeihen, welche wir uns haben zuschulden kommen lassen, in der guten Absicht, Ihnen diesen Saal hier und ein paar Zimmer nebenan gleich ein wenig wohnlich zu machen. Sibylle tat es nicht anders, und so hat sie auch zustande gebracht, mich in einer Sänfte auf den Schultern meiner stärksten Hammelgesellen hier herauf zu transportieren. Nun, es ist gottlob! gut gegangen und ich bin froh, daß ich Sie hier begrüßen kann, an der Stelle, wo Sie hingehören, Herr von Huckarde, von Gottes und Rechts wegen, als Herr und Gebieter!«

»Aber erklären Sie mir um des Himmels willen ...«

»Erklärt ist es bald,« sagte Ritterhausen. »Ich habe Burg und Hammer von der Gräfin von Epaville für 150 000 Frank gekauft – in Ihrem Namen, Herr von Huckarde, nur für Sie und in Ihrem Namen. Was die Bezahlung angeht, so lassen Sie sich keine grauen Haare darüber wachsen. Ich biete Ihnen 100 000 Frank an, wenn Sie mir den Hammer überlassen, und 50 000 Frank ist die Aussteuer meiner Tochter, worüber ich ihr die Verfügung immer freigelassen habe; und da Sibylle sich in den Kopf gesetzt hat, es könnte diese Summe vorläufig nicht besser und sicherer angelegt werden als in einer Hypothek auf die Rheider Burg, so stände das Geld zu Ihrer Verfügung! Was meinen Sie zu dem Vorschlag!«

Huckarde wußte nicht, was antworten.

»Ritterhausen, was tun Sie an mir?« sagte er mit gepreßter Brust.

»Danken Sie mir nicht, Herr von Huckarde, nur das nicht,« fiel Ritterhausen ein. »Was ich an Ihnen tue? Nichts, gar nichts – Sie wissen, ich bin ein alter eingefleischter Egoist. Ich habe eine Schuld gegen Ihren Vater auf dem Herzen, Richard, eine Schuld der Härte und der Rücksichtslosigkeit ... und nun will es das Schicksal, daß ich Gelegenheit finde, etwas davon abzuschütteln, das heißt, wenn Sie gegen mich alten Mann die Güte haben, es sich so gefallen zu lassen ... Glauben Sie mir, Herr von Huckarde, zu danken brauchen Sie mir nicht!«

Ritterhausen sprach dies mit einer ungewöhnlichen Feierlichkeit, so daß man sah, es kam ihm tief aus seinem Herzen.

»Nicht mit Worten ... wie könnt' ich danken mit Worten,« sagte Richard, »aber,« fuhr er fort, Sibyllens Hand ergreifend, »durch die Tat, durch ein Leben, das ich Ihrem Kinde weihe.«

»Den Dank nehme ich an,« fiel Ritterhausen ein. »Und wahrhaftig, Sibylle hat es ein wenig um Sie verdient. Sie hat gespart und gesorgt und ihr Auge hat diese Burg umkreist wie ein Falke seine Beute, bis der Augenblick gekommen, diese Beute zu erfassen.«

Und damit legte Ritterhausen seine Tochter in Richards Arme, der sie mit feuchtschimmernden Wimpern an sein Herz preßte.

Sibylle löste sich nach einer stummen Pause sanft von Richard los; sie faßte in jede ihrer Hände eine der seinen und indem sie ihm tief und klar in die Augen schaute, sagte sie mit vor Rührung bebender Lippe: »Und nun, Richard, wer von uns zweien hat nun recht gehabt: wer ist an das Ziel gekommen, nach dem wir beide strebten? Du mit deiner stürmischen und verwegenen, sich selbst allein vertrauenden Kraft – oder ich mit meiner stillen Ergebenheit in Gottes Fügungen, mit meinem vertrauenden Fleiße? Du hast das Gemüt von dir gestoßen und ich habe es in mir gehegt. Ist es nun nicht gut, daß ich es gehegt habe, und daß du in dieser Stunde es wiederfindest, ganz und unversehrt?«

»Brauch' ich dir zu antworten, Sibylle … in diesem Augenblick, wo ich fühle, wie wunderbar die Hand Gottes über mir gewesen …«

»Kinder,« fiel hier Ritterhausen ein, der dieser Rührung ein Ende zu machen wünschte und auch das Aufrechtstehen nicht mehr aushielt, »bedenkt, daß ihr, so Gott will, eine lange Ehe vor euch habt, um diese Streitfrage gründlich zu erörtern. Für jetzt, denke ich, begeben wir uns ins Nebenzimmer, denn ich sehne mich nach dem kleinen Bankett, welches Sibyllens Fürsorge darin bereit hält, und namentlich nach dem Toast, den unser beredter Freund, Herr Ermanns, dabei auf euch ausbringen wird. Aber wo ist er denn? Er hat sich bescheidentlich zurückgezogen – hole ihn herbei, Sibylle, er darf nicht fehlen, er hat viel zu prompt deine Aufträge ausgeführt, als daß wir nicht ihn herbeizögen zu unserm Versöhnungsmahl zwischen Kraft und Gemüt, zwischen uns und unserm Gewissen und der großherzoglich belgischen Polizei!«

» *Me voilà*.« rief hier Monsieur Ermanns aus, der die letzten Worte Ritterhausens vernommen hatte und eben eintrat – und Ritterhausen unter den Arm fassend, um ihn in das anstoßende Gemach zu führen, flüsterte er diesem ins Ohr: »Nach einem Versöhnungsmahl zwischen mir und meinem Gewissen sehne ich mich auch, mein verehrter Herr Ritterhausen.«

»Und weshalb liegen Sie mit Ihrem Gewissen im Streit, bester Herr?« fragte der Hammerbesitzer.

»Deshalb, weil ich der Gräfin geraten habe, Ihnen den Handel so leicht zu machen. Sie hätten 100 000 Frank mehr zahlen können.«

»Glauben Sie?« versetzte Ritterhausen spöttisch lächelnd.

»Die Besitzung wäre es wert gewesen! Hätte ich nur gewußt, wie sehr Sie danach verlangten!«

»Ja, aber Sie wußten es nicht!«

»Freilich! Was soll man da machen?« sagte Monsieur Ermanns.

»Auch,« fuhr der Hammerbesitzer fort, »ist Wert ein relativer Begriff. Ist die Besitzung für mich vielleicht einige tausend Frank mehr wert, als ich dafür zahle, so ist damit nicht gesagt, daß sie es für die Gräfin ebenfalls sei.«

»Freilich, damit will ich mich trösten,« entgegnete Monsieur Ermanns, indem er den Platz einnahm, welchen Sibylle ihm andeutete – denn sie waren jetzt in dem hellerleuchteten Zimmer angekommen, worin das junge Mädchen ihr kleines Festmahl mit dem schönsten alten Porzellan, den prächtigsten alten geschliffenen Gläsern und den blendendsten Gedecken angerichtet hatte, das alles überströmt von dem Lichte der Kerzen auf den gewundenen silbernen Leuchtern, die ein wahrer Ausbund von kuriosem Rokoko waren. – »Damit will ich mich trösten,« entgegnete Ermanns, »denn ich wüßte wirklich nicht, was die gute kleine Gräfin mit diesem verwunschenen Schlosse gemacht hätte – es wäre denn, sie hätte die Absicht gehabt, es aus reinem Edelmut fortzuschenken …«

»Fortzuschenken? dazu schien sie mir nicht gerade in der Lage,« fiel hier Richard ein, der eben seinen Platz neben Sibylle genommen hatte.

»Wer weiß, was sie dennoch imstande gewesen wäre zu tun,« versetzte Ermanns mit einem schlauen Lächeln, »es wäre vielleicht ganz allein nur darauf angekommen, daß Sie ihr etwas mehr den Hof gemacht hätten, Herr von Huckarde!«

»Ich?« fragte Richard verwundert.

»Und das haben Sie nicht geahnt?«

Richard zuckte die Achseln.

»Sie hatte außerordentlich gütige Absichten für Sie,« fuhr der Polizeibeamte fort, »sie wollte Ihnen die ganze Verwaltung ihres Vermögens übergeben ... ich glaube, sie sah in Ihnen das künftige Faktotum ihres ganzen Lebens!«

Da Ermanns bei dieser Mitteilung spöttisch auflachte, so blickten ihn Richard und Sibylle mit großer Verwunderung an; Ritterhausen aber fiel mit seinem ganzen Ernst ein: »Wenn sie so gute Absichten hatte, diese arme Gräfin, so wollen wir nicht darüber spotten, daß dieselben fehlschlugen. Wir wollen lieber darauf zurückkommen, daß die Gräfin doch einen guten Handel machte, indem sie einen Besitz losschlug, der ihr wenig eingebracht und sehr viel Kosten gemacht hätte; denn wer glaubt, er könne sich hier bequem niederlassen und sein Tagewerk werde darin bestehen, daß er die von allen Aeckern, Wiesen und Wäldern zuströmenden Einkünfte einstreiche, der irrt ganz gewaltig. Es wird Geld, Mühe, Sorge genug kosten, bis die Rheider Burg in dem Zustande ist, daß sie wieder namhafte Einkünfte abwirft. Es gehört ein Mann dazu, der eine volle Arbeitskraft, Ausdauer und einen guten Verstand von solchen Angelegenheiten mitbringt. Und so, meine ich, haben sich die Dinge ganz vortrefflich gefügt, daß mein teurer Sohn Richard für einige Jahre übers Weltmeer gegangen und von den Wellen des Lebens gleichsam an einen ganz fremden Strand geworfen ist, um da sich umzutun und zu lernen, wie ein Mann seine Arme gebraucht. Denn wenn es Ihnen da drüben auch nicht gelungen ist, das Haus Ihrer Väter wiederzuerobern, hier werden Sie noch immer Gelegenheit haben, es sich im rechten und besten Sinne neu zu erobern. Und was Sie drüben lernten, wird Ihnen dabei verdammt gut zustatten kommen, Richard!«

»Ich hoffe es,« entgegnete Richard.

»Hier hätten Sie es nicht gelernt,« fuhr Ritterhausen fort. »Sie lebten hier befangen von einer gewissen überlieferten Art und Weise, solch ein Gut zu bewirtschaften und mit dieser Art und Weise wären Sie keinesfalls lange fortgekommen. Ein bedeutender Besitz wird nur erhalten durch dieselben Mittel, wodurch er erlangt wird. Es ist nicht zu leugnen, daß solche Besitzungen wie diese in alten Zeiten von den Vorfahren meist durch große Anstrengungen, kluge Benutzung der Umstände und zähe Sparsamkeit errungen sind. Wenn nachfolgende Geschlechter dies aus den Augen lassen und vergessen, daß uns Menschenkindern nichts im Schlafe geschenkt wird, sondern daß wir für die Güter des Lebens unsere Lebenskräfte einzusetzen haben, so kommt eine Zeit, wo irgendein armer Enkel dafür büßen und alles aufbieten muß, um nicht den Untergang über das hereinbrechen zu lassen, was einst groß und glänzend war.«

»Da haben Sie sehr recht,« fiel hier Richard ein, »nur in dem kann ich Ihnen nicht beistimmen, daß Sie diesen Enkel arm nennen. Wenn es ihm gelingt, zu behaupten, was ihm bestritten wird, wenn er wie ein tapferer Ritter den Angriff und Sturm der Widerwärtigkeiten und Gefahren auf seine Mauern abschlägt, so ist er jedenfalls um seines Bewußtseins willen mehr zu beneiden als der, welcher in ewigem Frieden ohne Verdienst seine Tage verschlummert.«

»Richtig,« versetzte Ritterhausen, »und um solche Art Ritterschaft zu erlernen, mag just Ihr Amerika das rechte Land sein, obwohl es sonst von allem Ritterwesen wenig hält und wenig wissen will.«

»Und so wäre es denn eine Art von Waffenwache gewesen,« bemerkte hier Sibylle, »eine Waffenwache, um den Ritterschlag zu erhalten, wenn Richard in den Urwäldern sich ein Blockhaus baute, hundertjährige Stämme ausrodete und Mais und Weizen säete.«

»Gewiß,« sagte der Hammerbesitzer, »wenn er jetzt den alten Besitz seiner Familie neu antritt und neu in Blüte zu bringen sucht, wird er erfahren, wie vortrefflich diese Vorschule für ihn war.«

»Und,« fiel hier Sibylle ein, »soll man da nun nicht glauben, daß es die Vorsehung war, welche ihn in eine Schule sandte, deren er bedurfte?«

Richard zog bei diesen Worten zärtlich seine Braut an sich und blickte, ihr gerührt lächelnd in das feuchte Auge – Ritterhausen aber erwiderte nickend: »Du hast wenigstens keinen Grund, es nicht zu glauben, mein Kind – um so mehr, da man auch etwas Providentielles darin sehen könnte, daß Richard seine Farmerlehrjahre in der Nähe eines zur Wachsamkeit herausfordernden Stammes von Rothäuten durchmachen mußte.«

Ritterhausen blickte bei diesen Worten sehr sarkastisch auf seinen Nachbar, Monsieur Ermanns.

»Ich sehe, daß sich darunter eine kleine Bosheit gegen mich verbirgt,« sagte der Polizeibeamte, »aber auf Ehre, ich habe keine Ahnung, was es sein kann!«

»Nun, ich bin weit entfernt,« versetzte der Hammerbesitzer, »die liebenswürdige Nation, welcher Sie sich angeschlossen haben und die durch ihre ausgezeichnete Zivilisation uns arme Deutsche so weit übertrifft, wilden Indianern zu vergleichen; aber ich bin doch der Ansicht, wenn Sie es nicht übel deuten werden, daß sie doch so ungefähr wie raubsüchtige Wilde über uns gekommen ist, weil wir eben nicht wachsam und auf der Hut waren; daß zwischen uns und ihnen kein Friede sein wird, so wenig wie zwischen Rothäuten und Weißen und daß wir eines schönen Tages wieder mit ihnen einen hübschen Strauß bekommen werden, wo es einem deutschen Manne von Nutzen sein wird, wenn er gelernt hat, mit Büchse und Messer sein Haus und seinen Herd wider Räuber und Wilde zu verteidigen!«

»Still, still,« lief hier Ermanns aus, »ich darf solche ethnographische Betrachtungen nicht anhören, mein Herr Ritterhausen – lassen Sie uns lieber in Frieden jetzt den Festtoast auf unser vortreffliches junges Paar ausbringen!« –

Während so die Herrschaft oben in den Räumen der Rheider Burg sich unterhielt und, da der Ernst dessen, was alle in der jüngsten Zeit erfahren, doch zu groß war, um eine scherzende Heiterkeit aufkommen zu lassen, bald dazu überging, Richard zum Erzählen seiner transatlantischen Erfahrungen aufzufordern – währenddessen waren unten in Claus Fettzünslers braungeräucherter Stube Berend der Spielmann, der Lügenschuster Mathias von Hebborn und der Hausmeister nebst einigen der Hammergesellen um den runden Tisch versammelt, der in der Mitte stand und von den Flammen des brennenden Kamins so malerisch beleuchtet wurde, wie es ein Liebhaber greller Nachtstücke nur wünschen konnte. Der Schein des Feuers spiegelte sich in den runden Bäuchen einiger umfangreichen Krüge und hellen Deckelgläser, welche Claus Fettzünsler nicht säumig war, aus einem kleinen Fasse voll vortrefflichen Bieres zu füllen, das im Hintergrunde auf zwei zusammengeschobenen Stühlen ruhte; und da des Hausmeisters nicht gewöhnliche Geschicklichkeit im Herstellen schmackhafter Pfannkuchen und anderer einfacher und landesüblicher, aber sehr nahrhafter Gerichte sich heute in vollem Maße betätigt hatte, so fehlte dem Kreise dieser wackern Männer nichts, um sie in den Zustand einer Heiterkeit zu versetzen, auf welche bei Berend und Mathias selbst die noch sehr frische Erinnerung an das Düsseldorfer Polizeigefängnis keinen trüben Schatten werfen konnte. Die Worte flogen hinüber und herüber und es war, als ob sie über dem Tische sich begegneten und aneinander anprallten wie lustig aneinandergeschlagene metallene Becken; es war in der Tat ein Lärm, wie ihn nur eine tolle Beckenmusik jemals hervorbrachte. Jeder erzählte, was er jüngst erlebt und was sein Anteil gewesen an den merkwürdigen Geschichten der letzten Tage. Heinrich, der wackere Hammergesell, war reich an Verwünschungen des sakrischen Franzosen, den er den hinterlistigsten, heimtückischsten aller Sterblichen nannte, dieses Polizisten, welcher ihn auf eine unchristliche und teuflische Weise zum Zeugen wider seine eigene Herrschaft gepreßt hatte; auch bezeugte er eine mit den Quantitäten Flüssigkeit, die er zu sich nahm, wachsende Lust, diesem verräterischen Menschen auf seinem Heimwege aufzulauern und ihn die ganze schreckbare Wucht bergischer Hammerschmiedsfäuste fühlen zu lassen. Mathias von Hebborn unterhielt die Gesellschaft von einigen höchst fabelhaften Ereignissen, welche dem jungen Herrn von Huckarde in den Urwäldern Amerikas begegnet sein sollten, wie er aus dessen eigenem Munde vernommen haben wollte, und suchte die falschen Vorstellungen Claus Fettzünslers über die wilde Kultur einiger Indianerstämme zu belehren, von denen er behauptete, daß sie mit Vorliebe ihre eigenen Großeltern in einer Sauce von Krokodilhirn und Seehundstran äßen; sowie ferner, daß nichts über die Seltsamkeit ihrer Hochzeitsgebräuche gehe, welche darin beständen, daß der Bräutigam die sämtlichen Kohlen des Feuers verschlucke, auf welchem die Braut ihm das erste Süpplein gekocht habe. Nur Berend der Spielmann saß ziemlich schweigsam mit seinem bleichen Kopf und den wasserblauen Augen zwischen den geröteten und erhitzten Gesichtern der Männer, bis der Lügenschuster begann ihn zu necken.

»Spielberend,« sagte er, ihn an den Arm stoßend, »bist du etwa damit beschäftigt, Geister zu sehen, daß du so still über den Tisch weg in die Flamme blickst?«

Der Spielmann schüttelte den Kopf.

»Es ist nur schade, daß die Geister dir immer nur kommen, wenn es ihnen gefällt,« fuhr Mathias von Hebborn fort, »und nicht, wenn es dir gefällt. Sonst...«

»Sonst ... was wäre sonst?« fragte Berend fast wie mechanisch und ohne seinen Blicken eine andere Richtung zu geben.

»Ich warte nur,« entgegnete der Lügenschuster flüsternd, »bis Claus dort aus der Ecke vom Fasse mit den Krügen, die er füllt, zurückkommt und uns hört – wir wollen ihm etwas mit Geistergeschichten einheizen – er tut dann die ganze Nacht kein Auge zu vor Angst. Seit der Mordgeschichte, die er hier erlebt hat, ist der Mann ganz schwach im Hirn geworden.«

Berend gab kein Zeichen, daß er in der Stimmung sei, auf diesen Scherz einzugehen; aber der Lügenschuster ließ sich nicht stören und da Claus Fettzünsler in diesem Augenblicke zurückkam, um zwei frischgefüllte Krüge auf den Tisch zu setzen, fuhr er laut fort: »Sonst, Berend, solltest du einmal alle die Geister hier in die Kammer rufen, die in diesem alten Bauwerk spuken gehn – den Mann im roten Rock, der seinen Kopf unter dem Arm trägt, und die Nonne in der grauen Kutte, die kein Gesicht hat; und den dreibeinigen Hasen nicht zu vergessen, der auf dem Bergweg zwischen der Burg und dem Hammer den Leuten, die um Mitternacht daherkommen, zwischen den Füßen durchrennt ...«

»Larifari,« rief hier Claus Fettzünsler mit einiger Heftigkeit aus, »es ist alles dummes Zeug; ich habe eine hübsche Reihe von Jahren in diesen alten Mauern gewohnt; aber ich habe weder bei Tag- noch bei Nachtzeit jemals etwas darin gesehen, was einem Geist ähnlich sah!«

»Gesehen, Claus, gesehen ... das will nichts sagen,« schrie der Lügenschuster dagegen, »das mag an deinen Augen liegen und würde wohl ganz verdammt anders sein, wenn du Spielberends Augen hättest; aber daß du dafür nicht desto mehr gehört hast – das wirst du uns nicht aufbinden wollen!«

»Gehört? Was soll ich gehört haben,« rief Claus mit einer Wärme und einem Eifer, die hinreichend andeuteten, wie sehr seine ganze Seele bei diesen Gesprächen beteiligt war, »ich habe den Wind in den Kaminen und Schornsteinen heulen, ich habe alte, aus den Angeln gerissene Fensterläden klappern oder die Eulen draußen von den Dächern schreien hören ...«

»So,« fiel Mathias ein, »die Eulen von den Dächern schreien? ... Das wäre alles? Es ist eine verflucht unheimliche Musik, bei der es einem kalt über den Rücken läuft, wenn solch ein Kauz sein ›Uhu!‹ durch den Nachtwind schreit ... aber ich will es zehnmal lieber anhören, als wenn mitten in der Nacht schwere Schritte die Treppe nach oben hinaufgehen, langsam und wuchtig, daß man's bis in den fernsten Winkel des Hauses vernimmt; während man doch weiß, daß es nichts Sichtbares und nichts Greifbares ist, was da hinaufwandelt und ebenso wieder hinabkommt, sobald die Turmuhr eins schlägt!« – Claus Fettzünsler wollte etwas erwidern, aber der Spielmann machte eine abwehrende, gebieterische Bewegung mit der Hand.

»Sprecht mir nicht von euern Geistern,« sagte er, »ich könnte versucht werden, euch mehr von Geistern zu erzählen, als genug wäre, euch den Spaß dieses Abends zu verderben – mehr als ihr hören wolltet und mehr jedenfalls, als ihr mit euerm dummen Verstande fassen könnt!«

Der ernste Ton, worin der Spielmann diese Worte sprach, machte die Gesellschaft umher stille aufhorchen, nur Mathias, der Skeptiker, antwortete lächelnd: »Nun, Spielberend, ich denke, darauf könntest du's wagen. Wenn ich zwischen einem guten kräftig gebrauten Trunk – die gehörige Quantität vorausgesetzt – auf der einen Seite und einem Geist auf der andern Seite sitze und beide streiten sich um mich, so daß mich der eine lustig und der andere betrübt machen will – ich meine der Krug mit dem Bier wird immer die Oberhand behalten. Also heraus mit deinen Geistern! Wo sind sie?«

»Sie sind überall,« versetzte der Spielmann, starr in die Flamme blickend, während seine Züge sich zu verlängern, seine Augen mit dem feuchten Glänze sich zu vergrößern schienen, »sie sind überall; sie ziehen draußen über die Heide daher und über die Felder, über Abgründe und über Flüsse da, wo keine Brücken, und durch die Mauern der Städte, wo keine Tore sind. Sie wallen, wie die feuchten Nebel, die über den Wiesen stehen, daherwallen, wenn der Wind sie erfaßt; sie flattern dicht über den Boden des Blachfeldes und hoch über die Wipfel des Waldes fort. Sie ziehen in großen langen Scharen; es dauert stunden-, es dauert tagelang, bis sie vorübergezogen; es sind böse Geister, Geister, die furchtbare Waffen schwingen, mit denen sie unterdrücken und töten, vernichten und verderben wollen. Sie ziehen aus von Niedergang und stürmen weit, weithin gen Aufgang, immer weiter und weiter in unabsehbare Fernen, die weiß sind von Schnee und rot werden vom Blut, das sie färbt, und von den Flammen, die an ihrem Horizont lodern. Und es werden Schlachten geschlagen und Tausende und Abertausende bedecken die weißen Ebenen, gemordet, zerfleischt, erwürgt und zerrissen. Von der Hand des Rächers getroffen, wie dürre Blätter, die der Sturmwind peitscht, kommen sie zurück; die zahlreich waren wie der Sand am Meere, kommen heim in einzelnen gelichteten Haufen; die auszogen zu vertilgen, fliehen vor den Vertilgern; die stolz waren auf den Sieg, jammern unter den Streichen des Siegers!«

»Und das siehst du alles in der Flamme vor dir tanzen,« rief hier Mathias aus, indem er die tiefe Stille, welche eingetreten war, mit einem etwas erzwungen lautenden Gelächter zu verscheuchen suchte.

Aber die wuchtige Faust Heinrichs, des Hammergesellen, legte sich auf seine Schulter und Heinrich flüsterte mit großem Gleichmut aber ebensoviel Bestimmtheit: »Wenn du nicht ruhig bist und still zuhörst, was er reden wird, werf' ich dich vor die Tür, Schuster!«

Mathias von Hebborn schien nicht für tätlich zu finden, diese Erklärung als *casus belli* aufzunehmen; er schwieg gleich den andern.

»Ich sehe noch mehr,« fuhr der Spielmann fort. »Ich seh' sie gen Niedergang fliehen, die von der Hand Gottes gezüchtigt sind; sie sind verweht und verschollen, und die Zeit des Friedens kommt, wo der Mensch das Feuer zu seinem Diener macht und es an seinen Webstuhl, an seinen Wagen, an seine Schiffe spannt; wo die Herzen enge werden und die Gewissen weiter als die ausgespannten Flügel des Geiers. Es ist Frieden allüberall; aber in den Menschen ist kein Frieden, und der Satan säet seinen Samen in die Furchen, die der Pflug durch fruchtbare Aecker zieht, da wo jetzt Sand ist und Wald und die weite wilde Heide. Das Unkraut wuchert auf und schießt in Blüte und reift; und der Satan kommt zu ernten, was er gesäet hat, die reife Frucht des Hochmuts, der Empörung und der Habgier; er kommt zur Ernte mit hunderttausend Sicheln, die in den Händen grimmiger Feinde blinken, ihre Mordgewehre und Waffen, Die Enkel der Gezüchtigten haben das Strafgericht Gottes vergessen. In Scharen, zahllos wie die ihrer Väter, kommen sie abermals dahergezogen, die Welt zu unterjochen und den Menschen ihr Gesetz zu bringen; wieder wälzt sich der Westen einher über Berge und Täler und Ströme. Der Rauch und der Staub und der Dampf der Schlacht umhüllt sie: es ist ein grausames Morden und ein Geruch von Blut weithin über das Land; aber nicht weiße Felder färbt das Blut, sondern die grünen Hügellande von Berg und die rote Erde, die zwischen den Flüssen liegt. Drei Tage dauert das Morden, drei Tage lang strömt das Blut und die Bäche treten über, von dem roten Lebenssaft geschwellt, der dahinströmt aus den brechenden Herzen der Tapfern. Wer der Sieger sein wird, ob der Herr wird herrschen auf Erden oder der Dämon, ob der große Adler der Gerechtigkeit oder der Hahn des Hochmuts – wer kann es sagen? Nur der Seher sieht es: er sieht, wie aus den Lüften das rächende Schwert Gideons blitzt, mit dem der Würgengel Asrael aus den Wolken niedersteigt – er sieht, wie die Stolzen fallen und die Lügner gezüchtigt werden, und wie ihre Leiber den Raben zur Sättigung, den Würmern zum Fraß und den Menschen zum Abscheu werden, und wie die Guten auf Erden sich freuen und sich die Hände reichen zum festen Bund der Einheit und auf ihrem Schild erhöhen den starken Monarchen, den großen Kaiser der Zukunft und des Völkerfriedens.« – –

Der Spielmann schwieg; er sank wie ermattet in sich zusammen, stützte das Kinn auf beide Arme, die er auf seine heraufgezogenen Knie stemmte, und so sah er vor sich hin, als ob er noch immer in die Phantasmagorie versunken sei, die er vor sich entrollt gesehen zu haben behauptete. Hatte er beabsichtigt, auf seine Umgebung einen tiefen Eindruck hervorzubringen, so war ihm dies augenscheinlich gelungen; die Männer sahen sich eine Weile schweigend und mit einem mehr verlegenen als vom Herzen kommenden Lächeln an, das inneres Betroffensein und jenes stille Grauen nicht verdecken konnte, welches jedesmal den Menschen ergreift, wenn eine kühne Prophetenstimme mit dem Tone voller Zuversicht vor seinem Auge die Gestalten und Ereignisse heraufbeschwört, von denen sie behauptet, daß sie aus der fernen Dämmerung der Zukunft drohend auf uns zuschreiten. Sie saßen still umher, die eben noch so lauten und lärmenden Gäste Claus Fettzünslers; man hörte jetzt das Knistern der Flamme, welche den hastig bewegten Schein auf ihre kräftig geschnittenen und ausdrucksvollen Zuge warf, und so die charakteristische Schlußgruppe unserer Erzählung beleuchtete, vor der wir langsam den verhüllenden Vorhang niederrollen lassen.

Ende

www.ingramcontent.com/pod-product-compliance
Lightning Source LLC
Chambersburg PA
CBHW071205130726
47998CB00002B/627